Naëlle Charles

Bigoudis & petites enquêtes

PANIQUE À WAHLBOURG

Enquête n°1

ARCHIPOCHE

Notre catalogue est consultable à l'adresse suivante :
www.archipoche.com

Éditions Archipoche
92, avenue de France
75013 Paris

ISBN 979-10-392-0114-8

Chaque assassin est probablement
le vieil ami de quelqu'un.

Agatha Christie

Petit lexique de la bande à Léopoldine

Léopoldine

BFF: Best Friend Forever – Meilleure amie pour la vie.

Les ados

Wesh alors: locution tirée d'une chanson de JUL qui veut dire « quoi de neuf » et « bonjour » en même temps.

La vie d'oim: sur ma vie !

J'ai le seum: je suis énervé.

Blaze: nom.

Il est tebé, ce mec: il est bête, ce mec.

Quentin

PSIG: Peloton de surveillance et d'intervention de la gendarmerie.

GIGN: Groupe d'intervention de la gendarmerie nationale.

SRPJ: Service régional de police judiciaire.

1

Lundi 12 novembre 2018

Léopoldine

— Tom ! Allez, bouge-toi ! On va être en retard.

Mon adolescent de fils arque un sourcil, ce qui paraît lui demander un effort surhumain, et c'est tout. Bon sang, quand est-ce qu'il aura enfin plus de deux de tension ? C'est sûr, cette année, à Noël, je proposerai à toute la famille de se cotiser pour qu'on lui offre une greffe des nerfs en guise de cadeau. Parce que là, j'en ai ras la casquette d'être la mère d'une larve gluante. Et encore, sa sœur aînée est déjà partie au lycée. Sinon, en prime, j'aurais droit à leurs sempiternelles disputes qui semblent n'amuser qu'eux.

Heureusement, dès ce soir, ils seront chez leur père pour la semaine à venir. C'est lamentable pour une maman de penser ainsi, mais je vous jure que je suis au bout du rouleau avec ces deux-là, après sept jours à les supporter. Trois de plus et j'aurais fait un véritable burn-out. Je préfère zapper cette idée, parce que dans le scénario qui me vient spontanément à l'esprit, il y a des marteaux, des tronçonneuses et des hachoirs. De quoi faire flipper n'importe qui, même moi.

Note pour moi-même :

1/ Ne plus regarder de films d'horreur, ça ne me réussit pas. Les polars, ça suffira bien.

2/ Ne jamais, jamais imaginer des fictions qui impliquent mes mômes. Avoir envie de passer à l'acte est trop tentant.

3/ Trouver une activité autre pour le week-end que de ranger leur bazar. Ça m'évitera de fantasmer sur des histoires bien gore.

4/ Acheter du beurre, il n'y en a plus dans le frigo. OK, ce dernier point n'en est pas vraiment un, puisqu'il m'est facile de l'ajouter à la liste des courses.

— C'est bon... grogne-t-il, avant d'enfourner une énorme bouchée de céréales.

Ça aussi, ça devrait changer, parce que ce gamin me coûte une fortune en nourriture pour un retour sur investissement qui avoisine le néant total. À quatorze ans, il est paresseux comme ce n'est pas permis, nul en classe et, pour couronner le tout, il n'a aucune conversation hormis : « wesh alors » ou « il est tebé, ce mec » ou encore « la vie d'oim ». Bref, un ado dans toute sa splendeur qui va finir par avoir définitivement raison de ma patience.

Mais ce ne sera pas aujourd'hui, je n'ai pas le temps de m'énerver. Je suis loin d'être en avance et je dois d'abord faire un détour par le domicile de mon ex pour y déposer ses affaires et celles de sa sœur aînée. À seize ans, Margaux, ma fille, est particulièrement brillante et suit une scolarité exemplaire, contrairement à son frère. Mais c'est tout ce pour quoi je peux la féliciter, parce que plus imbuvable que cette môme, tu meurs ! Jamais je n'ai vu un tel caractère. C'est une véritable catastrophe ambulante et, même si elle est très jolie, aucun garçon ne la supporte plus de quarante-huit heures. Et très sincèrement, je comprends ces pauvres bougres. Cela étant, et je préfère vous rassurer, je râle et je râle encore, mais j'adore mes enfants, malgré leurs défauts. Je tiens à eux comme à la prunelle de mes yeux. Simplement, si les joies de l'adolescence sont compliquées pour les gamins, elles le sont plus encore pour leurs parents.

Comme s'il trimballait toute la misère du monde sur ses épaules, Tom finit par se lever pour retourner dans sa chambre en traînant les pieds. Non, mais au secours ! J'aurais pu faire trois fois le tour de l'appartement qu'il n'aurait pas atteint sa porte. Sans m'attarder, parce que ça me rend folle de devoir porter ce jeune légume à bout de bras, je file vers la salle de bains pour terminer de me préparer. Après un dimanche passé en leggings et sweat avec les cheveux en pétard, je suis à nouveau obligée de faire des efforts. Mais une coiffeuse doit être impec, n'est-ce pas ? Si je ressemblais à une sorcière sous *amphets*, plus aucune cliente ne viendrait au salon.

— Mam's !

— Quoi ? T'es habillé, c'est bon ? On peut y aller ?

— Nan, j'ai un problème.

Immédiatement, je me crispe. Comme par hasard, il va vouloir l'unique T-shirt qui n'est pas propre. Il me fait le coup en moyenne trois fois par semaine. Seulement là, j'ai tout terminé hier, donc pas question qu'il me demande un vêtement qu'il aura mis au linge sale dans la soirée. Je ne suis pas magicienne, il me faut un délai minimum pour laver, sécher, repasser et plier.

— S'il est vestimentaire, débrouille-toi, parce que je n'ai pas le temps de sortir la planche et le fer.

— C'est pas ça.

Ce ton ne me dit rien qui vaille. Je retourne à la cuisine où je le vois habillé de pied en cap, à savoir en survêt et capuche. Bon, c'est déjà ça de pris. Mais il est tout rouge, si bien que je suis carrément méfiante.

— Quoi alors ?

— Euh, hier, j'ai demandé à Margaux de m'aider pour un exercice d'histoire-géo et elle m'a confirmé que j'avais tout juste.

— Super ! je réponds en rangeant les restes du petit-déj'. Bravo, je te félicite.

— Ouais, mais elle a rigolé pendant dix minutes.

À ces mots, je me fige. Il a raison de s'inquiéter, parce que sa sœur est la reine des garces et n'aime rien tant que le mettre dans l'embarras.

— Tu peux me corriger le truc, maman ?

Qu'il me serve du « maman » est mauvais signe. Pas besoin de s'appeler Capitaine Marleau pour s'en rendre compte. Ce gamin est plus malpoli qu'une porte de prison. Quand il devient charmant, c'est qu'il attend quelque chose de moi, sinon pourquoi se donner cette peine ?

— Dis, Tom, tu crois vraiment que c'est le moment ?

— Mais c'est pas long. Si j'ai tout faux, la prof va me coller la honte devant tout le monde ! Déjà qu'elle m'a dans le collimateur.

— En même temps, tu ne peux t'en prendre qu'à toi-même. C'est de ta faute. Depuis la fois où tu étais affalé sur ton bras en train de dormir et où elle t'a demandé de changer de position, tu t'es grillé tout seul. Quelle idée de continuer ta sieste sur l'autre bras ! Ne viens pas t'étonner aujourd'hui.

Mon fils émet un gloussement, très fier de lui. Quand j'affirme que les ados sont stupides en général, et que le mien a placé la barre particulièrement haut dans ce domaine, ce n'est pas une simple vue de l'esprit, mais la triste réalité.

— Tu trouves ça drôle ? Arrête de ricaner ou je vais vraiment me fâcher. Et maintenant, on y va !

— Oui. Mais si je te lis les questions et les réponses, tu pourras au moins me dire si c'est juste ou pas, non ?

— Ce n'est pas possible de régler le problème ce soir chez papa ? Lui aussi peut participer aux devoirs.

— Mais c'est à rendre ce matin.

Je soupire de découragement. De toute façon, il ne me fichera pas la paix tant que je n'accéderai pas à sa demande. C'est toujours comme ça.

Heureusement qu'ils sont absents pendant les sept prochains jours, ça me fera des vacances, je songe en bonne mère indigne que je suis. D'ailleurs, il me semble que je me fais trop souvent ce genre de réflexion en ce moment. Leur père et moi avons opté pour une garde alternée. Lui, parce que cette solution lui évite de payer une pension alimentaire et moi, eh bien, parce que j'apprécie d'être tranquille une semaine sur deux. Ça me laisse un peu de temps pour souffler et penser à ma petite personne, histoire de changer.

— D'accord, vas-y, mais je préfère te prévenir que l'histoire n'est pas ma matière de prédilection.

— Bah, ça ne peut pas être pire que moi, ironise-t-il.

— Si tu le dis… Il porte sur quoi, ton devoir ?

— C'est un questionnaire. J'ai pompé la première partie sur Manon, mais je n'ai pas pu voir le reste. De toute façon, elle n'avait pas fini.

Je le regarde, éberluée.

— Non, mais c'est une blague, ou quoi ? C'est à moi que tu racontes ça ?

Manon est sa petite amie depuis quelques semaines. Une gentille gamine, mais un peu cracra dans son genre, avec ses cheveux gras et ses boutons qui ressemblent à des pustules. Remarquez, ça ne le change probablement pas, parce que Tom est du style à prendre une douche à reculons et doit d'ailleurs souvent passer entre les gouttes.

— Ouais, ben, on n'a pas le temps pour le sermon, on est à la bourre. C'est même toi qui l'as dit !

Je secoue la tête, consternée. Décidément, cet enfant est un cas désespéré. Essayer de lui faire entendre raison est aussi vain que vouloir faire une permanente à un chauve.

— On en reparlera à ton retour, mais n'imagine pas que tu es tiré d'affaire, jeune homme!

Tom lève les yeux au ciel, ce qui a le don de m'agacer plus encore. Pour un lundi matin, on commence fort.

— Bon, on peut y aller, là? lance-t-il avec un air qui me donne envie de sortir les couteaux de cuisine pour en faire du hachis parmentier.

— Vas-y! Qu'est-ce que tu attends?

— OK, on devait trouver les capitales des pays et deux ou trois autres trucs.

— Tu sais que Google, ce n'est pas fait pour les chiens? Et puis, dans ce cas précis, il n'est pas question d'histoire, mais de géographie.

— J'avais une partie en ligne sur la PS qui me bouffait toute la connexion, je ne pouvais pas utiliser l'ordi. Et puis, qu'est-ce que t'y connais? T'as qu'un diplôme de coiffeuse.

Mais bien sûr... C'est tellement plus important de jouer à FIFA que de faire ses devoirs, je peste intérieurement. Toutefois, je ne le reprends pas, histoire de ne pas provoquer une nouvelle polémique qui risquerait de nous mettre définitivement en retard.

— Les premiers, c'est bon, je suis sûr de moi. La capitale de l'Angleterre, c'est bien l'Écosse, non?

— Je n'ai peut-être qu'un diplôme en coiffure, mais ça ne fait pas de moi une inculte! Et l'Écosse est un pays, pas une ville.

Ce que j'omets de lui rappeler, c'est que je suis non seulement titulaire du CAP-BEP, mais que j'ai également obtenu le brevet de maîtrise qui est considéré comme l'équivalent du bac.

— Ben, c'est quoi alors ? Moscou ?

— Londres ! T'es vraiment un âne, toi !

Tom hausse les épaules, pas vexé pour deux sous. Si mon fils a beaucoup de défauts, il n'est pas susceptible. Il faut lui reconnaître au moins cette qualité. Qu'on se rassure, en temps normal, je ne parle jamais comme ça à mon ado. Mais j'enrage parce qu'il aurait pu me solliciter hier, j'aurais eu tout le loisir de m'en occuper avec lui. Au lieu de cela, il a passé la journée sur sa console et me demande maintenant de le sortir de la mouise.

— Ah ouais, c'est vrai ! Oups, désolé !

Son petit rire bête me poursuit pendant que nous quittons mon appartement et nous installons dans ma jolie 3008 flambant neuve. C'est mon dernier caprice et je l'assume, après avoir conduit pendant quinze ans la même Clio déglinguée. En réalité, je ne suis pas différente de la plupart des femmes, j'aime être assise en hauteur et ce bijou est juste parfait pour moi.

— Et la capitale de l'Irlande du Nord ? Margaux a dit que c'était Breakfast.

Peste, celle-là !

— C'est Belfast ! Mais enfin, Tom ! Ton niveau d'anglais devrait te permettre de t'en rendre compte, non ? Breakfast, ça signifie petit-déjeuner.

— Euh, bof! Tu sais, moi et les langues…

Laisse tomber, Léopoldine. Cet enfant est une cause perdue, il faut l'accepter, souffle ma conscience pour m'obliger à ne pas l'abandonner sur le bord de la route comme je m'apprêtais à le faire.

— La suite ?

— La capitale de l'Argentine ? Margaux a dit que c'était Bueno. Comme dans Kinder Bueno.

— Pardon ?

Non, mais au secours !

— Je me doutais bien que c'était des conneries, je suis sûr que c'est Buenos Dias.

Mes yeux sont si écarquillés que le type qui promène son chien, pendant que je marque l'arrêt au stop, doit me prendre pour une folle.

— Et si tu essayais Buenos Aires, pour voir… je suggère d'une voix acide.

— Tu crois ? Ouais, bof. Avant-dernière question : qu'est-ce qu'il y a entre la France et l'Espagne ?

— Qu'as-tu répondu ?

— Ben, de l'eau ! Bref, la mer quoi !

— Hein ? Tom ! Si tu me sors encore une énormité pareille, tu fais le reste du trajet à pied !

— Mais quoi ? C'est Marseille, c'est ça ?

— Non, c'est la chaîne des Pyrénées ! Ce n'est pas Dieu possible d'être aussi ignorant ! je m'exclame, méchamment énervée.

Mon fils semble enfin comprendre qu'il vaut mieux me prendre avec des pincettes. Dire qu'il n'est que 7 h 45. Prudemment, il se tasse sur son siège, tandis que je lui lance un regard noir.

— La suite ?

— Nan, mais laisse tomber. Manon va me filer les dernières réponses. Je vois bien que t'as le seum.

À l'aide ! Quelqu'un peut me prêter un décodeur ? Je ne capte rien à ce que ce gamin raconte.

— On a encore cinq minutes devant nous, c'est le moment ou jamais.

— Mam's, c'est pas la peine, je te dis. De toute façon, t'es qu'une coiffeuse, tu ne dois pas savoir ça.

Là, c'est clair et net, je vais le fumer jusqu'à ce qu'il soit carbonisé. Comment peut-il dénigrer mon job de cette manière, alors qu'il lui permet de vivre dans les meilleures conditions ? C'est la deuxième réflexion à ce sujet en à peine cinq minutes et ça commence à bien faire. Je suis propriétaire de mon salon, mon appartement sera à moi dans huit ans, et j'ai payé ma bagnole cash. C'est également moi qui lui verse son argent de poche et qui fais en sorte que le puits sans fond qui lui sert d'estomac soit rempli trois fois par jour. Donc, pas de snobisme mal placé sinon je pète un câble.

— Je t'interdis de me faire ce genre de remarque, tu m'as comprise ? Il n'y a pas de sot métier, il n'y a que de sottes gens.

— Ne me dis pas que tu te destinais à faire des permanentes quand tu étais ado !

Je pince les lèvres, contrariée. Depuis que, petite fille, je regardais *Derrick* et *Navarro* avec ma grand-mère, je rêve d'être flic. Oh, mon Dieu, j'aurais tellement adoré être enquêtrice ! Mais on ne fait pas toujours ce qu'on veut dans la vie, n'est-ce pas ? La plupart du temps, on fait déjà ce qu'on peut et c'est pas mal.

— Bien sûr que non. Mais je suis loin de détester mon activité, alors pas la peine de te montrer aussi condescendant.

— Conde… quoi ? Qu'est-ce que tu racontes, maman ?

— Laisse tomber.

— En attendant, pap's est notaire, ça en jette carrément plus !

Ben voyons... Pourquoi est-ce que mes gosses font sans cesse référence à leur père en me donnant le sentiment qu'ils sont en train de m'enfoncer ? C'est vrai, à les entendre, il est super génial, méga cool, et le meilleur des papas. Tandis que moi...

— Clerc de notaire, Tom, ce n'est pas tout à fait pareil.

— Tu parles, c'est la même chose !

— Pas vraiment.

— C'est quoi la différence ?

— Cinq ans d'un cursus à l'université et un diplôme qu'Olivier n'a pas. Jamais il ne pourra avoir son étude, il sera toute sa vie l'employé de quelqu'un. Tandis que moi, je suis ma propre patronne.

J'ignore pourquoi je réagis si mal, pour quelle raison je fanfaronne et je rabaisse mon ex ainsi, alors que je me suis toujours promis de ne pas le faire devant les enfants. Franchement, c'est petit et mesquin ! Mais je suis excédée par ce début de journée catastrophique, furieuse d'avoir systématiquement le rôle de la rabat-joie de service, et jalouse que mes gamins se réjouissent à ce point de leur semaine chez Olivier. Chaque fois, c'est pareil. Ils partent en sautant de joie et reviennent en traînant des pieds. Vous avouerez qu'il y a de quoi se sentir vexée.

— Mais pourquoi t'es si méchante avec lui ? T'es pas cool, tu sais.

Mais bien sûr… Et le fait que ce sale type m'ait quittée pour ma propre sœur, on en parle ? Parce qu'il me semble qu'il y aurait beaucoup de choses à dire sur le sujet. Non seulement il m'a fabriqué une paire de cornes à ne plus pouvoir franchir une porte, mais il a fallu qu'il le fasse avec un membre de ma famille.

Heureusement, nous parvenons aux abords du collège. J'aime autant. Ce serait ignoble de ma part de déverser ma rancœur envers Olivier devant mon fils. Or, encore cinq minutes et c'est exactement ce qui serait arrivé.

Tout en me penchant vers lui pour l'embrasser, je murmure d'une voix que j'espère plus tendre, histoire de rattraper mon accès de colère.

— Passe une bonne semaine, Tom.

Il s'écarte sans ménagement et me lance une œillade incendiaire.

— T'es pas bien ? Tu me fous la honte, là !

Avec un soupir dépité, je le laisse partir. Ah, elle est loin, l'époque où il refusait de me quitter et où il était tout le temps collé à moi. Maintenant, je n'ai même plus le droit de l'approcher. Il faut croire que tout change et pas nécessairement en bien.

À contrecœur, je prends la direction de mon ancienne maison, celle qu'Olivier a conservée après notre séparation et qu'il occupe désormais avec Constance, ma frangine, que je déteste allègrement et que j'envie presque autant. Elle est tout ce que je ne suis pas et a tout ce que je n'ai pas. De tout temps, elle a toujours été la préférée de nos parents. C'est simple, à partir du jour où elle est née, j'ai cessé d'exister à leurs yeux. Donc, non seulement elle a dix ans de moins que moi – et est par conséquent jeune quand je me sens vieille –, mais en plus, elle est jolie comme un cœur. Ça me fait mal aux fesses de l'admettre, mais c'est pourtant la vérité. Elle est grande et blonde, élancée et sexy, tandis que je suis petite et ronde, rousse et quelconque. Et ne parlons pas de nos carrières respectives, puisqu'elle est avocate et moi coiffeuse. Ceci explique probablement pourquoi nos parents la tiennent en si haute estime.

Lorsque l'affaire avec Olivier a éclaté, je me suis dit qu'ils allaient enfin prendre conscience de son vrai visage, à savoir celui d'une intrigante, égoïste et manipulatrice, sans la moindre moralité. Eh bien, que nenni ! Au bout d'une semaine, ils les recevaient tous les deux chez eux. Et aujourd'hui, je fais figure de femme revêche et frustrée aux yeux de ma famille, puisque je lui en veux toujours de ce qu'elle m'a fait, alors que je devrais avoir oublié depuis longtemps. Oh, ils ne l'expriment pas ouvertement, mais ils le pensent si fort que j'ai l'impression de les entendre.

Près du pavillon où j'ai vécu deux ans à peine, Olivier m'attend. Il semble mal à l'aise. Allons bon ! Qu'est-ce qui se passe encore ? En général, il me dit bonjour, récupère les sacs et rentre chez lui. Ou, le plus souvent, je les pose devant sa porte, je sonne et je m'en vais. Or, là, clairement, il y a autre chose. Appelez ça l'instinct du flic qui sommeille en moi, mais mon radar à ennuis vient de se mettre en marche et des lumières rouges clignotent dans ma tête. Je décide de ne pas sortir de la voiture et déverrouille le coffre depuis l'habitacle. Ne pas lui parler est devenu mon exercice préféré au fil des années. Autant être honnête, je le hais autant que je l'ai aimé. Et je l'ai beaucoup aimé. Pourtant, je sais que j'ai moi aussi une certaine responsabilité dans l'échec de notre couple. Mais plutôt crever la gueule ouverte que de le reconnaître, parce que la manière dont tout s'est achevé entre nous me laisse encore un goût amer en bouche. Je lui en veux de ne pas avoir fait les choses proprement, de ne pas avoir demandé le divorce d'abord, pour vivre leur romance après. Il aurait au moins eu le mérite de me préserver. Au lieu de cela, il m'a balancé son histoire à la tête et débrouille-toi pour gérer. Alors, si je ne l'aime plus depuis longtemps et qu'au fond je suis soulagée de ne plus être avec lui, j'aurais apprécié pour une fois dans ma vie d'être ménagée. S'il a ensuite été réglo pour le partage de nos biens, cela n'a pas effacé le choc, la peine et l'humiliation qu'il m'a infligés. Et ça ne passe toujours pas.

Après avoir récupéré les sacs des gamins, Olivier s'immobilise à mon niveau et toque à la vitre côté conducteur. Difficile de l'ignorer dans ces conditions. À contrecœur, je l'entrouvre.

— Oui ?

Je ne le salue pas, nous n'avons plus ce genre de relation. S'il me semble qu'un minimum de politesse ne serait pas superflu, je n'ai pas envie de me forcer à faire des sourires à cet homme qui m'a tant blessée.

— Tiens, c'est pour toi.

L'enveloppe qu'il me tend de mauvaise grâce brûle mes doigts lorsque je m'en empare. En tout cas, c'est ainsi que je le ressens. Au fond de moi, je sais déjà de quoi il s'agit et le goût âpre de l'amertume est en train de remonter dans ma gorge. Nom de Zeus !

— Ne te sens pas obligée de venir, personne ne t'en voudra, Léo, déclare mon ex sans me regarder dans les yeux.

D'une voix tremblante, je murmure :

— Dans ce cas, pourquoi m'inviter ?

— Parce que tes parents ont insisté. Pour respecter les convenances, selon leurs propres termes.

Sa franchise est aussi brutale que vexante. Mon père et ma mère se conforment aux règles de la bienséance pour que personne ne puisse leur en faire la remarque un jour. Mais, en réalité, ma présence est indésirable. Tout ceci est hallucinant d'hypocrisie, à tel point que j'en ai la nausée.

— Alors, tu seras là ?

— Olivier, je ne sais pas. Pendant des années, tu m'as expliqué que tu étais allergique au mariage, que jamais tu n'épouserais personne. Et je t'ai cru. Aujourd'hui, alors que vous êtes ensemble depuis… quoi ? Cinq ans ? Tu la conduis à l'autel. Elle et pas moi !

— Oh merde, Léo, tu ne vas pas recommencer !

Dégoûtée, je remonte la vitre et démarre sur les chapeaux de roues. Ce mec, je lui ai consacré des années de ma vie. Je lui ai fait deux enfants. J'ai même financé l'achat de sa première bagnole. Et lui ? Jamais il n'a voulu me donner son nom, au motif de ses sacro-saints principes à la con. Des centaines de fois, je lui ai demandé de m'épouser. Je déteste mon patronyme et il m'aurait permis d'en changer. C'est vrai ! Qui a envie de s'appeler Léopoldine Courtecuisse ? On dit souvent qu'on ne choisit pas sa famille. Eh bien, moi, je n'ai pas choisi mon nom de famille. Depuis ma naissance, je le porte comme Jésus portait sa croix. Des moqueries et des humiliations à cause de ce foutu nom, j'en ai subi plus qu'à mon tour.

Des larmes de rage coulent sur mes joues, tandis que je file en direction de l'Ehpad. Il faut impérativement que je me calme, que je prenne sur moi. Je ne peux pas me présenter devant mes clients dans cet état.

Journée de merde !

2

Léopoldine

Essoufflée et toujours chamboulée par ce que je viens d'apprendre, à savoir que mon ex épouse ma sœur, j'arrive dans les locaux de la maison de retraite à la bourre d'un bon quart d'heure. Devant la porte de la pièce où j'officie chaque semaine, deux mamies sont déjà en train d'attendre.

— On s'est inquiétées ! lance la première sur le ton du reproche.

— Il y avait de la circulation, désolée.

Évidemment, c'est un mensonge. Personne ne peut croire qu'il y a des embouteillages dans une petite ville de six mille habitants. Mais elles ne relèvent pas, peut-être parce que je suis moins souriante que d'habitude.

Après une demi-heure, j'ai presque rattrapé mon retard. Chaque lundi, le salon est fermé. Mais depuis plusieurs années, je travaille ici pour mon propre compte. Ce n'est pas que ce soit particulièrement lucratif, mais ça met quand même du beurre dans les épinards. Les tarifs sont moins élevés, car je n'oublie pas que les retraites de la plupart de ces gens sont souvent maigres. Avec moi, se faire couper les cheveux devient abordable pour tous. En même temps, je ne le vois pas comme une corvée, j'aime papoter avec les personnes âgées. Magalie, ma meilleure amie et associée, n'a jamais compris ce plaisir à échanger. Mais écouter, c'est s'enrichir. Et puis, la commère qui sommeille en moi boit du petit-lait, puisque je suis au courant de tous les ragots, ainsi que de nombreux secrets de famille.

Il y a un point qu'il faut bien intégrer et qui ne souffre aucune contestation : unc coiffeuse n'est pas seulement là pour s'occuper des cheveux. Elle est bien plus que cela, puisqu'elle fait très souvent office de confidente, de conseillère conjugale, de thérapeute, de psychologue, de sexologue, et j'en passe. Pour certaines de ces personnes, je suis leur unique visite de la semaine. Pour d'autres, je suis un défouloir. Et enfin, pour la dernière catégorie, je suis celle à qui on raconte les histoires de son voisin, avant de finir par révéler les siennes sans même en avoir conscience.

Dans la mesure où je vis à Wahlbourg depuis toujours, que mes parents et mes grands-parents en sont originaires, je connais tout le monde et tout le monde me connaît. J'ai compris, il y a fort longtemps, qu'il valait mieux pousser les gens à parler d'eux – la plupart du temps, ils n'attendent que ça – pour éviter de trop en dire sur soi.

— Tu es au courant de la meilleure ? lance Mme Muller, une lueur féroce dans le regard.

Avec prudence, parce que cette dame est la championne des mauvaises langues, je réponds :

— Non, mais je sens que je ne vais pas tarder à l'apprendre.

— Véro, la femme de ce pauvre bougre de Bruno, a un nouveau jules.

— Allons, allons, Madeleine, ce n'est pas très gentil de colporter des rumeurs de ce genre.

En réalité, je connais bien Véronique Busch qui est une cliente du salon comme la plupart des habitantes de la ville. Elle est très belle, très mince et très blonde. Une véritable poupée Barbie. Pour une raison que personne n'a jamais su expliquer, elle s'est mariée avec Bruno Busch qui se trouve être mon premier petit ami au lycée, mon premier baiser et aussi celui avec qui j'ai perdu ma virginité. Ce type est le mec le plus sympa qu'il m'ait été donné de rencontrer. Mais, et c'est triste à dire, il a également la prestance et le charisme d'un bulot.

Pourtant, elle l'aime sincèrement, ça se voit à son regard qui s'illumine chaque fois qu'elle parle de lui. Hélas, cela ne l'empêche nullement de le tromper avec à peu près tout ce qui bouge. Aux dernières nouvelles, Véro a trois amants officiels, mais on lui en attribue plusieurs autres, sans pour autant apporter la moindre preuve à ces suppositions. Du coup, je me méfie de ce que les gens croient savoir, car ces scoops sont souvent très éloignés de la vérité.

— Elle couche avec le garagiste, je t'assure, Léopoldine. D'ailleurs, il lui a offert une nouvelle Mercedes.

Immédiatement, je proteste.

— Mais enfin, qu'est-ce que ça veut dire ? Bruno travaille dans le garage. Il peut très bien avoir retapé une voiture pour sa femme. Pourquoi imaginer toujours le pire ?

— Je te rappelle que ma fille est secrétaire là-bas, c'est elle qui me l'a raconté. Tout comme elle m'a expliqué que M. Gérard a embauché Bruno, juste parce que Véro le lui a demandé. Il paraît qu'elle fornique avec lui depuis un bon bout de temps.

— Écoutez, Bruno est un chic type. Pourquoi le dénigrer ainsi ?

— Léopoldine ! Il a été au chômage pendant presque trois ans et personne ne voulait de lui. Il n'est même pas mécanicien de formation. Arrête de le défendre ! Ce garçon a des cornes sur la tête, c'est la vérité !

Il n'est pas le seul ! ai-je envie de m'exclamer. Après tout, n'en ai-je pas porté pendant plusieurs mois ? Quand cette histoire a été révélée au grand jour, je suis devenue la risée de la ville durant des semaines. En plus de perdre mon compagnon, ma sœur et ma maison, j'y ai aussi laissé ma fierté et fait rire toutes les commères. Alors, dès qu'il s'agit de tromperies et autres cocufiages, j'ai tendance à me montrer prudente et à ne pas alimenter les ragots, parce que je sais à quel point cela peut être blessant pour celui qui en est victime et qui se trouve être la plupart du temps le dindon de la farce.

— Et en plus, il le sait très bien, poursuit ma cliente, tandis que j'effile sa tignasse étonnamment drue.

Heureusement que la grand-mère paternelle de Bruno, également pensionnaire de cet établissement, n'est pas là aujourd'hui. Ce n'est pas plus mal, parce que tous les vieux présents dans la pièce sont en train de dresser l'oreille ou de régler leurs sonotones et de se gausser. Les histoires de fesses font toujours rire, sauf les principaux concernés.

— C'est Agnès qui doit s'arracher les cheveux de la tête en ce moment.

Agnès n'est autre que la mère de Bruno. C'est une femme froide et revêche, qui a tout d'un général prussien. Elle mène sa famille à la baguette et son autoritarisme n'a d'égal que sa rudesse. À se demander comment elle a pu mettre au monde un garçon si gentil.

— Si ça se trouve, Véro couche aussi avec le directeur du centre commercial. Ça expliquerait pourquoi il l'a engagée comme caissière.

Je souris à cette idée. Ce scénario relève tout simplement du domaine de l'impossible. Et vous voulez que je vous dise pourquoi ? Parce que Jacques Boski est un pur gay. Il le cache bien, mais je l'ai côtoyé assez souvent pour en avoir la certitude. Je sais par les employés de l'hyper que leur boss est particulièrement sympa avec Véro, mais je pense que c'est plutôt lié au fait que les habitants – notez que je fais référence aux représentants du sexe masculin – font la file jusque dans les rayons pour passer à la caisse de la belle blonde.

Durant les heures qui suivent, j'enchaîne les clients et les conversations se poursuivent. On ne parle plus de Véro, mais il y a tant d'autres personnes à critiquer que ce n'est pas un problème.

Il est 17 heures quand je quitte enfin l'Ehpad, ce qui est bien plus tard que d'habitude. Malheureusement pour moi, ma journée n'est pas encore terminée, car je dois me rendre au salon pour y faire un rapide inventaire en vue d'une commande. Puis, il faudra que je me plonge dans la compta. Les rôles sont parfaitement distribués entre mon associée et moi. Elle s'occupe du ménage et du linge, je gère la paperasse et le stock.

Arrivée face à la porte arrière qui donne accès à la boutique sans relever le rideau métallique devant la vitrine, je m'aperçois que j'ai oublié mon badge. Ah flûte, il est resté sur la commode de l'entrée ! Plutôt que de retourner à mon domicile et ainsi perdre un temps précieux, je décide de faire le tour par la galerie marchande où est situé le salon. Avec Mag, nous l'avons créé dès la construction de cette structure et nous ne l'avons jamais regretté. Il y a du passage chaque jour, le loyer est correct et, détail non négligeable, nous n'avons aucun problème de stationnement grâce au vaste parking de l'enseigne dont nous profitons.

Devant la grille, je regarde à droite et à gauche, avant d'insérer la clé dans le mécanisme qui permet de la remonter. Je n'aime pas trop entrer par là en dehors des heures d'ouverture, mais cette fois, je n'ai pas vraiment le choix. J'ai trop hâte de rentrer chez moi. Aujourd'hui, je ne la relève pas complètement, histoire que le message reste clair : *fermé le lundi même s'il y a de la lumière à l'intérieur.* Je m'apprête à déverrouiller la porte quand une voix grave me fait sursauter.

— C'est ouvert ?

Qu'est-ce que je disais ? Il y a toujours quelqu'un pour tenter sa chance, quand bien même les horaires sont affichés en grand sur la vitrine. Prête à remballer gentiment l'indésirable, je me tourne pour me retrouver nez à nez avec un type dont la beauté est carrément indécente.

Note pour moi-même : Léopoldine, ça fait trop longtemps que tu n'as pas eu de mec.

Grand, blond, avec des yeux d'un bleu incroyable, cet homme est juste un canon sur pattes. C'est qu'ils ne sont pas légion à Wahlbourg, alors on les repère de loin. Hélas, il semble bien plus jeune que moi et cette constatation me fiche un coup de vieux dont je me serais volontiers passée. Décidément, cette journée sera pourrie jusqu'au bout.

— Non, monsieur. Le salon est fermé le lundi.

— Mais je peux quand même prendre un rendez-vous ?

Ce ton péremptoire me déplaît et je jure que s'il n'était pas aussi beau à regarder, je ne me casserais même pas la tête à lui répondre.

— Euh... Normalement, non, puisque personne n'est supposé être présent. Mais je vais faire une exception, suivez-moi.

Pourvu qu'il ne soit pas là pour sa femme, ce serait vraiment trop dommage. Cette réflexion est stupide, car j'ai parfaitement conscience que tenter ma chance avec lui m'exposerait à un splendide râteau, du genre de ceux que je me prenais au collège.

Je le laisse passer devant moi, avant de refermer prestement la porte à clé. L'homme m'observe, visiblement intrigué, mais ne pipe mot. En réalité, je n'ai pas envie qu'il y en ait dix comme lui qui décident de prendre rendez-vous aujourd'hui, seul jour où je ne suis pas censée être ici. Mes mains sont irritées par les nombreux shampoings que j'ai effectués à la maison de retraite et mes pieds sont en compote. Plus vite je rentrerai chez moi pour m'affaler sur le canapé et mater une série policière, et mieux je me porterai. Sans attendre, je récupère le planning.

— Très bien, c'est pour vous ?

— Oui, vous voyez quelqu'un d'autre ? rétorque-t-il en me regardant comme si j'étais débile.

Tout mignon qu'il est, ce type commence sérieusement à m'agacer et ce n'est rien de le dire.

— Vous pourriez très bien prendre rendez-vous pour une tierce personne. Cela n'aurait rien de surprenant, puisque ça arrive tous les jours.

— Ce n'est pas le cas en ce qui me concerne.

— Donc ? Quelles sont vos disponibilités ?

— Le plus rapidement possible.

Pourquoi est-ce que je ne suis pas étonnée par cette réponse ?

— Je peux vous proposer demain matin avec Léo. Est-ce que 10 h 30 vous conviendrait ?

Quel démon me pousse à ne pas lui indiquer que Léo, c'est moi ? De la même manière, pourquoi est-ce que je l'ajoute entre deux clientes dans un emploi du temps déjà complet ? Normalement, aucun créneau n'est libre avant jeudi.

— D'accord. Je suppose que ce Léo est celui qui gère les hommes.

Ouais, c'est ça, exactement. T'es un détective d'enfer, toi ! je songe avec ironie.

— Tout à fait, monsieur.

— Très bien, à demain.

Je referme tout de suite derrière lui. À l'instant où je tourne la clé dans la serrure pour m'isoler de la galerie marchande, je réalise que cet homme s'est montré d'une impolitesse qui frise la grossièreté. Ni « bonjour », ni « au revoir », et ne parlons pas de « merci » ! Finalement, je me demande si c'était une si bonne idée de vouloir le coiffer. En tout cas, si demain il n'est pas plus courtois, je lui colle dix pour cent de plus sur sa facture, parole de Léopoldine Courtecuisse.

3

Mardi 13 novembre 2018

Léopoldine

Vaguement fébrile, je consulte la pendule. Il est 10 h 20, l'inconnu d'hier ne devrait pas tarder. Une partie de moi a hâte de le revoir, mais une autre se dit que son attitude méprisante et désagréable donne surtout envie de le voir repartir fissa. À mes côtés, Mag est en train d'appliquer une couleur, tandis que je me dépêche de terminer le brushing de la personne dont je m'occupe.

Même si je sens que mon associée ne cesse de me lancer des regards intrigués, je m'oblige à ne pas les lui retourner. Elle se comporte toujours en mère poule quand elle s'imagine que je vais mal. Or, ce matin en arrivant, je n'ai rien trouvé de mieux à faire que de lui raconter pour le mariage d'Olivier et Constance. Depuis cette révélation fracassante, nous enchaînons les clients, si bien qu'elle ne peut pas m'en parler, puisque nous n'évoquons jamais nos problèmes privés devant les gens que nous coiffons – question de principe. En effet, ce salon est un des centres névralgiques en matière de papotages. Seulement, ça fonctionne dans les deux sens. Nous savons tout sur tout le monde, mais si nous nous confions sur notre propre vie, il est bien évident que nos propos se répandront comme une traînée de poudre dans toute la ville.

Je souris à ma meilleure amie pour la rassurer. Qui pourrait croire que Mag et moi, nous ne pouvions pas nous saquer au collège ? C'est pourtant la vérité. Par la suite, nous nous sommes retrouvées dans le même lycée professionnel pour apprendre le même métier. Comme je ne connaissais personne dans la classe, ce qui était également son cas, je me suis assise à côté d'elle. Notre amitié a donc débuté par une relation de circonstances. Nous avons toutes les deux obtenu notre diplôme et poursuivi en brevet de maîtrise. Ce cursus était plus compliqué, si bien que nous nous sommes soutenues mutuellement et c'est ensemble que nous avons réussi. Puis, la vie a repris son cours et nous nous sommes un peu perdues de vue, mais nous nous téléphonions de temps à autre. J'ai découvert qu'Oliver me trompait avec ma frangine, quasiment au moment où Mag a su que son mari avait prétendument fait un enfant à une autre femme. Ce salaud a encore eu le culot de dire que tout était de sa faute, que si elle avait pu lui faire un bébé, jamais il n'aurait été s'envoyer en l'air ailleurs. Qui peut croire une absurdité pareille ?

Contrairement à moi, elle ne s'est pas laissé faire et a plumé son ex jusqu'à ce qu'il ne lui reste plus rien que ses larmes pour pleurer et une maîtresse qui n'était finalement pas enceinte. Un soir, alors que j'étais en pleine déprime, elle m'a appelée et m'a proposé de monter un salon ensemble. C'est à partir de ce moment-là que j'ai repris ma vie en main. Pour faire court, je considère que je dois beaucoup à celle qui est devenue ma sœur de cœur, remplaçant ainsi Constance la traîtresse.

Un soudain silence, lorsque j'éteins le sèche-cheveux, me pousse à lever les yeux vers la glace pour voir ce qui se passe. Toutes les femmes présentes dans la pièce sont figées, dévisageant mon prochain client, béates d'admiration. Si seulement elles savaient… À l'instant où il ouvrira la bouche, elles reviendront sur terre. Ce type est aussi antipathique qu'il est beau. Voilà qui donne une vague idée du spectacle qu'il offre à ces dames. Dire qu'il ne m'a même pas indiqué son nom. J'ai dû noter « inconnu blond » sur le planning. En même temps, ce n'est pas comme si je le lui avais demandé.

Mag déglutit bruyamment, de toute évidence sous le charme, même si elle voue désormais une haine féroce à la gent masculine en général et à son ex en particulier. Néanmoins, elle s'avance vers l'homme avec un visage avenant, ce qui ne lui ressemble pas vraiment. Mon amie est plutôt une spécialiste de la mine revêche. Et si ce type a l'intention de se montrer aussi désagréable avec elle qu'il l'a été avec moi hier, il captera vite que notre Magalie locale est l'os sur lequel il se cassera les dents.

— Bonjour, monsieur. Je peux vous aider?

Sa cliente l'observe d'un air mécontent, visiblement outrée d'avoir été oubliée en pleine couleur. Je lui souris gentiment, histoire de rattraper le coup, mais je ne sais pas si ça suffira.

— J'ai rendez-vous avec Léo.

Je vois qu'il n'est pas devenu plus aimable pendant la nuit. Super! Mag se tourne vers moi et me jette un regard chargé d'incompréhension. Je hausse les épaules avec fatalisme et asperge un peu de laque autour de la dame que je viens de coiffer. Puis, je lui montre le résultat grâce à un second miroir. Elle hoche la tête poliment et attend que je la débarrasse de la blouse et des cheveux qui parsèment sa nuque avant de se lever. Comme elle a un certain âge, je lui tends mon bras pour l'aider. Dès que j'approche de l'homme, je lance sans le moindre sourire:

— J'en ai pour un instant et je suis à vous.

— Moi aussi, j'aimerais bien être à lui, murmure la cliente qui poireaute toujours. D'ailleurs, Magalie, si vous pouviez être à nouveau à moi, le temps de terminer ce que vous avez commencé, ça m'arrangerait.

À cette remarque, lancée avec agacement, je ne peux m'empêcher de pouffer et suis obligée de dissimuler cet éclat de rire derrière ma paume. Mon amie rougit de contrariété et retourne achever sa tâche. Pour ma part, j'encaisse sans un regard pour le malotru qui attend, l'air préoccupé. Lorsque la charmante dame repart, après avoir pris rendez-vous pour le mois prochain, je file vers le fauteuil pour balayer rapidement les cheveux qui jonchent le sol et chasser ceux qui traînent sur le siège.

— Vous venez ? je m'enquiers, une blouse propre et deux serviettes entre les mains.

— Je dois me faire coiffer par un certain Léo.

J'arque un sourcil ironique et patiente tranquillement jusqu'à ce qu'il comprenne par lui-même. Il lui faut bien trois minutes, ce qui me laisse à penser qu'il n'est pas très fute-fute. Finalement, le type hoche la tête, plisse les paupières et murmure :

— Vous êtes Léo.

Excédée par l'incrédulité que je lis dans son regard, je ne peux m'empêcher de rétorquer :

— Bravo, Sherlock ! Bon, on peut y aller, là ? Je n'ai pas toute la journée.

Mag et sa cliente me jettent une œillade étonnée. Il est vrai que je suis habituellement d'une courtoisie exemplaire, donc m'entendre parler ainsi, qui plus est à un homme, est très surprenant.

De mauvaise grâce, il m'emboîte le pas vers les lavabos.

— Le shampoing, c'est obligatoire ? demande-t-il, toujours aussi désagréable.

— Oui, c'est une question d'hygiène.

Je ne comprends pas ces gens qui voudraient qu'on leur coupe les cheveux à sec. Il n'y a rien de pire pour une coiffeuse et celui dont elle s'occupe que de devoir passer son temps à asperger de l'eau. Pour la peine, et parce que je regrette un peu la manière dont je me suis adressée à lui, je sors le grand jeu. Je suis particulièrement douée pour le massage du cuir chevelu. On dit d'ailleurs souvent que j'ai des doigts de fée. Ces mots se vérifient quand il ferme les yeux et pousse un soupir de bien-être. Je suppose qu'il est content. Super ! Avec un peu de bol, il sera de meilleure humeur.

Tandis que je suis en train de discuter avec lui de ce qui lui conviendrait le mieux en matière de coupe, Mag installe une dame, pendant que la couleur prend chez la précédente. J'adore Mme Meyer, celle qui vient d'arriver, mais je sais que mon amie a du mal avec les personnes âgées, quand moi je les apprécie beaucoup.

— Alors, ma petite Léopoldine, m'interpelle la femme avec un sourire qui révèle son nouveau dentier maculé d'un rouge à lèvres rose fuchsia, quoi de neuf ? Et les amours ?

— Tout va bien, madame Meyer. Je suis très heureuse comme ça.

— Traduisez que c'est le calme plat de ce côté-là, intervient Mag en lançant un regard appuyé en direction de l'inconnu.

— Et vous, joli garçon, ça ne vous plairait pas de sortir avec elle ? demande soudain la dame en s'adressant à monsieur malpoli. Elle est très gentille, vous savez…

Je dois avoir blêmi avant de piquer un fard, tellement je suis embarrassée. Elle est folle ! Quelle idée saugrenue de vouloir me maquer avec ce rustre ! Cela ne m'empêche pas d'attendre sa réponse, avec un brin d'impatience.

— Désolé, je ne suis pas intéressé.

Sa phrase est lapidaire et me laisse pétrifiée. Je viens de me prendre une gifle. Et pas une petite baffe de rien du tout, non, une vraie grosse claque en pleine face. Magistrale et humiliante. Je suis obligée de me mordre la joue pour ne pas pleurer de honte. S'entendre dire qu'on n'est pas assez bien pour un bel homme n'est jamais agréable. Quand c'est devant témoins, la gêne s'ajoute à la déception et l'estime de soi dégringole en flèche. Mince à la fin, j'ai trente-six ans, je ne suis pas encore bonne pour la casse quand même !

— Vous n'aimez pas les rousses ? insiste la mamie sans se rendre compte qu'elle me met horriblement mal à l'aise.

— Non. Et je ne suis pas attiré par les femmes plus âgées que moi.

— Dites tout de suite que Léo est vieille ! proteste Mag, outrée.

— C'est vous qui l'avez affirmé, pas moi.

Cette fois, j'en ai marre. Il faut que j'intervienne si je ne veux pas lui faire un énorme trou dans la chevelure ou lui entailler l'oreille, ce qu'il n'aurait pas volé, tout à fait entre nous.

— Est-ce que ça vous dérangerait d'arrêter de disserter sur ma vie privée comme si je n'étais pas là ? C'est pénible à la fin ! Quant à vous, monsieur, ne faites pas attention. Vous n'êtes pas plus mon genre que je ne suis le vôtre. Parce que si vous n'aimez pas les vieilles, moi je n'apprécie guère les gamins, donc le problème est résolu. Et maintenant, laissez-moi me concentrer sur mon travail.

Cette tirade a le mérite de faire taire tout le monde et c'est avec un soupir de soulagement que je poursuis ma tâche.

— Salut la compagnie !

J'émets un grognement contrarié. Décidément, je n'y arriverai jamais.

— Véro, que pouvons-nous pour toi ?

Mag s'approche du meuble où se trouvent le planning, le téléphone et l'ordinateur.

— C'est possible de prendre rendez-vous samedi entre midi et deux ?

— Avec moi ou avec Léo ?

— Avec Léo, elle est plus sympa que toi, rétorque la blonde sans se démonter.

Je lui souris à travers le miroir et suis sur le point de me remettre au boulot quand mon regard se pose sur le type qui bave littéralement devant les guibolles de la nouvelle venue. Remarquez, elle porte une jupe si courte qu'on pourrait voir la couleur de sa culotte rien qu'en se penchant. Décidément, tous les mêmes ! Celui-là n'est pas meilleur que les autres. Un joli cul et plus rien n'a d'importance. Véro, qui a parfaitement capté son manège, lui fait un clin d'œil avant de récupérer le carton où Mag vient de noter l'horaire du rendez-vous.

— Monsieur, vous devriez fermer la bouche, c'est plus prudent, je murmure à l'intention de mon client qui, surpris en flagrant délit, rosit de gêne.

La miss est à peine ressortie que Mme Meyer me lance :

— À force d'allumer tous les hommes, cette fille finira par avoir de sérieux ennuis. Vous savez qu'elle a un nouvel amant?

Soudain, monsieur le malpoli semble super intéressé par la conversation. Tiens donc! Et une commère, une! Avec une froideur qui ne me ressemble pas, je déclare:

— Les gens parlent beaucoup et feraient mieux de balayer devant leur porte au lieu de s'occuper de la vie des autres.

Décidée à terminer cette coupe à la noix, je me concentre sur mes doigts et mes ciseaux sans plus écouter personne. Vingt minutes plus tard, le roi des mufles s'en va, l'air content du résultat.

Il est 20h30 quand Mag et moi sortons enfin de l'hypermarché. Nous passons devant Georges, le vigile, qui mange ma collègue des yeux. Dire qu'elle n'a toujours rien remarqué! J'ai pourtant essayé de lui faire comprendre, mais elle refuse de le calculer. Pour elle, les mecs, c'est mort.

Ce soir, nous sommes les dernières à quitter le bâtiment. La journée a été chargée et il a ensuite fallu tout ranger, puis régler un bug informatique afin de pouvoir clôturer les comptes du jour, ce qui nous a pris deux heures. Sur le parking, nous nous arrêtons un instant, le temps de nous faire la bise et de nous souhaiter mutuellement une bonne soirée. La mienne sera calme et ça me convient parfaitement.

— T'as vu la bagnole? Elle est sublime! s'extasie Mag en pointant du doigt un luxueux coupé sport.

Après avoir jeté un coup d'œil rapide à la Mercedes garée un peu plus loin, j'arbore une moue sceptique.

— Bof, je ne suis pas très fan de cette marque.

— C'est la nouvelle caisse de Boski ? s'enquiert mon amie avec un regard envieux en direction de la voiture. Ça rapporte, la gérance de l'hyper, ma parole !

— Je ne pense pas, non. D'après ce que j'ai cru comprendre, il s'agit du dernier joujou de Véro.

— C'est une blague ?

— Pas du tout. J'en ai entendu parler hier. Un cadeau pour services rendus, je suppose. Du moins, c'est ce qui se raconte.

— Quoi ? Le garagiste ? Ben mince alors, qu'est-ce qu'elle lui a fait pour qu'il se montre si généreux ? Elle doit être drôlement douée, la nana !

— Aucune idée, et à vrai dire je m'en fiche un peu.

— Tu crois que Véro couche aussi avec Boski ?

Je ris et secoue la tête négativement.

— Arrête, c'est n'importe quoi ! Ouvre les yeux et tu verras que la seule chose qui peut l'intéresser chez Véro, c'est son mari.

— Non ! Tu plaisantes ? Léo, tu dois te tromper. Je suis sûre qu'il se passe un truc entre ces deux-là.

— Fais-moi confiance, je ne me goure jamais, mon *gaydar* est rudement efficace. Boski est à voile et à vapeur. Et si tu es un tant soit peu observatrice, tu t'en rendras vite compte par toi-même. Allez, à demain !

Je lui claque une dernière bise sur la joue et traverse le parking face à moi en direction de l'endroit où se trouve ma 3008, et un peu plus loin la vieille Golf de Georges. Mag, pour sa part, file vers la droite. Je note distraitement qu'il ne reste que deux véhicules de son côté. Le sien et celui de Véro. Intriguée, je me demande pourquoi cette dernière est encore là. Il n'y a plus aucune caissière depuis au moins une heure. Serait-il possible que je me sois fourvoyée et que ma copine ait raison ? Non, je suis sûre que non.

Je viens juste de retrouver les clés dans mon sac, quand j'entends la voiture de Mag passer tout près. Machinalement, je pivote sur moi-même pour lui faire un signe, mais elle ne me regarde pas, ne me calcule même pas. Son visage est crispé et arbore une expression d'horreur, comme si elle avait vu un fantôme.

Mon trousseau en main, je m'apprête à déverrouiller ma portière lorsque je me fige brusquement. Il se trame un truc pas net, je le sens. Quand je vous disais que j'avais l'instinct qui fait les super flics, je ne mentais pas, hein ?

Le bon sens le plus élémentaire me commanderait de retourner à l'intérieur pour chercher Georges, mais je décide d'abord de m'assurer que je ne me fais pas de fausses idées, cette possibilité n'étant pas à écarter totalement. Seule dans ce parking désert, je suis loin d'être rassurée, mais je m'oblige malgré tout à faire preuve de courage. Néanmoins, si je suis téméraire, je ne suis pas complètement demeurée. Aussi, je récupère mon téléphone portable dans mon sac, ainsi qu'un tournevis qui traîne dans la boîte à gants. Puis, laissant le reste de mes affaires sur le siège conducteur, je referme doucement la portière et appuie sur la clé pour verrouiller.

En ce mois de novembre, il fait déjà nuit depuis un bon moment et, hormis un réverbère qui se trouve en lisière du bâtiment de mon côté, l'endroit vers lequel je me dirige n'est pas éclairé. C'est d'ailleurs pour cette raison que je préfère me garer plus loin. En effet, le lampadaire qui illumine habituellement cette partie du parking est hors service depuis plusieurs jours et l'obscurité qui en résulte me fiche un peu la trouille. Le brouillard, tombé en l'espace de quelques minutes, n'arrange rien à l'histoire. J'actionne donc la torche de mon iPhone, dont je rive le faisceau lumineux vers le sol, et progresse avec prudence, mon arme de fortune dans l'autre main. À mesure que je me rapproche de la Mercedes, mon cœur se met à battre plus vite et le sang pulse dans mes veines. Pourtant, je continue à avancer.

Parvenue sur le côté de la voiture, je braque la torche vers l'habitacle. Et le spectacle que je découvre me glace d'horreur, tandis qu'un frisson désagréable me parcourt le dos, de la nuque aux reins.

4

Léopoldine

Figée par l'horreur, je ne peux détourner les yeux du corps inanimé de Véronique Busch. De longues traînées de sang s'échappent de sa gorge, mais il me semble qu'il s'en écoule également de son ventre.

Mon premier réflexe serait de m'enfuir, tout comme Mag vient de le faire, mais je me reprends. Elle n'est peut-être pas morte, il faut que je l'aide. Je fourre le tournevis dans la poche arrière de mon jean et tente d'ouvrir la portière. À l'instant où je pose ma main sur la poignée, je me rends compte de mon erreur. Misère de malheur, je suis en train de coller mes empreintes partout ! Et tout ça pour rien, parce que la voiture est verrouillée.

Mes doigts tremblent tellement que je lâche mon téléphone qui glisse sous la bagnole. Oh merde ! On dirait la fille naturelle de l'Inspecteur Gadget et de Bécassine. Je mériterais des baffes pour oser être aussi empotée. Si je me voyais dans une série télévisée, je serais déjà en train de hurler au scandale.

Maladroitement, je m'agenouille sur le macadam gelé et tends le bras pour l'attraper. J'ai vraiment la frousse, d'autant que cet endroit est encore plus sombre maintenant qu'il n'y a plus l'éclairage de ma lampe torche. C'est donc avec un soupir de soulagement que je récupère mon mobile avant de me redresser, le dos tourné au véhicule.

Là, ni une ni deux, je compose le numéro de la gendarmerie que je connais par cœur.

Petit aparté pour que vous compreniez. Depuis que je suis gosse, ma mère m'a appris qu'il fallait toujours avoir en mémoire trois coordonnées téléphoniques :

1/ Celles des flics.

2/ Celles de son dentiste, qui peut s'avérer utile en cas de rage de dents, et de son médecin.

3/ Celles de son avocat.

À la quatrième sonnerie, un timbre féminin me répond enfin. Purée de patates, ce n'est pas trop tôt !

— Gendarmerie de Wahlbourg, bonsoir.

D'une voix tremblante, je bégaie :

— Je… je… je… Il y a eu une tentative de meurtre.

— Excusez-moi ? C'est une blague ?

Mes paupières clignotent, mes tempes bourdonnent et ma gorge est si serrée que je n'arrive pas à prononcer la moindre parole. Soudain, je prends peur en songeant à la situation. Et si l'agresseur de Véro était toujours ici ? Cela signifie-t-il que je risque ma vie à cet instant précis ? Aussitôt, des bribes de films gore que mon aînée affectionne tant me viennent à l'esprit. Il y a d'abord la poupée maléfique, puis le clown aux dents pointues, Freddy Krueger des *Griffes de la nuit*, Jason de *Vendredi 13* et Michael Myers de *Halloween*. À une vitesse hallucinante, les images surgissent dans mon cerveau perturbé. J'ai l'impression qu'ils sont tous derrière moi et qu'ils vont me bouffer toute crue, si j'ai le malheur de me retourner. Résultat, je suis quand même à deux doigts de me faire pipi dessus, tellement j'ai la frousse. Paradoxalement, cette frayeur est salutaire, puisqu'elle me pousse à sortir de ma torpeur pour incendier ma correspondante. Au moins, si ce malade m'entend, il pigera que je parle à un agent des forces de l'ordre.

— J'ai l'air de plaisanter? Non, je ne rigole pas! Ici Léopoldine Courtecuisse, la coiffeuse. Je me tiens devant la voiture de Véronique Busch sur le parking de l'hyper. Elle est inerte et il y a du sang partout! Alors, vous allez me faire le plaisir de ramener vos fesses tout de suite!

Au ton paniqué que j'emploie, l'incapable qui se trouve au bout du fil comprend enfin qu'il ne s'agit pas d'un canular.

— OK, je vais dire aux gars qui sont en patrouille de vous rejoindre. C'est où exactement?

Ah, bon sang de bonsoir, je vais finir par perdre vraiment patience. Est-ce qu'elle a écouté un traître mot de ce que je viens de lui raconter?

— Sur le parking de l'hyper! je hurle à la limite de l'hystérie. Et prévenez également les pompiers, elle est peut-être encore en vie.

L'instant d'après, je l'entends qui répète mes propos sur une autre ligne.

— Ils arrivent. Voulez-vous que je reste au téléphone avec vous ?

— Non, ça ira. Dans combien de temps seront-ils là ?

— Quelques minutes, ils ne sont pas très loin.

En même temps, on est à Wahlbourg, en un quart d'heure, vous avez traversé la ville en long en large et en travers. La jeune femme raccroche donc et quand un bip résonne à mon oreille, je prends conscience de mon erreur. Ce n'est toujours que la deuxième ! J'aurais mieux fait de continuer à lui parler, parce que si l'agresseur est encore dans les parages, il peut me réserver le même sort ou me faire tout ce qui lui chante en attendant que la cavalerie débarque.

— Léopoldine ? Un problème ?

Je pousse un cri de terreur avant de reconnaître Georges qui approche en courant. Lorsqu'il est à mon niveau, je me tourne vers lui, à nouveau muette, mais cette fois, c'est de soulagement. Au moins, je ne suis plus seule dans cette galère.

— Je m'apprêtais à fermer le grand portail quand je t'ai entendue hurler. Tu vas bien ?

Je fais un signe de tête en direction de la voiture, avant de préciser :

— Moi oui, mais je crains que ce ne soit pas son cas.

Ici, à l'hyper, nous évoluons comme dans une petite bulle. Les employés de l'enseigne et ceux des quelques magasins situés dans la galerie marchande se connaissent tous. Georges sait donc parfaitement à qui appartient la Mercedes. Il braque sa lampe torche en direction du véhicule et lâche un gémissement d'effroi. Puis, tout comme je l'ai fait il y a quelques minutes, il essaie de tirer la poignée, s'aidant de son autre main posée sur le montant de la portière. Malheureusement, très vite, Georges comprend qu'il ne sortira pas vainqueur de cette bataille. Il contourne la Mercedes et vérifie toutes les serrures. Mince, je n'ai pas percuté, me cantonnant à celle du côté conducteur. Que je suis cruche! J'aurais dû y penser au lieu de semer mon téléphone sous la bagnole. D'ailleurs, au moment où mon vigile préféré revient vers moi, un aspect de la situation dont je prends conscience me choque et me déstabilise en même temps: la voiture est complètement verrouillée.

— Mais ça ne va pas! Qu'est-ce que tu fais? Tu vas coller tes empreintes partout! T'imagines si les tiennes masquent celles de l'agresseur? Comment tu expliqueras ça? On va supposer que c'est toi qui as fait le coup.

Georges m'observe avec incrédulité, comme si j'étais devenue folle.

— Eh, Léo, arrête de débloquer! T'es sérieuse, là? Sauf si on trouve tes empreintes à l'intérieur ou sur l'arme du crime, personne ne peut t'accuser sous prétexte que tu tentes d'aider une pauvre fille qui est toujours en vie avec un peu de chance.

Mes yeux passent alternativement du vigile à Véro qui n'a pas bougé d'un pouce.

— Tu le crois, toi, qu'elle est encore en vie? J'essaie de m'en convaincre depuis tout à l'heure, mais j'ai un mauvais pressentiment.

Le scepticisme doit se percevoir dans ma voix, car il soupire, se gratte l'arrière du crâne, avant d'admettre :

— Elle semble très raide et très grise pour une vivante. Et toi ? T'en dis quoi ?

— À part dans les séries policières, je n'ai jamais vu de cadavre. Mais si elle n'est pas morte, elle aurait au moins fait un mouvement, non ? Seulement là, elle a les yeux grands ouverts et n'a même pas cligné des paupières.

Au loin, nous entendons les sirènes qui résonnent. Ça y est, la cavalerie débarque. Eh bien, ce n'est pas trop tôt ! Sur une impulsion que je ne contrôle pas, j'actionne la vidéo sur mon iPhone et me mets à filmer la voiture, la scène, le parking, ainsi que tout ce qui se trouve autour de moi.

— Bordel, qu'est-ce que tu fous, Léo ?

Georges vient de remarquer mon petit manège et n'a pas l'air d'apprécier. Mais il n'a pas le temps de m'engueuler, puisque le Duster de la gendarmerie s'arrête près de nous dans un crissement de pneus. Étienne, un copain de collège, en sort accompagné par son collègue. Avec précipitation, je range mon précieux dans la poche de ma doudoune.

— C'est toi qui as téléphoné, Léo ? Qu'est-ce qui se passe ?

Il n'attend aucune réponse, puisqu'il a déjà braqué sa torche sur la bagnole de Véro. Dès qu'il aperçoit le corps de la jolie blonde, il pousse un cri épouvanté. C'est que ce genre d'événement est rarissime dans notre ville. J'ai beau me creuser les méninges, je ne me rappelle pas avoir connu une situation similaire.

Et croyez-moi, je m'en souviendrais. Pour une dingue de polars dans mon style, ce serait inoubliable. Or, il n'y a pas plus tranquille que Wahlbourg. Hormis les habituels petits trafics en tous genres et les bagarres de bistrot du samedi soir, il n'arrive jamais rien par ici.

— Annule les pompiers, Paul, déclare Étienne avec gravité. Il n'y a plus rien à faire pour elle.

Pendant l'heure qui suit, j'assiste à un branle-bas de combat assez incroyable. Des coups de fil sont passés, des cordons sont tirés tout autour de la scène de crime. Georges et moi observons ce déploiement, immobiles et toujours choqués. Des voitures débarquent les unes après les autres et des personnes vêtues de combinaisons blanches inspectent le moindre recoin du parking. Mag essaie de me joindre à deux reprises, mais je refuse ses appels, trop occupée par ce qui se déroule sous mes yeux. C'est avant qu'elle aurait dû le faire, au lieu de s'enfuir comme la trouillarde qu'elle est.

J'ignore à quel moment je dépasse le stade de l'hébétude pour me retrouver dans une phase d'agitation que je peine à contenir, mais quand une moto surgit, j'ai l'impression d'être l'actrice d'une de mes séries préférées. Je sais que je devrais être triste pour Véro, et je le suis vraiment, la question n'est pas là. Mais la vérité est plus nuancée. Même si ça m'embarrasse de l'admettre, à cet instant précis, je suis plus excitée qu'une puce au Salon de la literie. Durant des années, j'ai été frustrée de ne pas avoir pu devenir inspectrice de police. Alors, imaginez mon état d'esprit en ce moment… je bois littéralement du petit-lait. C'est honteux et je suis une mauvaise personne, j'en ai conscience. Mais cela ne m'empêche pas de me réjouir secrètement d'avoir découvert ce corps et d'être mêlée, sans l'avoir voulu mais avec une jubilation certaine, à cette enquête.

Un engin qui ressemble à une Harley Davidson – merci la série *Sons of Anarchy* que ne cesse de regarder Tom – s'arrête non loin, sans que personne n'intervienne. Aussitôt, je me sens investie d'une mission, celle de virer les indésirables. Et je ne me ferai pas prier, vous pouvez me faire confiance. Sans la moindre hésitation, je me dirige vers un homme qui porte un casque intégral et je lance :

— Vous n'avez rien à faire ici, c'est une scène de crime. Dégagez !

Ah, mon Dieu, que c'est jouissif de parler ainsi. Un pied incroyable ! Presque aussi dingue qu'un… ouais bon, vous avez compris l'idée générale, pas besoin d'entrer dans les détails. Le motard retire alors son casque et je découvre avec stupeur qu'il s'agit de mister malotru en personne. Eh bien ! En voilà une surprise !

Trop heureuse de le rembarrer, je poursuis :

— Vous êtes sourd ?

— Ah ! Lieutenant Delval, vous êtes là ! Je suis désolé de vous avoir dérangé alors que vous venez tout juste de prendre vos fonctions et que vous n'êtes pas de permanence, mais les circonstances l'exigent, me semble-t-il, déclare Étienne d'un ton cérémonieux en nous rejoignant.

Mon pote serre la main du grand blond qui ne m'accorde pas le moindre regard. Rien. Nada. Que dalle. Comme si j'étais totalement invisible. Mais enfin ! Je suis quand même le témoin principal dans une affaire de meurtre. Ça compte, non ? Il ne peut pas se comporter ainsi avec moi. *J'ai* trouvé le corps, *j'ai* appelé la gendarmerie, c'est donc *mon* enquête.

Ouh là ! Il faut que je me calme. En réalité, je crois que je suis plus choquée de découvrir que ce crétin arrogant est gendarme que par la mort de Véro. OK, j'ai conscience d'être une femme monstrueuse, c'est désormais un fait clairement établi.

— Hey, Léopoldine, ça va ?

Je pivote vers un type en uniforme qui marche dans ma direction. C'est Paul. Comme Étienne, il est du coin, mais il est plus jeune que moi si bien que je le côtoie peu, sauf quand il vient se faire couper les cheveux chaque mois. Mag s'occupe de lui la plupart du temps et nous n'avons jamais vraiment discuté tous les deux, hormis les rares fois où je l'ai remplacée.

— Euh, oui. Dis donc, il débarque d'où, lui ?

— Ah, tu ne le savais pas ? C'est notre nouveau chef. Il arrive de Paris et s'appelle Quentin Delval, enfin lieutenant Quentin Delval.

Je hoche la tête, essayant de mettre les pièces du puzzle à leur place. Mais pour le moment, c'est le bazar, impossible d'y voir clair.

— Et le capitaine Cochon ?

Ne vous moquez pas, s'il vous plaît. Je vous rappelle que je me nomme Courtecuisse, alors s'il y a un sujet qui me rend un peu susceptible, c'est bien celui-là. Si je n'ai pas eu de bol, lui a carrément été plongé dans la poisse à la naissance.

— Il a demandé sa mutation pour se rapprocher de son fils. C'est dommage, on l'aimait bien.

Ouais, moi aussi, ai-je envie de répondre. Mais je m'abstiens. Regretter ne sert à rien. Néanmoins, j'avais une tendresse particulière pour Christian Cochon, parce que tout comme moi, il traîne un patronyme pourri, tel un boulet dont on ne parvient jamais à se débarrasser. En plus, on a perdu un bon client.

Mon attention se focalise à nouveau sur monsieur le malpoli, dont je connais désormais l'identité. Quentin Delval. J'adore… Comment ce mec, si odieux, peut-il avoir la chance d'être doté non seulement d'un physique d'apollon, mais en prime d'un nom de héros de romance, viril et poétique? Apparemment, il est béni des dieux et ne le mérite sans doute même pas.

À l'instant où je me fais cette réflexion, Étienne pointe un doigt dans ma direction. Le lieutenant me jette un regard agacé et me tourne le dos. Charmant!

— Mais qu'est-ce que tu lui as fait, Léo? s'enquiert Paul. On dirait qu'il ne peut pas te voir en peinture.

Décidément, ils ont le sens de la diplomatie, à la Gendarmerie nationale. Du grand art!

— Je n'en sais rien, je ne le connais pas, ce type! Il est venu au salon ce matin et pendant tout le temps où je l'ai coiffé, il n'a pas décroché un mot. À croire que le résultat ne lui a pas plu.

Je garde le silence sur les quelques phrases qu'il a prononcées. *«Je ne suis pas intéressé»* et *«je n'aime pas les vieilles* » ne méritent pas qu'on s'y attarde et encore moins qu'on les répète.

Étienne déboule au pas de course et je me prépare à être interrogée dans les règles par le lieutenant à qui je compte bien en remontrer.

— Léo, le chef ordonne que tu rentres chez toi.

J'en reste comme deux ronds de flan. Quoi ? Mais il n'est pas bien, celui-là ?

— Excuse-moi ?

— Tu dois partir, je suis désolé.

— Et vous ne me posez aucune question ?

Mon expression, trahissant une réelle surprise, le fait rire. Eh bien, il n'y a que lui à trouver ça drôle.

— Et qu'est-ce que tu veux qu'on te demande ? On sait déjà tout ! Georges a confirmé que tu es sortie avec Mag, que vous étiez les dernières et que, moins de dix minutes plus tard, il t'a rejointe pendant que tu appelais la gendarmerie.

— C'est un peu expéditif. Et puis, il y a mes empreintes sur la portière. J'ai tenté de l'ouvrir pour lui porter secours.

— Justement, si tu passes demain ou après-demain au bureau pour qu'on les prélève, ça suffira amplement.

La manière dont ils prennent cette affaire par-dessus la jambe provoque une brusque montée de colère en moi. C'est quoi cette bande de canards boiteux ? Ils s'imaginent qu'en bâclant le boulot de cette façon, ils trouveront le coupable ? Le lieutenant Delval a appris les ficelles du métier en lisant l'intégrale du

Club des cinq? Ce n'est tout de même pas à moi de leur expliquer ce qu'ils ont à faire!

— Mais enfin, Étienne, j'ai découvert Véro! C'est mon enquête. Tu ne peux pas m'écarter comme ça.

OK, je fabule un peu, mais quand même… Ce ramassis d'incapables est en train de faire n'importe quoi, il faut bien que quelqu'un le leur dise.

— On va se gêner!

Cette voix… Je pivote sur moi-même pour apercevoir monsieur malotru qui vient de nous rejoindre.

— Martel, je ne me répéterai pas deux fois. Virez-moi ça!

Mon copain me lance une œillade aussi embarrassée que désolée. Lui, il sait à quel point je lui envie son job, nous en avons souvent discuté ensemble. Fusillant ce sale type du regard, je m'exclame:

— Et si j'avais vu le meurtrier? Vous y avez pensé? Hein, monsieur le malin?

Avec un soupir excédé, Delval s'approche un peu plus de moi et se baisse pour placer son visage au niveau du mien.

— Si ça avait été le cas, vous l'auriez déjà raconté à tout le monde ici, en bonne commère que vous êtes.

Puis, sans plus d'égards, il me tourne le dos et repart en direction de la Mercedes, me laissant pantoise face à tant de muflerie. *Pauvre con!*

— Allez, Léo, fais ce qu'il t'ordonne ou c'est moi qui vais finir par avoir des ennuis.

À contrecœur, je regagne ma voiture. Merde! Pour une fois qu'il se passe un truc vraiment excitant dans ma vie, il faut que ce jeune morveux me renvoie.

Finalement, je me résigne à démarrer et à m'éloigner, non sans avoir jeté un dernier regard chargé de regrets en direction de l'endroit où tout ce petit monde s'agite. Puis, je pense à Véronique Busch et je réalise que sa mort m'attriste. La pauvre…

Cette phase d'abattement dure environ trois minutes, c'est-à-dire le temps nécessaire pour sortir du parking et prendre la direction de mon appartement. À mesure que je m'en approche, ma niaque légendaire revient au galop.

Un changement d'humeur aussi rapide n'a rien de nouveau pour moi. Après avoir été confrontée à des périodes de spleen au moment où Olivier m'a quittée, je me suis juré de ne plus jamais revivre une telle expérience. Au lieu de me lamenter, j'ai choisi de foncer et ça m'a plutôt réussi jusqu'à présent. Agir pour ne surtout pas avoir de regrets est devenu plus qu'une devise, c'est un véritable leitmotiv. Et ce soir, je me répète à nouveau cette phrase en boucle, parce que les événements qui viennent de se produire ont réveillé la détective qui sommeillait en moi. Il faut que je trouve un moyen de faire partie intégrante de l'enquête. Je sais que je peux aider les gendarmes à résoudre cette énigme. Je connaissais la victime, je connais sa famille et ses amis, ses ennemis aussi. Bref, je connais tout le monde.

En revanche, est-ce que j'ai vraiment envie de donner un coup de pouce à ce stupide crétin de Delval pour découvrir qui est le coupable et lui permettre de tirer les lauriers à lui ? Surtout si c'est moi qui fais tout le travail. Pas si sûr… Ce serait tellement plus drôle si je parvenais à identifier le meurtrier avant lui. Oh oui, cette idée me plaît carrément ! Quel meilleur moyen de lui clouer le bec ?

5

Mercredi 14 novembre 2018

Léopoldine

— Dis, Léo, t'es sûre que ça va ? Je te sens un peu ailleurs. En même temps, moi aussi, je suis choquée. Depuis ce matin, tout le monde ne parle que de cette histoire.

Installées à une table de la cafétéria, située juste à côté du salon, nous prenons notre pause déjeuner comme chaque jour. Un sandwich au thon et une religieuse au chocolat, voilà mon menu. Après ça, il ne faudra pas que je m'étonne d'avoir un gros popotin. En matière de diététique et de rééquilibrage alimentaire, on fait mieux.

Magalie a raison. Depuis que la nouvelle s'est répandue, on m'a posé cent fois les mêmes questions. *Qu'est-ce que j'ai vu ? Qui l'a tuée ?* Chacun y va de ses supputations et tous pensent savoir qui a fait le coup. Mais accuser sans preuve est dangereux, si bien qu'aucun nom ne circule, si ce n'est celui de Bruno qui revient assez régulièrement sur le tapis. Toutefois, je n'y crois pas un seul instant.

Hier soir, à peine rentrée chez moi, j'ai commandé des marqueurs Posca sur Amazon. Ce sont des feutres blancs, effaçables, qui permettent d'écrire sur du verre. J'ai aussi acheté des feuilles A3 et des cahiers pour mes notes. Durant toute une partie de la nuit, je me suis penchée sur la question suivante : par quel bout prendre cette enquête ? Ce n'est pas évident. J'ai établi l'inventaire des amants potentiels de Véro et de leurs épouses, de sa famille, c'est-à-dire celle de son mari, puisque la pauvre avait perdu ses parents dans un accident. Oui, je sais, ça fait du monde. Il ne me reste plus qu'à procéder par élimination maintenant. Ne prétend-on pas que, dans la majorité des meurtres, l'assassin est un proche de la victime ? La prochaine fois que je serai à l'Ehpad, je discuterai avec Mme Busch, la grand-mère de Bruno. Et il serait peut-être judicieux de me renseigner également auprès de Mme Muller, dont la fille travaille au garage et aura forcément remarqué quelque chose.

— Dis-moi, Mag, pourquoi est-ce que tu t'es enfuie ?

Mon amie rougit furieusement. N'empêche que cette question me taraude depuis hier. Je ne comprends pas cette réaction qui lui ressemble si peu.

— Tout le monde sait qu'elle et moi n'étions pas les meilleures copines. Ce n'est un secret pour personne. Quand je l'ai aperçue, je me suis imaginé qu'on pouvait m'accuser.

J'ouvre de grands yeux, stupéfiée par tant de sottise.

— Mais enfin ! Tu étais avec moi toute la soirée et Georges était là lorsque nous sommes parties. Matériellement, tu n'aurais jamais eu le temps de commettre ce crime. Je suis ton alibi au même titre que tu es le mien. Si j'avais dû trucider toutes les personnes qui me cassent les pieds, je serais la plus célèbre tueuse en série de l'histoire, tu peux me croire !

— Ah ben, oui, suis-je bête…

Le pire, c'est que je lis un profond soulagement dans son regard, comme si elle avait eu réellement peur qu'on puisse l'incriminer. N'importe quoi !

En même temps, Léopoldine, tu es un fin limier. Ta copine n'a pas ton flair, souffle une petite voix emplie de vanité dans ma tête.

Pas faux, je réponds in petto.

Étrangement, depuis le début de cette affaire, je me sens plus sûre de moi, plus intelligente aussi. Comme si j'étais dans mon élément à tenter de résoudre un homicide. Et en plus, je pense et je parle comme un flic. Trop classe !

— À ton avis, est-cc que c'est vrai, ces histoires d'amants ? je m'enquiers, l'air de rien.

J'ai noté plusieurs noms, mais au fond je n'ai aucune certitude. Or, mon instinct me dicte de creuser dans cette direction. Mag en sait peut-être plus par d'autres clientes bien informées. Non, ce raisonnement ne tient pas la route puisque, chaque fois, c'est moi qui lui apprends les nouvelles fraîches. Pourquoi est-ce que les choses changeraient aujourd'hui ? Cela ne l'empêche pas de se pencher par-dessus la table pour murmurer sur le ton qu'emploierait le Président pour vous souffler le code de l'arme nucléaire.

— D'après ce que j'ai entendu, oui. Léna, une des caissières, m'a raconté qu'un jour Véro a eu une altercation avec Nadia, leur collègue. Cette dernière l'accusait assez ouvertement de coucher utile et elle n'a pas nié. En revanche, elle s'est mise en colère quand il a été question de son mari. Mais avant que Bruno soit le sujet de la conversation, elle se fichait qu'on la traite de traînée.

— Quoi qu'on puisse en dire, Véro était très amoureuse de Bruno. Elle me l'a souvent répété.

— Dans ce cas, pourquoi le tromper ? C'était s'exposer au risque de le perdre, non ? À mon avis, Bruno était parfaitement au courant et peut-être même qu'il était d'accord.

— Quoi ? T'es dingue, Mag !

— Bien sûr qu'il le savait. Il en profitait largement d'ailleurs. Comment est-ce que tu imagines qu'il a eu son travail au garage ? Avec quel argent penses-tu qu'ils mangeaient tous les deux dans ce restaurant étoilé chaque dimanche ? Et je ne parle pas du proprio de leur appartement qui les logeait à l'œil !

— Arrête, Mag, ce sont des ragots de caniveau. Je n'y crois pas…

Pourtant, je ne peux m'empêcher de douter. Puis, soudain, tandis que je me lève pour regagner le salon, une conversation me revient. C'était avec Mme Muller à la maison de retraite, pas plus tard qu'avant-hier. Elle tenait peu ou prou le même discours. Et si tout était véridique finalement ? J'avoue que j'ai un problème avec cette idée, mais je ne peux pas l'occulter. Ce qui m'ennuie, dans cette affaire, c'est la réaction ou plutôt le manque de réaction du mari. C'est vrai, quoi ! J'ai été cocue et j'ai terriblement souffert de cette infidélité. Ça fait un mal de chien de se sentir trahie. Alors, comment Bruno pouvait-il accepter une telle situation ? Profiter des avantages, c'est une chose. Mais aucune paire de cornes ne vaut des déjeuners dans un resto gastronomique. Durant tout le reste de l'après-midi, cette histoire ne cesse de me chiffonner. Il faut que j'en parle à quelqu'un. Mais à qui ? Et pourquoi les gendarmes ne m'ont-ils pas encore fait signe ? Je ne voudrais pas être médisante, mais ce ne sont franchement pas des flèches !

— Salut, les filles ! Comment ça va cet après-midi ? lance Georges depuis le pas de la porte.

— Tiens, tu es déjà là ?

La question de mon associée est légitime, puisqu'ils sont plusieurs vigiles à se relayer. En toute logique, si Georges a travaillé hier soir et cette nuit, il ne devrait être présent qu'en fin de journée. Or, il est à peine 16 heures.

— Ne m'en parlez pas. J'ai dû me rendre chez les flics ce matin pour faire ma déposition. J'aurais été tellement mieux dans mon lit !

Dire que je suis vexée de découvrir qu'il a été convoqué est un euphémisme. J'ai vraiment l'impression que Delval a une dent contre moi. Donc, soit il est misogyne, soit il ne peut pas m'encadrer pour une raison que j'ignore. Dans un cas comme dans l'autre, cette différence de traitement entre Georges et moi est très désagréable, même si mon ami le vigile n'y est pour rien.

— Ce qui est dommage, c'est que le lampadaire soit cassé. Ce sera moins facile de reconnaître celui qui a commis ce crime sur la vidéosurveillance, fais-je remarquer.

— Justement, il y a un problème.

Ah bon? Voilà qui m'intéresse...

Avec une curiosité à peine dissimulée, je demande:

— De quel ordre?

— La caméra est hors service depuis plus d'une semaine. J'ai fait deux rapports à Boski, mais il n'a pas réagi. Du coup, il s'est pris une de ces soufflantes par le lieutenant. Un truc de malade! Ce salaud a eu le toupet de raconter qu'il ne savait rien, que je ne l'avais pas prévenu. Je vous jure, les filles, il était prêt à tout me coller sur le dos, parce qu'il n'est pas fichu d'assumer.

Mag semble fascinée par son récit, ce qui me fait sourire.

— Comment tu t'en es sorti?

— J'avais gardé une copie des deux e-mails envoyés et j'ai photographié la note que j'avais inscrite dans le cahier de transmission avant de me rendre à la gendarmerie.

— C'est ce qui s'appelle être prévoyant.

— Léopoldine Courtecuisse, je suis un ancien militaire. L'organisation, ça me connaît.

— Désolée, je ne voulais pas te vexer. Mais il y a une deuxième caméra à l'autre bout du bâtiment, non?

— On a visionné les bandes, hier soir, et on n'a rien vu.

— Qu'est-ce que ça signifie ? questionne Mag, les sourcils froncés.

— Eh bien, que l'assassin n'est pas venu en voiture.

— Exactement, approuve Georges.

— Ou s'il en avait une, elle n'était pas garée sur le parking. N'empêche qu'il a pris un gros risque. N'importe qui aurait pu le surprendre, sans compter qu'il devait être couvert de sang.

— Sauf si le lampadaire n'éclairait pas. Ce qui est présentement le cas.

— Mais il faisait nuit noire ! Comment peux-tu savoir ce que tu fabriques si tout est obscur ? Je suis sûre que Véro est morte peu avant qu'on sorte.

— Pourquoi ? demande mon amie.

Aussitôt, je lui explique mon raisonnement.

— Parce qu'il y a des clients jusqu'à 19 h 30, c'était trop dangereux d'agir avant. Le personnel quitte les lieux vers 20 heures, et nous sommes parties à 20 h 30. Nos voitures étaient les dernières sur le parking. Donc, ça ne peut s'être passé qu'entre 20 heures et 20 h 30.

— Tu as drôlement réfléchi à l'affaire, déclare Georges avec un petit sourire amusé.

— Léo est fan de séries policières. C'est une véritable détective dans l'âme. Une Miss Marple alsacienne, si tu préfères.

Le vigile éclate de rire et finit par s'en aller peu après. Dans la zone d'accueil, nos clientes attendent déjà. Durant les heures qui suivent, je me mets en mode pilote automatique, sans cesser de me poser toutes sortes de questions pour lesquelles je n'ai pas de réponses. Qui a fait ça? Pourquoi? Comment? Il devait avoir un double des clés de la voiture pour l'ouvrir et surtout la fermer. Il fallait aussi savoir que le lampadaire et la caméra étaient hors service. Qui prendrait un tel risque? Manquait-il des objets dans le sac de la victime? Pendant toute la matinée, la police scientifique a ratissé une partie du parking au peigne fin. Mais je présume, sans trop m'avancer, qu'ils ne trouveront rien. Pour quelle raison? Ce crime a été très bien pensé, trop bien. L'agresseur est donc quelqu'un d'intelligent et de pragmatique, qui n'a paniqué à aucun moment. Néanmoins, dans mon monde, il n'existe aucun tueur à gages, donc le meurtrier a forcément commis une erreur. Mais laquelle? C'est ce que je dois découvrir.

6

Jeudi 15 novembre 2018

Léopoldine

Voilà deux jours que Véronique Busch a été tuée et je n'ai toujours aucune nouvelle de la gendarmerie. Je me suis volontairement mise en retrait, mais j'en ai assez d'être ignorée. Hier soir et durant une bonne partie de la nuit, j'ai planché sur cette énigme. Ma baie vitrée est devenue mon tableau de travail. J'ai imprimé des photos de Véro et de ses proches, trouvées sur Facebook, histoire d'y voir plus clair. Grâce à mes feutres, j'ai relié les protagonistes entre eux, j'ai noté tout ce que je savais. Mais c'est visiblement insuffisant.

Ce qui me fâche le plus, c'est que la presse est mieux informée que moi. Ainsi, ce matin, en écoutant les actualités sur France Bleu Alsace, j'ai appris incidemment qu'on n'avait relevé aucune empreinte, ni sur le corps ni dans l'habitacle, hormis celles de la victime et du garagiste, mais ce dernier a un alibi. Lasse de poireauter et furieuse d'être mise à l'écart, j'ai décidé de téléphoner à la gendarmerie dès que j'aurai un moment de libre.

Vers 10 heures, entre deux clientes, je finis par prendre mon iPhone avant de m'enfermer dans le débarras où nous stockons matériel et serviettes.

— Gendarmerie de Wahlbourg, que puis-je pour vous ? fait une voix féminine que j'identifie immédiatement.

Il s'agit d'Aurélie, celle qui m'a répondu mardi.

— Bonjour. Ici, Léopoldine Courtecuisse. Je souhaiterais parler au lieutenant Delval.

— Léopoldine qui ?

Là, je me vexe franchement. Ces crétins se comportent comme si je n'avais pas découvert Véro, et que je n'avais joué aucun rôle dans cette affaire. C'est agaçant à la fin !

— Léopoldine Courtecuisse, vous êtes sourde ? C'est moi qui vous ai appelée l'autre soir !

— Ah oui ! Pas la peine de vous énerver, je ne peux pas retenir tous les noms, madame.

Comme si on pouvait oublier le mien. Il est tellement ridicule que c'est impossible.

— Ne quittez pas, je vous le passe.

Aussitôt, je me crispe, redoutant la discussion à venir. S'il est aussi poli que d'habitude, on s'engueulera comme deux poissonniers dans moins de cinq minutes.

— Delval, grogne une voix bourrue.

Ça promet…

— Lieutenant Delval, ici Léopoldine Courtecuisse. Bonjour. Vous allez bien ?

Oh, la faux derche ! Je ne me savais pas hypocrite à ce point.

— Qu'est-ce que vous voulez ?

Donc, c'est un fait acté, cet énergumène est un véritable homme des cavernes, à peine plus aimable qu'une porte de prison.

— Je m'attendais à avoir de vos nouvelles.

— Pourquoi ?

— Mais enfin ! J'ai trouvé le corps quand même ! Je peux vous aider.

— Et alors ? Vous avez tué Véronique Busch ?

— Bien sûr que non. Vous êtes fou ?

— Dans ce cas…

— Mais comment avance notre enquête ? Qu'avez-vous découvert ? Puisque vous racontez tout aux médias, pourquoi pas à moi ?

— Comment ça, *notre* enquête ? Vous débloquez, ma parole ! Si vous pensez un seul instant que je vous dois quoi que ce soit parce que vous êtes celle qui a repéré la victime en premier, vous vous mettez le doigt dans l'œil jusqu'au coude. C'est tout ?

Une furieuse envie de le claquer me démange. Ce type est un mufle, un pignouf qui s'imagine sans doute que la courtoisie est une vue de l'esprit. Pauvre bouffon !

— Pas la peine de me remballer comme ça. Je ne cherche qu'à apporter ma contribution.

— Eh bien, nous n'avons pas besoin de vous. D'ailleurs, je vais vous donner un scoop puisque vous êtes tellement curieuse. Il n'y a plus d'enquête, nous avons arrêté le coupable.

— Ah bon ? Et qui est-ce ?

— Bruno Busch.

— Non ! Vous commettez une grossière erreur, ce n'est pas...

— Au revoir !

Et il me raccroche au nez, sans façon. Je n'aime pas me montrer vulgaire, mais là, je ne retiens pas un *« gros connard »* sonore qui doit résonner jusque dans le salon. Tremblante et énervée comme jamais, je retourne dans la pièce principale. Mag est au shampoing, donc tout près de la réserve, et me lance un regard interrogateur. Ma cliente attend déjà.

— J'arrive, madame Schmitt. Installez-vous.

Comme une flèche, je rejoins mon amie. Mes lèvres s'approchent de son oreille.

— Ils ont arrêté Bruno.

Elle ouvre de grands yeux étonnés.

— Sérieusement ?

— Quelle bande de nazes ! Ils font fausse route, ce n'est pas lui.

— Et si tu avais tort, Léo ? Depuis le début, tu es convaincue de son innocence, mais au fond, tu n'en sais rien. Si ça se trouve, c'est lui qui a fait le coup.

— Impossible.

— Mais...

Je ne l'écoute déjà plus. Si je ne me retenais pas, je crois que je filerais *manu militari* à la gendarmerie pour attraper cet incompétent de Delval et lui coller le nez dans sa... enfin, vous comprenez ce que je veux dire. Au lieu de cela, je suis obligée de me farcir une permanente de plus.

Mais moi, ce que je désire plus que tout au monde, c'est mener cette enquête et prouver que Bruno n'a rien fait de mal. Je sais que j'en suis capable ! Seulement, je dispose de trop peu d'indices pour relier les pièces du puzzle entre elles – vous avez vu comme je parle bien le langage des flics ? Et dans la mesure où les gendarmes gardent leurs infos pour eux, je ne peux pas y changer grand-chose. Les gendarmes ? Pas tout à fait. Le grain de sable, c'est Delval, pas ses hommes. Je suis sûre que si je me trouvais face à Étienne, il me révélerait des éléments que j'ignore. Ce mec m'aime bien, pour la bonne et simple raison que je lui ai arrangé un rendez-vous avec Magalie à l'époque où nous étions au lycée. Il m'en doit donc une, même si elle a vingt ans d'ancienneté. En tout cas, je ne risque rien à essayer. Le plan qui me vient spontanément à l'esprit est le suivant : réussir à le coincer quand l'autre maroufle ne sera pas présent. Malheureusement, jamais la fille qui m'a répondu tout à l'heure n'acceptera de me rencarder. Voilà qui complique l'affaire. Par conséquent, je n'ai pas de meilleure option que de solliciter mon associée. Pas sûr qu'elle soit d'accord, mais ça se tente.

Quatre heures plus tard, nous sommes toutes les deux en train de balayer et de ranger sommairement, quand je lui pose enfin la question.

— Est-ce que je peux te demander un service ?

— Bien sûr, Léo, tout ce que tu voudras.

— Tu pourrais appeler la gendarmerie pour parler à Étienne ?

Mon amie écarquille les yeux de surprise.

— Et pourquoi est-ce que je ferais une chose pareille ? Je n'ai rien à dire à ce lourdaud.

Aïe, j'ai oublié de préciser que leur jolie histoire d'amour s'est mal terminée, le jour où elle l'a attrapé en train de faire du gringue à une autre fille. Pourtant, même s'il est désormais marié, il me semble qu'Étienne a toujours un faible pour Mag.

— Juste pour savoir si Delval est dans les locaux et, si tel est le cas, quand il compte s'absenter. Et également lui demander s'il peut me recevoir.

— Rien que ça ? Dis donc, dans quel bourbier est-ce que tu es en train de sauter à pieds joints ? À trop te mêler de ce qui ne te regarde pas, tu vas droit aux ennuis.

— Je regrette, mais je ne suis pas d'accord. Est-ce que tu penses en toute conscience que nous devons laisser Bruno être soupçonné d'un crime qu'il n'a pas commis ?

— Mais bon sang, cesse de le croire aussi innocent que l'agneau qui vient de naître ! S'ils l'ont arrêté, c'est qu'il y a bien une raison ou au moins des preuves, non ? On n'accuse pas les gens comme ça.

— Alors, je vais te répondre une nouvelle fois et te dire les choses telles que je les conçois, même si ça peut te sembler brutal. Bruno est trop con pour avoir mis au point un plan pareil. Pas d'empreintes, aucune image du tueur et un sang-froid à toute épreuve puisqu'il fallait ne pas perdre ses moyens pour dégommer Véro dans l'obscurité en tout juste une demi-heure avec le risque d'être surpris à n'importe quel moment.

— Ouais, présenté sous cet angle, tu n'as pas tort. Tout le monde sait que Bruno est émotif et un peu benêt sur les bords. J'étais avec lui en classe et il ne brillait pas franchement par son intelligence.

— Voilà, tu as tout compris. Avoir perdu Véro doit déjà être un drame pour lui, alors tu imagines comment il doit se sentir, enfermé dans une cellule ?

— C'est vrai qu'il était très amoureux d'elle.

— En tout cas, assez pour accepter ses amants.

— Ça, c'est un truc que je ne pigerai jamais, s'indigne aussitôt Mag. Merde quoi ! Être cocu n'a rien d'agréable, nous en savons quelque chose, toi et moi. Mais là, elle avait des aventures extraconjugales à n'en plus finir, il était au courant, et il ne l'a jamais quittée alors qu'il y avait largement de quoi. Mieux, il a profité des avantages comme un maquereau. J'avoue que ce mode de fonctionnement me dépasse.

— C'est connu que les pires garces chopent les meilleurs mecs. En attendant, on peut pester comme on veut, il y a un pauvre gars qui est accusé à tort et notre devoir est de l'aider.

— D'accord, je vais voir ce que je peux faire.

— OK, je mets une lessive en route pendant ce temps.

Il nous reste à chacune deux personnes à coiffer, mais nous avons un creux d'une demi-heure, autant faire bon usage de cette pause autrement qu'en bullant devant un café comme à notre habitude. Ce sont nos hanches qui nous remercieront, car bien évidemment la boisson est toujours accompagnée d'un dessert. Et à ce rythme, je peux vous certifier que nous finirons toutes les deux obèses avant notre retraite.

Mag ouvre la porte de la réserve un quart d'heure plus tard, alors que je plie les serviettes encore chaudes qui sortent tout juste du sèche-linge.

— Ta cliente est à l'accueil, indique-t-elle sans entrer dans la pièce.

— Quoi ? Déjà ? Elle est en avance.

Je soupire, mais interromps ma tâche pour revenir vers le salon. Alors que je passe devant elle, mon amie murmure à mon oreille :

— Tu devrais jouer au loto, c'est jour de chance pour toi. Delval doit partir dans une heure et il sera absent tout le reste de l'après-midi. Je pense que le moment est idéal. Qu'elle soit là avant l'heure a du bon, parce que plus vite tu termineras, plus vite tu pourras filer à la gendarmerie. Étienne t'attend. Décidément, cet abruti ne peut rien me refuser, ajoute-t-elle avec un sourire satisfait.

Ses mots agissent sur moi comme une décharge électrique. Magalie a raison, une telle occasion ne se représentera pas de sitôt. Pourvu que le client suivant, qui est un homme, ne soit pas en retard.

— Ah, et surtout ne me remercie pas ! s'exclame-t-elle, les lèvres pincées.

7

Quentin

En route vers Strasbourg, je ne peux m'empêcher de pester. Pourquoi le commandant, sous les ordres duquel je suis placé, veut-il me voir ? L'enquête est sur le point d'être bouclée, nous tenons notre coupable, que lui faut-il de plus ? J'en viens presque à regretter que les choses aient été si faciles. Dans ce bled paumé d'Alsace, j'ai l'impression d'être au purgatoire. C'est d'ailleurs très probablement le cas. Ma punition… Voilà comment on est traité dans l'armée – rappelons que la gendarmerie dépend du ministère de l'Intérieur, mais que nous sommes des militaires, contrairement aux policiers – quand on fait des conneries. Et la mienne, de connerie, elle était bien gratinée dans son genre. Le plus triste, c'est que je vais devoir ramer pendant des années avant que cette affaire ne me colle plus à la peau. Des années, voire des siècles. Et encore, je ne suis pas sûr que cela puisse être possible un jour. Bordel, comme je la déteste ! Comme je les déteste tous les deux !

Il n'y avait pas pire scénario pour un début de carrière qui se présentait pourtant sous les meilleurs auspices. Une licence de droit et un master de criminologie en poche à vingt-trois ans, la réussite du concours d'officier la même année et major de ma promotion après deux ans de formation en école à Melun. Mes parents étaient tellement fiers de moi. Pour ces viticulteurs qui ont trimé toute leur vie, je faisais office de consécration. Ma sœur et son mari reprendront l'exploitation familiale. OK, ils ont tiqué quand j'ai décidé d'entrer dans la gendarmerie, alors qu'ils m'espéraient avocat ou juge. Mais moi, ce que je voulais plus que tout, c'était faire partie du GIGN ou du PSIG. En attendant les quatre années obligatoires en tant qu'officier avant de pouvoir tenter d'intégrer un de ces deux corps d'élite, je me suis retrouvé en poste à la protection des personnalités et c'est là que tout a déraillé. J'ai repassé l'histoire mille fois dans ma tête, en toute objectivité, c'est à partir du jour où j'ai eu mon affectation que les choses se sont gâtées.

Résultat : après tant d'efforts, à vingt-sept ans, je suis déjà au placard, nommé dans le trou du cul du monde après une mutation non souhaitée qui s'avère être en réalité une sanction disciplinaire. Et ça ne fait que deux ans que je sévis dans la Gendarmerie nationale ! À ce rythme, la prochaine étape sera mon renvoi pur et simple. Vous croyez que je dramatise ? Détrompez-vous, c'est loin d'être le cas.

Sans compter que désormais, en raison de cette punition, je ne pourrai plus jamais intégrer une de ces unités et ça me rend dingue de savoir que mon rêve est brisé pour une minable affaire de fesses. Parce que c'est bien de cela qu'il s'agit. C'est là qu'intervient l'aspect glauque et sordide de mon parcours. J'ai perdu de vue mes objectifs et mes projets d'avenir pour une femme. Avouez que dans le genre *loser*, j'ai fait fort. Maintenant, il va falloir que j'en subisse les conséquences et que j'assume cette erreur regrettable.

Après avoir actionné le gyrophare pour esquiver les embouteillages, je finis par arriver avec un quart d'heure d'avance, c'est-à-dire à l'heure. Dans la gendarmerie, aucun retard n'est jamais toléré.

— Vous avez demandé à me rencontrer, mon commandant ? je m'enquiers, une fois les salutations d'usage effectuées.

— Merci d'être venu aussi rapidement, lieutenant.

Deux choses me frappent à l'instant où je serre la main de mon supérieur. Premièrement, à l'œillade qu'il me lance, ce type est au courant de mon passif et s'est déjà forgé son opinion. C'est sûr, il ne peut pas me blairer. Deuxièmement, dès qu'il en aura la possibilité, il me pourrira, sans doute pour me pousser à la démission, à défaut de pouvoir me virer, ce qui ne relève pas de sa compétence. D'ailleurs, je pense qu'il le regrette sincèrement et, certains jours, je préférerais qu'on en arrive là. Au moins, ma situation aurait le mérite d'être claire. Malheureusement, il reste quelque part en moi une flamme qui refuse de s'éteindre, l'espoir que je pourrai enfin faire mes preuves et être pris au sérieux, qu'on se souviendra de moi pour mes talents de fin limier et non pour une banale histoire de fesses. C'est donc sur cette affaire que je dois montrer ce que je vaux.

— J'ai eu un appel du juge, déclare-t-il, visiblement contrarié.

Qu'est-ce qu'il me raconte ? J'ai appréhendé le coupable en un temps record. Une mission des plus faciles. Peut-être qu'elle l'était un peu trop, justement. La pression de ma hiérarchie et ce besoin de reconnaissance m'ont poussé à aller au plus simple sans chercher ailleurs. Même aujourd'hui, j'aurais dû envoyer mon supérieur sur les roses pour cuisiner Busch au lieu de rappliquer comme un toutou au premier sifflement. Ce désir de considération me mène parfois à commettre des bourdes que ne ferait pas un débutant.

— Il a exigé que vous repreniez depuis le commencement et ordonne un complément d'enquête.

— Pour quelle raison ? Bruno Busch est l'auteur du meurtre.

— En êtes-vous bien sûr ?

— Il était le seul à posséder le double des clés et avait un mobile.

— Est-ce qu'il a avoué ?

Je baisse les yeux, mal à l'aise. On l'a arrêté ce matin, et je ne l'ai toujours pas interrogé. Pour l'instant, je le garde au chaud en cellule, de manière à l'affaiblir psychologiquement. Mais je comptais bien m'en occuper cet après-midi et je serais sans doute en pleine audition à l'heure actuelle, si je n'avais pas été convoqué. Évidemment, je ne peux pas le lui dire, ce genre de remarque ne passerait pas.

— Pas encore, mais ce n'est qu'une question de temps.

— Malheureusement, nous en manquons cruellement. Le juge estime que vos éléments ne sont pas assez probants et, de toute façon, ce ne sont que des preuves indirectes, insuffisantes pour inculper un prévenu. Il craint également que votre inexpérience ne vous joue des tours.

Alors, celle-là, je ne m'y attendais pas ! Je viens tout juste d'être nommé dans cette gendarmerie pourrie, d'un bled de campagne où les gens ont un accent à couper au couteau, mais cela ne fait pas pour autant de moi un bleu.

— Mon inexpérience ?

— Lieutenant, avez-vous déjà enquêté sur un meurtre ?

Je fronce les sourcils et suis obligé d'admettre qu'il a raison. D'ailleurs, j'ai été particulièrement étonné quand Étienne m'a appelé pour me demander de le rejoindre sur les lieux. Il paraît que le dernier assassinat survenu à Wahlbourg s'est déroulé il y a près de trente ans. Ici, hormis les petits fumeurs de shit et les dealers du dimanche, il ne se passe pas grand-chose. On fait quelques contrôles routiers aussi, mais pas de quoi vous mettre en transe si vous aimez l'action.

— C'est bien ce que je pensais, poursuit-il sans attendre ma réponse. Donc, laissez-moi vous expliquer ceci : sans arme du crime ni aveux circonstanciés du suspect, votre dossier est vide.

— Quoi ? Enfin, elle trompait ouvertement son mari ! Il avait les clés, alors qu'il est acté que le véhicule était verrouillé et que le trousseau de la victime se trouvait à l'intérieur.

— Même le plus nul des avocats démontera cet argument en deux coups de cuiller à pot. Le double des clés était à leur domicile, ce qui signifie que n'importe quel visiteur pouvait les subtiliser.

— Et le mobile, vous en faites quoi ?

— Il n'était pas le seul à en avoir un, non ? Un amant éconduit ou une épouse cocue et jalouse. En tout état de cause, vos éléments ne permettent pas de le condamner.

À ces mots, je me crispe et grince des dents. C'est bien ma veine ! Maintenant, tout est à refaire. Il était pourtant bien mon suspect, il avait une belle tête de vainqueur.

— Soit vous obtenez les aveux du mari et vous récupérez l'arme qui a servi à tuer cette femme, soit le juge vous adjoint une équipe du SRPJ de Strasbourg.

— Quoi ? Des flics ? C'est une blague ? Mais c'est mon affaire !

— Peut-être, mais si vous êtes dans l'incapacité de la résoudre, c'est ce qui arrivera. Autant que vous le sachiez, cette idée ne m'enchante pas du tout. Je n'ai pas besoin d'une nouvelle pub qui vantera l'inaptitude de la gendarmerie à faire autre chose qu'à dresser des prunes. Vous avez imprimé le concept ?

Je me tasse sur mon siège. La rivalité entre la police et la gendarmerie n'est un secret pour personne. Aucun des deux corps n'aime que l'autre empiète sur ses plates-bandes. Mais très souvent, trop souvent d'ailleurs, on fait venir les flics tels des Zorro, et les gendarmes passent pour une troupe de bouseux incompétents.

— Est-ce que vous avez compris ? s'agace mon interlocuteur.

— Oui, mon commandant.

— Très bien. On est jeudi. Vous avez dix jours pour démêler ce sac de nœuds, c'est tout ce que j'ai réussi à obtenir. Passé ce délai, la PJ déboulera dans vos locaux et laissez-moi vous dire qu'ils n'attendent que ça. Vous, vous serez juste utile à préparer leur café et faire les photocopies. Si ce scénario se produit, je me ferai un plaisir de vous empoisonner la vie jusqu'à ce que vous me donniez votre démission. Alors, si vous avez un tant soit peu de fierté, un petit conseil, mettez-vous au boulot et prouvez à tous que vous êtes capable d'autre chose que de sauter l'épouse du ministre dont vous assuriez la protection.

La vache ! Dans le genre brutal, il fait fort ! Bon, maintenant que tout le monde est au courant de mon histoire, je pense qu'on peut passer à autre chose. En attendant, quand j'affirmais que cette affaire me collerait à la peau comme une mouche sur un tas de merde, je ne me trompais pas.

— Comprenez-moi bien, Delval, je ne suis pas contre vous, n'y voyez rien de personnel. Je trouve même que la sanction était injustifiée, dans la mesure où vous n'avez commis aucune faute professionnelle grave, si ce n'est de vous amouracher d'une belle femme. Mais il n'en reste pas moins que je refuse d'être humilié par les cow-boys du SRPJ, une fois de plus. C'est pigé ? Dix jours, vous avez dix jours. Alors, ne gaspillez pas votre temps et ramenez-moi le véritable coupable. Peut-être qu'il s'agit du mari, mais peut-être pas. Donc, faites les choses bien et ne bâclez pas. C'est tout ce que j'ai à vous dire. Au boulot !

Après avoir salué le commandant, je quitte son bureau, un goût de bile dans la bouche. Je comprends son point de vue, mais me prendre ma propre stupidité en pleine face est déplaisant. Je n'ai pas besoin de lui pour me rappeler à quel point j'ai été idiot, je le fais très bien tout seul. En attendant, j'ai une enquête à résoudre et pas une minute à perdre si je ne veux pas finir à la circulation.

8

Pendant ce temps…

Léopoldine

— Allez, Étienne, ne sois pas vache ! Juste dix minutes.

— Léo, je ne peux pas, c'est interdit ! Tu imagines ce que je risque si je te laisse voir Bruno ?

— Mais enfin, merde quoi ! Ton lieutenant n'est pas là, il ne le saura jamais. Paul ne caftera rien, c'est sûr. Si Bruno m'avoue son crime, tu seras le premier à qui je le dirai.

— Pourquoi est-ce qu'il te parlerait plutôt qu'à moi ?

— Parce que c'est mon ex-petit ami et qu'un premier amour ne s'oublie jamais.

— Bordel, Léo, c'était il y a plus de vingt ans ! Tu ne peux pas me sortir un tel argument.

— Mais si tu prends la peine de réfléchir deux secondes, tu te rendras immédiatement compte qu'il n'est pas coupable de ce dont on l'accuse.

Je commence à perdre patience. Ça fait quinze minutes qu'Étienne et moi avons ce dialogue de sourds et aucun de nous ne veut céder un pouce de terrain. Malheureusement, je n'ai pas toute la soirée devant moi et chaque seconde est précieuse. Si monsieur malotru revient, ce sera la fin des haricots. En désespoir de cause, je décide d'utiliser ma dernière carte, ce qui signifie dégainer l'artillerie lourde.

— Dis donc, Étienne, je pense que tu n'aimerais pas qu'on connaisse certains aspects compromettants sur ta jeunesse, notamment un épisode fort embarrassant concernant Sandrine Lejeune.

J'ai appris cette histoire par Magalie et, très sincèrement, je n'aurais jamais imaginé m'en servir un jour. Mais aux grands maux les grands remèdes, n'est-ce pas ?

— Tu me menaces ? grogne mon interlocuteur en me lançant un regard torve. C'est du chantage ? Tu n'as pas honte ? Punaise, je suis dégoûté !

— Appelle ça comme tu voudras. Tout ce que je te demande, c'est de me laisser parler à Bruno pendant dix minutes.

— Pourquoi je ferais ça ?

— Parce que s'il y en a une qui peut l'innocenter, c'est moi. Tu ne trouves pas que cette affaire est trop facile ? Que quelque chose cloche ?

Il reste silencieux, assez longtemps pour que je m'en inquiète. Alors que je m'imagine déjà avec des menottes aux poignets pour outrage, Étienne finit par se lever et me fait signe de le suivre. Là encore, je n'en mène pas large, persuadée d'avoir allègrement dépassé les limites en tentant de le faire chanter. Parce que si on tient à appeler les choses par leur nom, c'est exactement ça.

— Tu as dix minutes, pas une de plus, c'est clair? Et après, tu dégages! Je ne veux plus te voir ni entendre parler de toi dans les prochains jours. *Capisci?*

— Tu as ma parole.

— Pour ce qu'elle vaut! Tu me déçois vachement, Léopoldine Courtecuisse. Je n'aurais jamais cru que tu serais capable d'un tel coup fourré.

Je baisse les yeux, mortifiée par mon propre comportement. Si je n'ai pas un physique de pin-up ni une intelligence démesurée, je me suis toujours targuée d'être quelqu'un de bien. Or, mon sens moral s'est fait la malle à l'instant où je suis entrée dans les locaux de la gendarmerie. Étienne a raison, je suis tombée bien bas. En revanche, ce dont je suis sûre, c'est qu'il ne m'aurait jamais permis de rendre visite à Bruno s'il n'avait pas eu peur que sa femme apprenne qu'il avait poussé sa copine de l'époque à avorter, pour la larguer à sa sortie de la clinique.

Il déverrouille une porte métallique, située au bout d'un couloir, et me fait un signe de la tête, m'intimant de passer devant lui.

— Dix minutes. Et si le lieutenant revient plus tôt que prévu, tu te barres aussi vite que tu le peux, parce que je ne te soutiendrai pas une seule seconde.

— C'est bon, j'ai compris.

Recroquevillé sur un banc, dans le fond de la petite pièce, Bruno ouvre un œil rougi par les larmes. Mon Dieu, quelle mine affreuse! Le chagrin se lit sur son visage et j'ai presque envie de pleurer avec lui, tellement mon cœur se serre à cette vision.

— Salut, comment ça va ?

Il s'assied, le regard perdu dans le vague, mais ne répond pas. Je m'installe à ses côtés. En même temps, pour une question débile, ma question est vraiment débile. Bien sûr qu'il n'est pas au mieux de sa forme : sa femme est morte.

— Bruno, je suis sûre que tu n'as rien fait de mal, que ce n'est pas toi.

Ma main se pose sur son dos que je caresse en traçant des cercles apaisants. En entendant mes paroles, il s'effondre dans mes bras et sanglote comme un gosse. C'est terrible de voir quelqu'un qu'on apprécie aussi malheureux. Je lâche mon sac qui tombe au sol et l'enlace pour le serrer fort.

— Ma vie est fichue, je l'ai perdue.

— Je sais que c'est dur pour toi, mais il faut que tu te reprennes. Tu ne peux pas te laisser accuser de son meurtre si tu n'y es pour rien.

— Je m'en fous, tu m'as compris ? Ici ou ailleurs, qu'est-ce que ça peut bien me faire ? Qu'ils me collent en taule, ça m'est égal.

Aussitôt, je m'insurge.

— Mais t'es con ou quoi ?

— Léo…

— Si tu acceptes de porter le chapeau alors que tu es innocent, tu vas passer les vingt prochaines années en prison. C'est ce que tu veux ?

— Tu as entendu ce que je viens de te dire ? Ma vie est fichue de toute façon !

Visiblement, c'est un nouveau dialogue de sourds qui s'instaure, seul l'interlocuteur change. Bruno est prêt à tout subir, tellement il est dévasté, même s'il n'a aucune responsabilité dans ce drame. Je dois à tout prix trouver un argument pour l'obliger à réagir, ce n'est pas possible autrement.

— Est-ce que c'est toi qui as tué Véro ?

Il se redresse lentement et me fixe avec des yeux ronds, comme si une corne avait poussé sur mon front.

— Mais ça ne va pas la tête ? Tu es folle ?

— Pour tout le monde, c'est toi, si tu laisses faire. Tu n'as pas compris ça ?

Il se gratte l'arrière du crâne et j'espère qu'un peu de raison entrera enfin dans la brume qui lui tient lieu de cerveau. Ah non, mais je vous jure, les hommes !

— Je… je… je…

Bon, eh bien maintenant, il faut que je lui assène l'estocade finale pour le convaincre de changer d'attitude tant qu'il en est encore temps.

— Sans compter que pendant que tu croupiras derrière les barreaux pour un crime que tu n'as pas commis, le vrai meurtrier se la coulera douce. Bravo, tu auras tout gagné !

Cette fois, j'ai capté son attention, je le sens. Les yeux plissés, Bruno me dévisage avec méfiance.

— Mais qui va me croire ? Tu oublies que pour eux je suis le coupable idéal.

Le plus sérieusement du monde, je décrète :

— C'est donc le moment ou jamais de prouver ton innocence. Et je vais t'y aider. Fais-moi confiance, je réussirai à te sortir de là.

— Toi ?

Un vague sourire naît sur ses lèvres et je pourrais presque en être vexée si je n'étais pas aussi pressée. Étienne a dit *dix minutes*, il doit déjà être en train de trépigner devant la porte.

— Tu vois quelqu'un d'autre ?

— Arrête tes conneries, Léo ! Tu n'es pas flic.

— Peut-être, mais je me suis débrouillée pour venir jusqu'ici, alors que je n'en ai pas le droit. Sans compter que c'est moi qui ai découvert le corps de Véro. J'ai besoin de comprendre ce qui a pu se passer et de quelle manière.

— Vraiment ?

— Oui. Et si par la même occasion, je parviens à démasquer le véritable assassin, ce sera la cerise sur le gâteau.

— Tu sais que tu es complètement dingue, toi !

Ravie de lui avoir arraché un semblant de sourire, je glisse une main tendre dans ses cheveux ébouriffés, comme je le ferais avec mon fils.

— Ça n'a rien de nouveau. Maintenant, parlons peu mais parlons bien, parce que je n'ai plus beaucoup de temps. Tu étais où au moment de sa mort ?

Une ombre traverse son regard, mais je suppose que c'est juste de la tristesse. Le premier débile venu se rendrait immédiatement compte que cet homme ne ferait pas de mal à une mouche et encore moins à une femme qu'il vénérait et qui le lui rendait bien, quoi que puissent en penser les mauvaises langues de la ville.

— Je… j'étais chez la psy…

Alors, si je m'attendais à ça! C'est une blague?

— Sérieusement? Mais pourquoi tu n'as rien dit?

— Ce n'est pas une psy comme les autres. Elle est sexologue et me suit depuis un petit moment.

— Bruno…

Je sens que le sujet est épineux pour lui et l'évoquer me met mal à l'aise, mais il faut qu'on en parle. Et pas dans une semaine ou dans un mois, mais maintenant. Le temps presse…

— Tu avais un blocage?

— Euh… ouais… on peut le dire comme ça. Tu sais, Véro et moi, on était vachement malheureux de la situation.

— Comment ça?

— On avait envie d'avoir un gamin, mais je n'arrive pas à… enfin, tu vois…

Je ne vois que trop bien. Dans ses yeux, je lis la vérité. Leurs sentiments, c'était une chose, mais il y avait le reste, comme l'incapacité d'un mari à avoir des rapports sexuels avec sa femme.

— Tu as ce genre de problème depuis longtemps?

C'est d'autant plus étonnant qu'on a couché ensemble plusieurs fois lorsqu'on était ados.

J'ai bien conscience de marcher sur des œufs, mais je veux être sûre de comprendre. Bruno pince les lèvres, ferme les paupières, puis finit par avouer.

— Depuis toujours… En tout cas, avec elle.

Je commence à y voir plus clair, notamment sur le fonctionnement de leur couple, sans doute bien différent des codes habituels.

— C'est pour ça que…

— C'est pour ça que j'acceptais qu'elle ait des amants. Vois-tu, Léo, ma femme adorait le sexe, elle en avait besoin. Beaucoup… Et moi, j'étais incapable de…

Les blancs dans ses phrases en disent plus long que n'importe quelle tirade. Je n'imaginais pas ça et, pourtant, j'éprouve beaucoup de tendresse pour eux. Ce qu'ils ont été contraints de surmonter a dû être très compliqué.

— Véro n'a jamais perdu espoir, poursuit-il. Elle disait que le jour où mon problème serait réglé, ce serait juste elle et moi. En attendant, elle voulait que ses aventures nous soient bénéfiques à tous les deux. Ça peut te sembler immoral et ça l'était sans conteste. Mais je l'ai souvent vue pleurer, parce que la situation lui pesait.

— Donc, tu étais au courant pour ces hommes. Et tu l'acceptais ?

— Je n'avais pas vraiment le choix. Après tout, le souci venait de moi. Mais grâce à elle, j'ai retrouvé un travail, nous ne payions pas de loyer et nous vivions bien. Tu sais, je me suis fréquemment fait l'effet d'être un proxénète et j'avais honte. C'est pour cette raison que j'ai toujours joué à celui qui ignorait tout, un pauvre bougre cocu. Mais la vérité, c'est que si je lui avais interdit de coucher ailleurs, elle n'aurait eu aucun autre amant. Maintenant, je me dis que c'était dégueulasse de ma part.

— Pourquoi ?

— Parce qu'en prenant le rôle de la victime, j'ai fait d'elle une salope. Sa réputation était ruinée et, même si elle prétendait qu'elle s'en fichait, je suis certain que c'était loin d'être le cas. Elle en souffrait vraiment. Voilà pourquoi j'ai décidé de voir un médecin l'an dernier. Il fallait de toute urgence régler le problème une bonne fois pour toutes et c'était à moi de le faire.

Le bruit de la porte nous fait sursauter tous les deux.

— Léo, tu dois partir tout de suite, ordonne Étienne.

— Quoi ? Mais pourquoi ? On n'a pas fin...

— Il arrive !

Inutile de préciser à qui il fait référence, nous le savons bien, n'est-ce pas ? Avec regret, je me lève, récupère mon sac et serre Bruno dans mes bras. Avant qu'il s'écarte, je lui souffle à l'oreille :

— Je trouverai un moyen de prouver que tu n'es pas mêlé à cette histoire.

— Démasque le coupable, c'est tout ce que je te demande, répond-il dans un chuchotement.

— Est-ce que tu as une idée de celui qui pourrait avoir fait le coup ?

Une drôle d'expression s'affiche sur son visage et je devine qu'il a effectivement des soupçons.

— LÉO ! Grouille, bordel !

— Bruno ? je m'enquiers, attendant qu'il me fasse part de ses doutes.

Hélas pour moi, il inspire profondément et se détourne, tandis qu'Étienne m'attrape par le pull, me colle ma doudoune entre les bras et me tire vers la sortie.

— Appelle mon frère, souffle Bruno, si doucement que je crois un instant avoir rêvé.

La porte se referme dans un bruit métallique et je suis poussée vers le couloir avec une telle énergie que je manque de me rétamer.

— Eh, mais du calme ! T'es malade de me bousculer comme ça !

— La ferme, Léo ! Dégage d'ici et ne dis à personne que tu es venue, sinon je vais avoir de sérieux ennuis.

Je relève la tête et mon regard croise deux yeux d'un bleu pétrole qui semblent littéralement incandescents. Et ce n'est pas de la passion, mais clairement de la colère.

— Oh oh ! Trop tard…

À moins de trois mètres de moi, Quentin Delval, alias monsieur maroufle, a l'air d'écumer de rage en m'apercevant.

9

Quentin

Pour une journée de merde, c'est vraiment une journée de merde ! Entre l'interpellation du pauvre type qui a selon toute probabilité trucidé sa femme, la coiffeuse qui se prend pour Miss Marple et veut se mêler de mes affaires, et le commandant qui me fait venir dans son bureau comme un protal convoquerait un morveux et qui doute clairement de mes capacités, je crois que j'en ai déjà assez soupé pour aujourd'hui. Mais il est bien évident que ce serait trop beau si tout s'arrêtait là. Non ! Pensez-vous ! La cerise sur le gâteau ? Cette pouffiasse de shampouineuse qui émerge tranquillement de la cellule du prévenu, alors qu'elle n'a rien à y faire, pas plus que dans les locaux de la gendarmerie. Si je chope l'abruti qui l'a laissée entrer, ça va saigner !

Celle-là, elle me court sur le haricot depuis le soir où elle a tenté de me virer de la scène du crime. Elle avait de la chance de m'avoir aussi bien coupé les cheveux, sinon j'aurais été sans pitié. Les choses sont déjà assez compliquées, je ne vais pas en rajouter avec une nana dans mes pattes. Parce que, pour tout dire, les femmes, elles me sortent un peu par tous les trous en ce moment. N'est-ce pas à cause de l'une d'elles que je me retrouve dans une mouise ingérable ? Dans le genre leçon de la vie, je ne suis pas près d'oublier celle-là. Alors, tout ce qui ne ressemble pas à un mec doit rester loin de moi, sous peine de récolter une soufflante de première.

— Qu'est-ce qu'elle fout ici, celle-là ? je gueule à l'intention d'Aurélie qui est postée à l'accueil.

La pauvre fille blêmit et se ratatine derrière le comptoir.

— Je n'y suis pour rien, mon lieutenant, c'est Étienne.

— Vous ne répondez pas à ma question.

— Je ne sais pas quoi vous dire de plus. Ils se sont parlé et il a accepté qu'elle entre dans la cellule pour discuter avec le prévenu.

— QUOI ?

— C'est comme je vous dis. Cette bonne femme est insupportable à se mêler de nos affaires.

Furax à un point que je ne peux même pas décrire, je plisse les paupières, les réduisant à deux fentes sur un visage crispé. Alors ça, non, ce n'est pas possible ! À ce rythme, et si ça s'apprend, les cow-boys du SRPJ seront là demain matin et on passera tous pour une bande d'incapables. Ici, ils ont peut-être l'habitude d'agir n'importe comment, mais ce n'est pas mon cas. Et il n'est pas question que j'autorise de telles transgressions. Je vais te la foutre dehors, cette coiffeuse à deux balles, ça ne va pas traîner ! Je n'ai pas le temps de prononcer le premier mot qu'elle longe le couloir au pas de course et file en direction de la sortie. C'est une blague ? Elle n'espère tout de même pas s'en tirer en prenant la tangente ? Et puis quoi encore !

Debout près de la cellule, Étienne Martel assiste, impuissant, à la scène. Quand son regard croise le mien, je fais un signe avec mon pouce en travers de ma gorge, histoire de bien lui montrer à quelle sauce il va être mangé. Le pauvre type rougit furieusement et baisse la tête, avant de retourner dare-dare dans son bureau. Il ne perd rien pour attendre celui-là, vous allez voir le savon que je vais lui passer ! Bordel, il vient de commettre une faute lourde qui peut nous coûter très cher.

Mais avant tout, il y a une autre personne qui a besoin d'une bonne engueulade en règle. Parce qu'il n'est pas question que madame la fouille-merde s'en tire comme ça. Au moment où elle tend sa clé pour déverrouiller sa bagnole, je l'apostrophe.

— Hep hep hep ! Un instant, Miss Marple !

Au pas de course, je la rejoins. Dès que je suis près d'elle, cette enquiquineuse se fige, même si elle n'a pas l'air de vouloir m'affronter. Me fichant d'être en plein milieu de la rue, je me mets à hurler comme un poissonnier.

— Je croyais avoir été parfaitement explicite tout à l'heure ! Vous n'avez strictement rien à faire ici ! C'est clair ?

Après un petit moment d'immobilité, elle finit par pivoter pour me faire face. Ses yeux lancent des éclairs et ses pommettes sont rosies par la colère. Mince alors ! Et en plus, madame est en pétard ? Elle ne manque pas de culot, cette bonne femme.

— Limpide.

— Si je vous croise à nouveau dans les parages, je vous fous au trou pour obstruction à une enquête.

— Tiens donc, j'aimerais bien voir ça.

— Oh, mais vous allez être aux premières loges et très vite si vous continuez à vous mettre en travers de ma route. Je ne sais pas pour qui vous vous prenez, mais je vous le dis tout net, vous allez arrêter vos conneries immédiatement.

— Ah bon ? Alors, faites votre boulot correctement, inspecteur Colombo. Parce que là, ce n'est ni fait ni à faire. J'ai bien compris que vous êtes un petit péteux qui s'imagine être la huitième merveille du monde, mais en ce qui concerne l'affaire Véronique Busch, vous avez tout faux ! s'époumone-t-elle à son tour.

L'indignation me coupe le souffle. Si elle était un mec, je crois que je lui en flanquerais une sévère. Hélas, je suis face à une nana et mon père m'a toujours appris qu'il ne faut pas toucher aux filles. Mais je jure que la main me démange.

— Je ne vous permets pas. Votre opinion, je me mouche avec, alors vous pouvez vous la coller sous le bras et retourner à vos bigoudis !

— Pauvre crétin imbu et arrogant, peste-t-elle sans tenir compte de mon avertissement.

— Vous pouvez répéter ça ? Je vous rappelle que je suis un officier de gendarmerie dans l'exercice de ses fonctions.

— Vous vous prenez pour un grand enquêteur, n'est-ce pas ? Eh bien, laissez-moi vous dire que vous êtes complètement à côté de la plaque. Bruno Busch n'a pas tué sa femme, pour la bonne et simple raison qu'il était à Saverne chez une psy. Vous ne répondez pas ? Ça vous en bouche un coin, pas vrai, Sherlock ? Vous pouvez toujours jouer au shérif, vous ne comprenez rien à rien. Et vous voulez savoir pourquoi ? Parce que vous ne connaissez pas les gens de cette ville.

Touché dans mon orgueil, je plisse les yeux. Comment peut-elle être au courant de l'endroit où se trouvait Busch ? Je lui ai posé la question avant de l'arrêter ce matin et, s'il avait eu un alibi, jamais je ne l'aurais embarqué. C'est justement parce qu'il n'en avait pas que le mari de la victime est devenu mon principal suspect.

— Parce que vous, vous les connaissez peut-être ?

Par fierté, je ne peux pas m'empêcher de riposter. Mais ma voix a diminué en décibels, ce qui signifie que je ne suis plus si sûr de moi. Cette nana est ridicule, même son nom l'est, c'est dire…

— Oh oui ! Je suis née ici, j'ai vécu toute ma vie ici, et j'ai coupé les cheveux au moins une fois à chaque habitant de Wahlbourg. Je sais tout d'eux, surtout ce qu'ils s'efforcent de cacher et ne vous révéleront jamais. Alors, qu'est-ce que vous répondez à ça ?

— Que vous racontez n'importe quoi !

Pourtant, c'est plus fort que moi, je suis gagné par le doute. Pour en avoir le cœur net, je poursuis :

— Pourquoi êtes-vous tellement persuadée que ce n'est pas lui ?

— Parce qu'il est trop con pour avoir prémédité un tel crime et qu'il adorait sa femme.

— Qui le trompait joyeusement au cas où vous, reine des potins, n'en seriez pas informée.

— Tout le monde le sait, vous ne m'apprenez rien. En revanche, moi, j'ai un scoop pour vous. Il était au courant pour ses amants, c'est même lui qui le lui avait suggéré.

Je reste muet de stupéfaction. Consciente d'être en position de supériorité, Léopoldine Courtecuisse pointe un index rageur dans ma direction.

— Ne sous-estimez jamais les confidences faites à une coiffeuse, reprend-elle avec plus de calme. Sur le fauteuil, les gens deviennent bavards et révèlent leurs petits secrets sans même s'en rendre compte, après avoir allègrement ébruité ceux des autres. Alors, quand je vous affirme que je les connais, ainsi que les squelettes qu'ils dissimulent dans leurs placards, je peux vous certifier que je ne mens pas.

Sur ces paroles pleines d'une sagesse relative, elle monte dans sa bagnole et démarre, me laissant toujours bouche bée. Lorsque sa voiture disparaît enfin de ma vue, je me gratte la nuque, mal à l'aise. Et si elle avait raison ? Dans ma précipitation à vouloir montrer à quel point je peux être bon enquêteur, j'ai peut-être joué la facilité en bâclant l'affaire, puisque je n'ai clairement pas exploré toutes les pistes.

De retour dans les locaux de la gendarmerie, je me dirige vers la pièce que partagent Étienne Martel et

Paul Leblanc. Ce dernier est en train de patrouiller, Martel est donc seul.

— Vous, dans mon bureau !

Je devrais être fou de rage, mais je ne peux me départir d'une sensation de malaise particulièrement désagréable. Le plus calmement possible, je m'installe dans mon fauteuil, tandis qu'il prend place en face de moi.

— Ce que vous avez fait, mon vieux, c'est une faute grave.

Il rougit, mais ne se démonte pas.

— Je ne suis pas d'accord. Léopoldine Courtecuisse est une amie de longue date du prévenu. S'il y a une personne à qui il pouvait se confier, c'était bien elle. Il y a un micro dans la cellule, je l'ai actionné. Voilà l'enregistrement.

Étienne dépose un petit appareil devant moi et appuie sur le bouton. La conversation entre la coiffeuse et Busch est édifiante. Elle avait raison, ce n'est pas lui.

— Encore une fois, ce n'était pas à vous de décider qu'elle pouvait le voir. Merde, ce type est en état d'arrestation !

— Je sais, lieutenant, et j'en suis désolé. Mais comment vous expliquer… cette histoire me semblait trop simpliste pour être plausible.

Si je comprends bien, il n'y a que moi, pauvre crétin, à ne pas avoir pigé qu'il y avait un os de taille.

— Que pouvez-vous me révéler sur Léopoldine Courtecuisse ?

Jusqu'à présent, je n'ai pas voulu m'appesantir sur son cas. À mes yeux, cette femme est totalement inintéressante. J'irais même plus loin, elle est inodore et incolore. Non pas qu'elle soit moche, mais enfin elle doit approcher la quarantaine et son physique est plutôt banal. Par ailleurs, je n'ai pas apprécié qu'elle m'ait induit volontairement en erreur en me laissant croire que Léo était un homme. De toute façon, pour moi, les coiffeuses sont des nanas superficielles et coconnes.

— C'est une chouette fille. Elle rêvait d'être flic au collège, je m'en souviens très bien. Quand elle a appris que j'avais eu le concours de la gendarmerie, elle a pleuré en m'expliquant qu'elle aurait donné n'importe quoi pour être à ma place.

J'élude ses propos d'un geste de la main. Ces blablas n'ont aucun intérêt.

— À votre avis, elle connaît bien les habitants de Wahlbourg ?

— Oh oui ! réplique-t-il sans la moindre hésitation. Non seulement, en tant que coiffeuse, car elle s'occupe de bon nombre d'entre eux. Mais en plus, sa mère était assistante sociale et son père banquier. Aujourd'hui, il est toujours premier adjoint au maire. Alors, je suppose qu'elle a dû en entendre des vertes et des pas mûres sur presque tout le monde.

— Elle est mariée ?

J'ignore pourquoi je pose cette question, la réponse ne m'intéresse même pas.

— La pauvre ! Cette histoire a fait jaser toute la ville pendant des semaines.

Aussitôt, je tends l'oreille, bien plus à l'affût que je ne l'étais jusqu'à présent. Si je peux avoir des munitions pour lui clouer le bec, je ne vais pas me priver.

— Quelle histoire ?

— Elle vivait depuis plusieurs années avec un gars, Olivier Mangin. Un connard prétentieux. Ils ont deux enfants ensemble.

— Et qu'est-ce qui s'est passé ?

— Il la trompait depuis un moment et elle l'a découvert.

— Rien de très époustouflant. C'est banal.

— Ouais, ou pas. Parce que la maîtresse de Mangin se trouvait être la propre sœur de Léo, celle que ses parents ont toujours ouvertement préférée.

Je siffle, épaté. Effectivement, là, ça change la donne. On nage en plein vaudeville.

— Elle a dû quitter la maison qu'ils avaient construite et la frangine s'y est installée avec lui tout de suite après.

— Rude…

— Comme vous dites. Léopoldine prétend qu'elle s'en est remise, mais j'ai de sérieux doutes. Dommage, parce que c'est vraiment une chic fille. Bien sûr, l'autre est plus jeune et plus jolie qu'elle, mais c'est une teigne et, au final, Mangin se punit tout seul, puisqu'il doit supporter maître Constance Courtecuisse.

— Maître ?

— Constance Courtecuisse est avocate. Elle a eu le droit de faire des études longues, contrairement à son aînée qui n'était pas jugée assez brillante.

Si son histoire est plutôt moche, il y a pire. Par exemple, celle d'un gendarme débutant qui tombe amoureux de la femme du ministre dont il doit assurer la sécurité.

— Ramenez-moi Bruno Busch, j'ai deux mots à lui dire. Et convoquez sa famille également.

10

Vendredi 16 novembre 2018

Léopoldine

Depuis hier, et ma prise de bec avec l'autre trouduc – appelons un chat un chat –, je ne décolère pas. À cause de lui, trop stressée pour dormir, j'ai passé une partie de la nuit à cogiter sur cette affaire. Encore… Les confidences de Bruno me permettent d'aborder mon enquête sous un jour nouveau. Je reste convaincue que Véro connaissait son agresseur et que celui-ci était planqué dans la voiture avant qu'elle ne s'y installe. Maintenant, la question, c'est : qui avait accès au double des clés de sa nouvelle bagnole ?

Mes soupçons se portent sur le garagiste avec qui elle couchait et qui était accessoirement le patron de Bruno. Mais il y a aussi sa femme. Après tout, elle aurait pu ne pas apprécier d'être cocue. Et en plus, elle est infirmière. Alors le coup des mesures d'hygiène et des empreintes qu'on ne laisse pas, elle pouvait au moins être au courant. Sauf que ça ne colle pas avec sa personnalité. Je côtoie Gisèle Gérard depuis des années et c'est une chouette fille. Vraiment. Mais au fond, connaît-on véritablement les gens ? *That's the question.*

En désespoir de cause, j'ai dû revoir la liste des amants de Véro. Si j'écoute les ragots, elle s'envoyait en l'air avec tout le monde. Je me retrouve donc à tenter de démêler le vrai du faux, la rumeur véhiculée par radio blabla de la réalité. Et ça, c'est plus compliqué. Pour le moment, j'ai bien sûr recensé Gilbert Gérard, alias le garagiste, le patron du restaurant gastronomique Le Petit Alsacien, et le propriétaire de leur appartement. De nombreuses mauvaises langues racontent qu'elle couchait aussi avec Boski. Mais ce sont des conneries. Ce mec est gay, j'en suis certaine. Ensuite, à qui le tour ? S'il y en a d'autres… Parce qu'à ce stade, la fille avait quand même déjà la santé ! Il faudrait que je papote avec Léna, sa collègue, qui la connaissait mieux que moi. Mais elle ne travaille pas aujourd'hui et je me vois mal débarquer à son domicile avec mes gros sabots. D'autant que mon planning de la journée est complet, je n'ai pas une minute à moi.

— Tu es bien silencieuse, fait remarquer Magalie.

Parce que j'ai plus de chance qu'hier, je viens d'appliquer une teinture à une mamie qui s'est endormie. Non, c'est vrai, je ne mens pas ! Il paraît qu'elle est insomniaque et qu'elle se lève aux aurores. En tout cas, chaque fois, elle pique un somme le temps que la couleur prenne. Voilà qui est reposant, puisque je ne suis pas obligée de faire la conversation alors que mon cerveau est en ébullition.

— Je réfléchis…

— Je vois ça. Tu as pu lui parler ?

— Oui, merci pour ton aide. Sans toi, Étienne n'aurait jamais accepté. Et merci aussi d'avoir balancé son sale petit secret. Quand j'y ai fait mention, il s'est décomposé.

— Je te l'avais bien dit. Les mecs sont si prévisibles !

Nous rions, quand soudain mon amie se fige, un bigoudi à la main. Faisant un pas sur le côté, elle me file un coup de coude.

— Je crois que tu as une visite, chuchote-t-elle avec un sourire ironique.

Je redresse la tête, persuadée qu'il s'agit de mon client suivant. Je coiffe souvent des hommes entre deux colorations ou permanentes, parce que c'est de l'argent rapidement gagné. Pendant la demi-heure que dure la pose de la couleur, j'ai largement le temps. Malheureusement pour moi, le type qui se tient devant le comptoir n'est pas M. Lemay que j'attends, mais mister pignouf, alias Quentin Delval. Dès que je l'aperçois, je fais un signe discret à Mag, lui enjoignant de l'accueillir. Pas question que j'adresse à nouveau la parole à ce sale type. Alors là, même pas en rêve ! Hélas, comme je le redoutais, elle revient quelques minutes plus tard, la mine déconfite.

— Il demande à te parler, c'est une affaire urgente.

Je plisse les paupières avec contrariété. Il commence à me courir sur le râble, celui-là.

— Envoie-le bouler, je n'ai pas le temps.

— Léo ! C'est un gendarme ! Il est en uniforme, donc en service. Tu ne peux pas lui dire d'aller se faire frire, s'indigne mon amie.

Agacée d'être mise devant le fait accompli, je m'exclame assez fort pour qu'il l'entende :

— C'est bien dommage !

À voir l'œillade incendiaire qu'il me lance, c'est le cas. Mais je lui en veux tellement de m'avoir rabaissée comme il l'a fait, que je m'en fiche comme de ma première mise en plis. Traînant des pieds, je finis par approcher de la zone d'accueil.

— Oui ?

— Est-ce qu'on peut parler ?

Décidée à lui coller des bâtons dans les roues, je joue les parfaites idiotes.

— Et qu'est-ce qu'on fait ? Du macramé ?

— OK, je suis désolé de m'être emporté hier. Je n'aurais pas dû vous hurler dessus comme ça. Mais vous devez comprendre que je suis sous pression, je n'ai pas droit à l'erreur.

— L'ennui, c'est que vous êtes persuadé d'avoir la science infuse et que vous n'écoutez pas les gens qui tentent de vous mettre en garde. Vous faisiez fausse route.

— Ne me prenez pas pour l'abruti que je ne suis pas. Vous avez toujours rêvé d'être flic et vous crevez d'envie de participer à l'enquête.

Je croise les bras sur ma poitrine, pas ravie que cet idiot de Martel ait été incapable de tenir sa langue.

— Je vois que vous êtes allé à la pêche aux renseignements.

— Peut-être, mais c'est quand même la vérité.

Comment le contredire ? Il a raison, je le sais, il le sait et il sait que je le sais. D'ailleurs, je n'essaie pas de nier. Il est établi qu'Étienne est d'un naturel bavard. S'il l'a été avec moi, il l'aura également été avec lui. Surtout s'il voulait retrouver les bonnes grâces du boss. Nul doute que l'entorse d'hier a dû lui valoir une sévère réprimande.

— Et puis, pas la peine de vous plaindre, tout est de votre faute. Si vous n'étiez pas venue à la gendarmerie, je ne me serais jamais intéressé à votre cas.

Je pousse un soupir, dépitée. Cette conversation ne mène à rien et commence à me fatiguer.

— Bon, je n'ai pas toute la journée. Donc, si vous me disiez exactement ce que vous espérez de moi, nous gagnerons un temps précieux.

Le lieutenant Delval baisse les yeux, visiblement mal à l'aise.

— J'ai besoin de votre aide.

Eh bien ! Si je m'attendais à ça ! À voir sa tête, je comprends immédiatement que ça lui écorche la bouche de me demander un coup de main. Pour le mec fier et orgueilleux qui se tient devant moi, il est évident que quémander est rude, surtout quand c'est la coiffeuse du coin qu'on sollicite.

— Pourquoi ? Vos cheveux ne sont pas assez courts ?

— Oh, madame Courtecuisse, ne jouez pas à ce petit jeu avec moi, ce serait une très mauvaise tactique.

La menace que je perçois dans sa voix est réelle et il faudrait être idiote pour ne pas en tenir compte. Mais que voulez-vous… je n'aime pas ce type. Il est tout ce que je déteste chez un homme. Beau comme un astre, mais persuadé qu'il peut en abuser à outrance. Arrogant comme ce n'est pas permis, et toisant tout le monde du haut de son piédestal. En fait, il me rappelle Olivier, sauf que mon ex était vraiment moins canon. D'ailleurs, maintenant que je pense à lui, une idée me vient…

— Acceptez-vous de m'épauler, oui ou non ? insiste Delval, de toute évidence à bout de nerfs.

— Mais qu'est-ce que j'y gagne, moi ?

— Ma reconnaissancc et…

Avec une grimace cynique, je l'interromps. L'ironie est la meilleure des réponses à ce mensonge si énorme qu'il en devient grotesque.

— Waouh, génial ! C'est sûr que ça me tiendra chaud l'hiver.

— Mais qu'est-ce que vous voulez à la fin ?

Sa voix vient de monter en volume et Magalie, non loin de nous, sursaute.

— Si je vous aide à élucider ce mystère, vous me devrez un service. N'importe lequel.

— Holà, pas si vite ! Et puis quoi encore ? Ce n'est pas parce que vous allez partager les ragots de la ville avec moi que je dois être redevable.

— C'est vous qui voyez.

Bien déterminée à l'enquiquiner jusqu'au bout, je lui tourne le dos. Après tout, c'est lui qui a déclenché les hostilités en insinuant que j'étais vieille et pas assez jolie pour retenir son attention, et qui revient tout penaud sous prétexte qu'il a besoin de moi.

— Attendez ! Si votre contribution est décisive dans la résolution de cette affaire, j'accepte vos conditions.

Un sourire lumineux aux lèvres, je pivote à nouveau vers lui.

— C'est d'accord.

Pour sceller notre marché, je lui tends la main, qu'il serre dans la sienne. En hâte, je coupe court à ce contact, un peu trop agréable à mon goût. Je dois impérativement garder la tête froide. Delval est un con prétentieux, mieux vaut ne surtout pas l'oublier.

— Très bien. Vous venez avec moi alors ?

À cette question, j'ouvre de grands yeux, éberluée. Mais il est fou, lui !

— Pardon ?

— Mais oui, je…

— Des clients m'attendent, je ne peux pas tout plaquer pour vous suivre. Dans quel monde vivez-vous, lieutenant ? Dans le mien, il y a des gens qui travaillent pour gagner leur vie et qui ont des obligations.

— Dans ce cas…

— Le salon ferme à 18 heures. Laissez-moi une demi-heure pour ranger et rentrer chez moi. Le plus simple est qu'on se retrouve à mon domicile vers 19 heures.

— C'est une plaisanterie ?

— Bien sûr que non, pour qui me prenez-vous ? J'ai une tête à faire des blagues, là, tout de suite ?

Il ne répond pas et je comprends que les mots qui lui viennent spontanément aux lèvres ne sont pas particulièrement aimables. Si je reste un tant soit peu dans la même logique, il est sans doute question de ma tête justement. Le fait qu'il n'ait pas répliqué me montre à quel point cet homme est désespéré. De toute façon, il fallait qu'il le soit pour se pointer au salon. Lui rentrer dans le lard pour quelque chose qu'il n'a pas dit serait stupide. D'autant que j'ai très envie de découvrir ce qui est arrivé à cette pauvre Véronique Busch.

Aussi, j'embraye, histoire de calmer le jeu.

— Rassurez-vous, cela n'a rien d'un rencart. Seulement, on ne peut pas résoudre cette enquête ici, n'est-ce pas ? Désolée, mais nous n'avons pas le choix. J'ai pris plein de notes et je pense qu'elles vous aideront. Vous apportez le dîner ?

— Que les choses soient claires, madame Courtecuisse, il n'est pas question que je vous obéisse au doigt et à l'œil. Ce n'est pas parce que je vous demande de collaborer que je suis aux ordres, comme un jeune larbin.

Mon prochain client débarquant sur ces entrefaites, je me tourne vers lui, non sans avoir indiqué :

— Pizza *calzone* pour moi. Bonjour, monsieur Lemay, je vous en prie, installez-vous, j'arrive tout de suite.

Delval s'en va sans un mot et je passe le reste de la journée sur un nuage, jubilant à la simple idée qu'il ait besoin de moi. Ce soir, je vais lui montrer comment bossent les vrais détectives et il ne va pas s'en remettre de sitôt !

11

Léopoldine

Il est presque 19 h 30 quand on sonne à ma porte. J'ai eu le temps de prendre une douche rapide et, sur les conseils de Mag, j'ai opté pour un simple pantalon de yoga avec un T-shirt ample, histoire d'afficher la couleur en montrant à Quentin Delval que je ne fais aucun frais pour lui. Remarquez, j'aime bien cette tenue confortable et je me fiche qu'elle ne me mette pas en valeur. Comme dirait mon adorable garce de fille : « Lorsqu'on a un cul aussi large que l'Australie, on ne porte pas de leggings. » En attendant, elle n'est pas là et je fais encore ce que je veux.

Lorsque j'ouvre la porte, je suis quelque peu troublée de le voir habillé en civil, même si ce n'est pas la première fois. Dans son jean, son perfecto, ses Converse et un pull à capuche, cet homme est parfait. Sur sa main reposent deux cartons dont l'arôme vient me chatouiller les narines, me rappelant que j'ai vraiment faim. Préoccupée par cette histoire, je n'ai quasiment pas touché à mon sandwich de midi. Maintenant, mon estomac gargouille bruyamment, ce qui me fait rougir de gêne.

— Je crois que j'arrive juste à temps, déclare-t-il avec un petit rire.

Je m'efface pour le laisser entrer et, d'un geste de la main, je l'invite à me suivre, ce qui n'est pas compliqué puisqu'on accède directement à la pièce principale, c'est-à-dire le séjour séparé de la cuisine par un bar où nous prenons habituellement nos repas. Il dépose les emballages dessus et émet un long sifflement en regardant autour de lui.

— C'est quoi ça ?

Du doigt, il montre la baie vitrée qui mène à la terrasse. Comme je l'ai déjà indiqué, j'y ai collé des feuilles couvertes de notes, des photos, et inscrit tout ce qui me paraissait important.

— J'avais besoin d'y voir plus clair. Et si on mangeait d'abord ?

Delval s'installe sur un tabouret haut pendant que je cherche de quoi boire, des verres, ainsi que des couverts. Puis, nous nous mettons à dîner tranquillement. Au bout de quelques bouchées, je ne peux m'empêcher de demander.

— C'est votre première enquête, n'est-ce pas ?

Il rit, mais semble assez mal à l'aise pour me laisser entendre que je suis dans le vrai.

— Comment est-ce possible ?

À contrecœur, il finit par répondre, après quelques minutes d'un silence gêné.

— Jusqu'à ce que je sois muté à Wahlbourg, j'étais affecté à la protection rapprochée des personnalités, à Paris.

— Ah bon ? Et pourquoi avoir opté pour une petite ville de campagne en Alsace ? Ça doit vous faire tout drôle après la capitale.

— Vous êtes toujours aussi curieuse, Léopoldine ?

Sans être impressionnée par son regard ombrageux, je le dévisage fixement, si bien qu'il cède.

— J'avais envie de changer d'air, de faire autre chose. Les hommes de pouvoir sont des personnages difficiles et j'en avais marre de toutes ces conneries.

Quelque chose me souffle que ce n'est pas toute la vérité, mais je suppose que je dois m'en contenter pour le moment. Après tout, je n'ai aucune intention de lui raconter ma vie, qui suis-je pour exiger de lui qu'il me livre la sienne ?

— Hier, j'étais convoqué chez mon commandant qui m'a donné dix jours pour résoudre cette enquête, sinon le SRPJ de Strasbourg sera saisi. Ordre du juge. Vous aviez raison, les preuves contre Bruno Busch étaient beaucoup trop minces. Et autant dire que nous, gendarmes, n'apprécions pas de renvoyer l'image d'une bande d'incompétents.

Je continue à l'observer. Quelque part, mon cerveau enregistre ses propos, mais ce n'est pas ce qui attise ma curiosité. Non, il y a autre chose qui peut sembler superficiel, mais dont je voudrais avoir le cœur net.

— Quel âge avez-vous, sans indiscrétion ?

— Vingt-sept ans, et vous ?

Houlà ! Mais c'est un gamin ! Il a neuf ans de moins que moi, c'est énorme ! En tout cas, beaucoup trop pour que je puisse encore être troublée par son physique attrayant. Il faut absolument que je le considère et que je le traite comme un petit frère, et je sens que ça ne va pas être simple cette affaire. Ou pas, puisqu'il n'a pas l'air de me calculer et n'a d'ailleurs jamais montré le moindre signe d'attirance envers moi. Ce qui revient à dire que même sans cette histoire de différence d'âge, il n'y avait aucun espoir. Je dois m'habituer à cette idée, si désagréable pour mon ego soit-elle, sinon la déconvenue est assurée. Dommage, parce qu'il m'aurait bien plu. Mais prendre mes rêves pour la réalité est chimérique et je préfère me calmer avant qu'il ne se charge de le faire lui-même.

Du bout des lèvres, je murmure :

— Trente-six.

— Je vois que le sujet est épineux, on va donc éviter de l'aborder, déclare-t-il avec une délicatesse étonnante. De toute façon, je ne suis pas là pour ça. Par conséquent, on mange et on bosse.

— Excellent programme.

Après avoir fini nos pizzas, je lui prépare un café pendant qu'il s'approche de la vitre pour découvrir le fruit de mon labeur d'hier.

— Tu m'expliques ? s'enquiert-il au bout d'un moment durant lequel il a examiné chaque document.

— On se tutoie maintenant ?

— C'est plus simple, non ?

Je lui apporte sa tasse et récupère mon thé à la menthe, sans répondre. Est-ce que j'ai envie qu'on devienne familiers ? Après tout, c'est plus pratique, même si on n'a pas gardé les cochons ensemble et que ça durera seulement le temps où il aura besoin de moi. Quentin Delval n'est ici que pour cette raison. S'il pouvait se passer de mon aide ou procéder différemment, il n'aurait jamais choisi l'option Léopoldine Courtecuisse, c'est évident.

— Je pense que tu n'as pas pris l'affaire par le bon bout.

— Ouais, tu me l'as déjà reproché et je ne comprends pas ce que ça signifie.

— Tu t'es posé une seule question : comment ? Et tu es allé au plus simple.

— Et qu'est-ce que j'aurais dû faire, madame la maline ?

— Moi, j'ai vu les choses sous un autre angle.

— Lequel ?

— Je me suis demandé qui savait que la caméra était hors service et comment il avait pu courir un tel risque. Parce qu'enfin, il fallait être sûr que personne n'allait l'attraper sur le fait. Il a dû surveiller la victime méthodiquement pendant plusieurs jours.

— Sans compter que l'agresseur devait être en possession des clés de la Mercedes. On en revient à Bruno.

— Pas seulement. Je suis convaincue que le tueur l'attendait dans la voiture. C'était l'unique moyen de ne pas attirer l'attention, d'avoir la certitude de ne pas être surpris par des éventuels retardataires ou par Georges, tout simplement.

— C'est ce que je disais, les clés.

— Oui, mais pas que… La presse a indiqué qu'il n'y avait aucune empreinte, aucun cheveu, rien du tout. C'est vrai ?

— Du moins, ce sont les premières conclusions de la scientifique. Mais c'est désormais un fait établi, il n'y a pas la moindre trace ADN exploitable. Et l'assassin est gaucher. Toutefois, on s'est bien gardés de communiquer sur ce point.

— Aucune trace ? Mais comment est-ce possible ? À moins d'être un tueur à gages, il a forcément commis une erreur.

— Léopoldine, tu regardes trop de séries à la télé.

— Peut-être, mais ça signifie qu'il était couvert des pieds à la tête, ne serait-ce que pour ne pas être vu maculé de sang ensuite. Comment se fait-il que Véro ne se soit pas défendue ? C'est incompréhensible.

À mes côtés, je remarque que Quentin se fige brusquement.

— Parce qu'elle connaissait son agresseur. Voilà pourquoi ! On en revient encore et toujours au mari.

— Je sais que tu as envie de t'accrocher à ta thèse pour te prouver que tu avais raison, mais je te rappelle que Bruno n'était pas sur place.

— Et c'est bien dommage, si tu veux mon avis. Alors, qui est-ce selon toi, Miss Marple ?

Pas vexée pour deux sous par ce surnom qui me paraît assez flatteur, je ris.

— J'ai établi que Véronique avait cinq amants.

— Hein ? Cinq ? Sérieusement ? J'en étais à trois.

— Oui. J'ai recoupé tout ce que j'ai entendu et j'en ai identifié cinq. Cela dit, peut-être qu'il y en avait d'autres. Il faut absolument que je papote avec Léna.

— Qui est Léna ?

— C'est la seule collègue dont elle était proche. Léna Vix, divorcée, quatre enfants, et abandonnée par son crétin d'ex.

— Comme toi, murmure-t-il, le regard perçant.

Je rougis, mal à l'aise, avant de décréter que je n'ai aucune raison d'avoir honte. Olivier m'a larguée pour ma sœur, ce serait plutôt à lui de raser les murs, non ?

— Tout à fait. Et comme Magalie. En fait, on devrait créer un club qu'on appellerait « Fuck les mecs », je suis sûre qu'on aurait un tas d'adhérentes.

— Mais tous les hommes ne sont pas des salauds, tente-t-il de protester.

— Comment te dire ça sans te vexer ? Eh bien si, et il y a des lustres que je n'ai pas rencontré un type correct.

— Et moi ?

Parce qu'il s'imagine être au-dessus du lot ? Non, mais il rêve ! C'est peut-être un des pires. Sans l'ombre d'une hésitation, je rétorque :

— Dans le même panier. Mais ce n'est pas le sujet, alors revenons à nos moutons. Comme je te l'expliquais, Véro couchait avec le garagiste, le boulanger, le patron du restaurant, son propriétaire et le gérant de la boutique de vêtements. Cela lui a permis de trouver un job à Bruno et de se voir offrir une nouvelle bagnole, d'avoir du pain et des croissants aux frais de la princesse tous les jours, de manger gratos dans un haut lieu de la gastronomie chaque samedi soir et dimanche midi, de ne pas payer son loyer et de se fringuer à la dernière mode sans débourser un rond.

— Ah ouais, quand même ! Mais qu'est-ce qu'elle leur faisait, à ces mecs, pour qu'ils se montrent si généreux ? Je vais finir par penser que cette fille était le coup du siècle.

— Il faut croire que c'était effectivement le cas. Et puis, ce sont tous des hommes mariés et des commerçants, tu t'imagines qu'ils voulaient un scandale ? Rien de tel pour ruiner une réputation et ce n'est pas bon pour les affaires.

— Tu ne t'es pas demandé si ça pouvait être l'un d'eux ou une des épouses ? poursuit-il, songeur.

— Va savoir… À ta place, je commencerais par vérifier leurs alibis.

— Mais je ne peux pas interroger tous ces gens sur la base de ragots.

— Certaines infos me viennent de la grand-mère de Bruno. Dans le genre source sûre, on ne fait pas mieux.

— Ouais, peut-être…

— De toute façon, tu dois t'en occuper, quand bien même ça te paraît inutile. Si les mecs de la PJ rappliquent, ils te reprocheront de ne pas l'avoir fait. Ne néglige aucune piste.

— C'est vrai que tu es une grande experte, toi !

— Si tu avais lu autant de thrillers que moi, et vu autant de films et de séries policières, je te jure que tu ne tiendrais pas ce discours moqueur.

— Très bien, je te suis sur ce coup, parce que tes paroles sont frappées au coin du bon sens. Mais hormis ses amants, qui reste-t-il ? Parle-moi de la famille de Véro.

— Ses parents sont décédés, il y a une quinzaine d'années. À l'époque, elle était adolescente. Ils ont eu un accident de voiture, si mes souvenirs sont bons.

— Je rebondis sur autre chose avant d'oublier. Boski avait l'air très chagriné par sa mort. Tu crois qu'ils avaient une aventure ?

— Tu veux rire ? La seule chose qui pouvait intéresser Boski chez Véro, c'est Bruno. Qu'est-ce que vous avez tous à vous imaginer qu'il se passait un truc entre elle et le gérant de l'hyper ?

Quentin reste silencieux un instant, avant de redresser brusquement la tête, les yeux écarquillés par la surprise.

— Tu sous-entends que… Non ! Pas possible !

— Et pourtant, je te certifie que c'est vrai.

— Comment est-ce que tu sais ça, toi, alors que personne ne m'a rien dit ?

— Parce que je suis observatrice et je ne l'ai jamais vu baver devant une femme. Les gars en revanche, c'est une autre histoire.

— Ça ne suffit pas pour prétendre qu'un homme est gay. Tu ne peux pas lancer une telle rumeur.

— Mais je ne lance rien du tout, lieutenant Delval ! Et puis, si j'affirme qu'il est homo, c'est peut-être aussi parce que je l'ai surpris un soir en train d'embrasser un mec dans sa voiture. Voilà, tu me crois maintenant ?

— Sérieusement ?

— Mais oui, sérieusement ! On peut passer à autre chose ? Pourquoi est-ce que tu insistes comme ça ?

— Je te jure que ce type était très perturbé. À tel point que je me suis demandé s'il n'était pas amoureux d'elle.

— Tu sais pourquoi il était dans cet état ?

— Non, mais je présume que tu as une explication.

— Ouaip ! Georges m'a indiqué que la caméra de sécurité était hors service. Les ampoules du lampadaire auraient également dû être remplacées. Bref, toute cette partie du bâtiment n'était plus éclairée ni sous surveillance vidéo depuis plusieurs jours, et il en avait été informé. Seulement, il n'a pas bougé et maintenant il flippe. D'autant qu'il a prétendu ne pas être au courant, alors que notre ami le vigile le lui a signalé à plusieurs reprises et peut le prouver. Boski n'aura aucune possibilité de rejeter la faute sur son employé dans ces conditions.

— C'est vrai que je l'ai engueulé à ce propos. J'avais presque oublié. Tu crois que c'était intentionnel ? Le lampadaire et la caméra ont été volontairement détériorés pour permettre à l'assassin d'agir en toute impunité ?

— C'est ça, tu as saisi où je veux en venir.

— Mais dans ce cas…

— … dans ce cas, on a affaire à un proche de Véro qui a prémédité son crime. Je ne vois pas d'autre explication.

— Bon sang de bonsoir ! Tu suggères quoi, maintenant ?

— Tu devrais interroger les Busch. Moi, j'essaierai d'obtenir les coordonnées de son frère, celui qui vit aux États-Unis. Bruno m'a dit de l'appeler et je ne comprends pas pourquoi, mais je sens que c'est important. On doit aussi établir une liste des gens que Véro fréquentait.

— Il faut élargir, on ne peut pas s'en tenir uniquement au cercle familial, décrète-t-il.

Je l'observe avec une grimace sceptique. Quentin n'a pas l'air de se rendre compte du boulot que ça va lui occasionner. Il a à peine plus d'une semaine pour résoudre cette affaire, pas dix ans.

— Dans ce cas, tu peux auditionner toute la ville, parce qu'entre son job de caissière et ses mecs, ses amis, ses ennemis et ses collègues, ils l'ont tous côtoyée à un moment ou à un autre. Tu imagines le temps et l'énergie que ça représente pour toi ? Tu y seras encore l'année prochaine.

— Ce n'est pas faux. On dit donc les employés de l'hyper, les amants et leurs épouses.

— C'est déjà un bon début. Ensuite, on pourra toujours procéder par élimination.

Mon comparse étudie ma liste et tique lorsque ses yeux se posent sur un nom.

— Gisèle Gérard, la femme du garagiste, elle est bien infirmière, pas vrai ? finit-il par demander.

— Euh oui, mais où veux-tu... Quoi ? Non ! C'est la fille la plus gentille qu'il m'ait été donné de rencontrer. Elle ne ferait pas de mal à une mouche.

— Peut-être, mais elle a les connaissances nécessaires et le matériel à disposition pour ne laisser aucune empreinte. On ne peut pas l'écarter des suspects.

Dubitative, j'acquiesce.

— D'accord. Vérifions d'abord son alibi avant de lancer ce genre de théorie. Parce que si on commence à jouer à ce petit jeu, l'épouse du restaurateur est laborantine et a donc les mêmes facilités.

— Mais pourquoi est-ce que tu ne m'as rien dit ?

— Tout simplement parce qu'elle a aussi un amant et que ça l'arrange bien que son mari aille voir ailleurs. Pendant qu'il était occupé avec Véro, il lui foutait la paix.

— Ça sort d'où, ça ? De radio blabla ?

Avec un soupir, je révèle.

— C'est elle qui me l'a raconté.

— Comment peut-on dévoiler ainsi sa vie privée ? Ces gens n'ont pas honte ?

— Quentin, notre salon fait souvent office de confessionnal. Pour les clients, une coiffeuse, c'est un peu comme une psy, mais en beaucoup moins cher. Tu n'imagines même pas ce que Mag et moi entendons quotidiennement. J'apprécie ces échanges, mais certains jours je ne te cache pas que c'est compliqué, surtout quand on me demande de jouer les conseillères conjugales.

— Ah oui, quand même ! Pour en revenir à la femme du restaurateur, je veux bien te croire, mais je la laisse sur la liste.

Avisant l'heure affichée sur mon four, je sursaute. Il est presque minuit et je bosse demain. Nous étions tellement pris dans cette enquête, que nous n'avons pas vu le temps passer. Remarquez, je reconnais volontiers que tout ceci est passionnant. Et même Quentin, qui me gonflait bien méchamment, est en train de trouver grâce à mes yeux par son implication et son tout nouvel esprit d'équipe qui se révèle fort plaisant.

Du moment que tu n'es pas troublée et que tu ne te fais pas de films sur une éventuelle romance entre vous deux, tout va bien, souffle ma conscience à juste titre.

Alors là, il n'y a aucun risque. Depuis qu'il m'a indiqué son âge, il m'est impossible de le calculer. Je me ferais l'impression d'être une cougar, pathétique et ridicule, je proteste silencieusement. Dire que quand je passais mon diplôme de coiffure, il était à l'école primaire. Voilà qui remet bien chaque chose à sa place.

— Je suis désolée, mais il faudrait qu'on arrête pour aujourd'hui.

— Quoi ? Mais non ! On a encore tout un tas de points à étudier, s'insurge Delval.

— Quentin, je bosse demain et je me suis déjà couchée super tard, hier. Navrée pour toi, mais tu devras attendre.

Comprenant qu'il ne sert à rien d'insister lorsqu'il me voit bayer aux corneilles, le lieutenant enfile sa veste et prend la direction de la sortie.

Au moment où il atteint la porte d'entrée, je lance :

— Demain soir ?

— Tu n'as pas tes enfants ?

— Non, ils sont chez leur père jusqu'à lundi. Tu peux revenir sans risquer de les croiser.

— Je suppose que je dois rapporter le dîner ?

Son ton est un peu sec, mais son sourire m'assure qu'il n'est pas contrarié.

— Pas la peine, je ferai des pâtes. Et dans l'intervalle, j'essaierai de parler à Léna.

— OK. Et moi, je vérifie les alibis de tout ce petit monde.

— D'accord. On fera le point demain soir.

— Léopoldine ? murmure-t-il au moment d'ouvrir la porte.

— Oui ?

— Merci. J'ai conscience de m'être comporté comme un gros con avec toi et je te suis infiniment reconnaissant de m'aider à me sortir de cette situation délicate.

Je ris, ravie qu'il soit en position de faiblesse.

— N'oublie pas qu'ensuite, quand tout sera fini, je pourrai te demander ce que je veux. Tu me seras redevable.

— Pourquoi est-ce que je crains déjà le pire ?

À nouveau, je m'esclaffe. S'il savait, le pauvre, il s'enfuirait en courant.

12

Samedi 17 novembre 2018

Léopoldine

C'est la tête dans le derrière que je débarque au salon avec un quart d'heure de retard. Non seulement je n'ai pas mon quota d'heures de sommeil à cause de qui vous savez, mais en plus j'ai mal dormi. Durant toute une partie de la nuit, j'ai fait des cauchemars où des cadavres et des assassins me cavalaient après. Terrifiant ! Quand j'ai enfin pu me reposer, le réveil a sonné et je n'ai pas réagi. C'est seulement lorsque Tom m'a adressé un texto pour m'indiquer qu'il allait bien, que j'ai entendu mon téléphone. Je ne sais pas si vous vous en rendez compte, mais j'attendais son message depuis mardi. Et si j'ai le malheur de râler, il me sortira un truc du genre « pas le temps, j'ai une vie sociale, moi ». Quant à Margaux, il y a un moment qu'elle n'envoie plus de SMS à personne. J'ai fini par m'y faire en me persuadant que s'il y avait un problème, Olivier me préviendrait. Bref, réveil en retard, préparatifs précipités et me voilà, l'estomac vide et l'air hagard. Le samedi, c'est rude, parce que ce jour est celui où nous avons le plus de monde.

Sans un mot, Magalie quitte le salon pendant que j'installe ma première cliente au bac. Une énième permanente pour changer… Ce n'est pas que je déteste mon travail, loin de là, mais avouez qu'il ne souffre pas la comparaison avec un job d'enquêteur. Tandis que je suis en train de régler la température de l'eau, mon amie revient avec un croissant et un café. Oh mon Dieu, merci !

— Mag, tu es ma sauveuse ! Pour un peu, je me prosternerais devant toi et je t'embrasserais les pieds, tellement je te suis reconnaissante.

— Tu le seras encore plus quand je t'apprendrai que j'ai croisé Léna. Je lui ai promis une coupe et un brushing gratuits si elle venait te parler. Elle a accepté et sera ici à la pause déjeuner. Maintenant, bois ton kawa et avale ta viennoiserie, je m'occupe du shampoing de madame.

Avec un sourire empli de gratitude, je me cache dans le cagibi pour manger et prendre ma dose quotidienne de caféine. Enfin, la première, parce que nul doute qu'elle sera suivie de nombreuses autres. À mon retour, en bien meilleur état, la dame est prête pour la pose des fameux bigoudis et le chariot contenant le matériel est déjà en place près d'elle.

Durant les deux heures suivantes, je m'applique à satisfaire mes clientes, même si mon esprit est ailleurs. Je repense inlassablement à hier soir et j'en garde l'impression bizarre que nous avons avancé considérablement, mais que quelque chose nous échappe. Pour le moment, personne ne sort du lot. C'est sans doute ça le problème. Dans la plupart des romans ou des séries, il y a toujours un suspect qui se détache et qu'on soupçonne rapidement, ou alors c'est celui qu'on ne voit pas venir et qu'on découvre à la fin. J'espère juste que nous ne sommes pas dans ce cas de figure.

Techniquement, Gisèle Gérard et Lise Morand, la femme du restaurateur, avaient les moyens de ne laisser aucune empreinte. Mais ça ne colle pas avec leurs personnalités. La première est très douce et ne verrait pas celui qu'est réellement son balourd de mari, même si on lui mettait toutes les preuves possibles et imaginables sous le nez. Quant à la seconde, elle vit sa vie de son côté et a un amant. Je ne dis pas que ce couple est particulièrement libéré, mais ce dont je suis sûre, c'est que dès lors que son époux avait une maîtresse, cela cautionnait le fait qu'elle ait une aventure extraconjugale. Pour résumer, ils restent ensemble uniquement parce qu'ils ont des intérêts financiers communs et des enfants.

En parlant de gamins, les miens reviennent lundi soir, ce qui signifie que je ne serai plus aussi disponible que cette semaine. Or, je doute que le lieutenant Delval accepte d'attendre qu'ils repartent pour résoudre cette énigme.

Il est 10 h 30 quand Mag et moi pouvons boire notre deuxième café de la matinée. J'ai terminé plus tôt que prévu et elle a également un creux d'un quart d'heure. D'habitude, nous en profitons pour lancer une lessive ou ranger les produits qui ont été livrés, après les avoir intégrés au stock. Pourtant, aujourd'hui, aucune de nous n'en a envie. Cette option ne nous effleure même pas l'esprit.

— Alors ? Hier soir ? s'enquiert mon associée en remuant les sourcils de manière suggestive.

Je fronce les miens, pas certaine de comprendre où elle veut en venir.

— Vous étiez seuls chez toi, je ne vais pas te faire une photo. Raconte !

Les mains sur les hanches, Magalie se poste devant moi, de toute évidence rongée par la curiosité. Sa vie doit être drôlement monotone pour qu'elle se délecte à ce point de mes papotages. Remarquez, en toute objectivité, la mienne l'est au moins autant, pas la peine de me voiler la face. Voilà cinq ans que ni elle ni moi n'avons eu d'histoire, pas même un coup d'une nuit. Peut-être qu'il est temps de remédier à la situation si nous ne tenons pas à finir aigries et frustrées.

— Alors là, je t'arrête tout de suite. Il n'y avait rien de romantique dans cette soirée.

— Vraiment ? Aucune étincelle ? s'enquiert-elle.

— Pas la plus petite. Wallou !

— Pourtant, c'est toujours tellement électrique quand vous êtes l'un près de l'autre. Je... j'ai cru que...

Je souris et m'approche de mon amie pour passer mon bras autour de ses épaules. Son air dépité m'amuse. Elle s'imaginait sans doute déjà en train de jouer les marieuses.

— C'est électrique parce que je ne le supporte pas, et que lui ne peut pas me saquer non plus. Je trouve que c'est un crétin arrogant qui se la raconte et pour qui la diplomatie est une notion très abstraite.

— Mais alors…

— Alors, il est sacrément dans la merde et a besoin de mon aide. Tel que je vois la situation, il a dû faire une belle boulette dans son poste précédent. Et si ce que je pense est vrai, sa hiérarchie l'a dans le collimateur.

— C'est lui qui te l'a dit ?

— Non, il m'a expliqué qu'il avait été affecté à la protection des personnalités. C'est ce qu'il n'a pas révélé qui m'a interpellée. On ne renonce pas volontairement à ce genre d'emploi et à la vie parisienne pour s'enterrer en pleine cambrousse. Sans compter qu'il n'a jamais enquêté. Tu peux le croire ?

— Qu'est-ce que tu en sais ? Ce n'est pas comme si tu étais une détective aguerrie.

— Justement. Il devrait être plus expérimenté que moi et, pourtant, j'ai eu l'impression de mener la barque pendant toute la soirée.

— Vous en êtes où dans vos réflexions ?

— On a déjà établi qu'elle connaissait son assassin et qu'il s'était procuré le double des clés de la Mercedes, probablement chez eux.

— Ce qui revient à désigner Bruno ou Gilbert. Le mari ou l'amant garagiste, fait valoir mon amie avec bon sens.

— Tu vas à la simplicité. N'importe quelle personne ayant eu accès à leur appartement aurait rempli ces deux conditions. Et puis, il y a les autres mecs avec qui elle avait une liaison. J'ai du mal à croire qu'elle pouvait coucher avec autant d'hommes.

— Sauf si elle était nympho…

Magalie balance cette conclusion en riant, mais ses paroles résonnent bizarrement en moi. Et si c'était ça le problème de Véro ? Mais oui, bien sûr ! Durant tout le reste de la matinée, je travaille, mais mon esprit est à nouveau ailleurs. Décidément, ça devient une habitude ! À demi-mot, Bruno a indiqué qu'il était incapable de satisfaire sa femme. Si je me retrouvais dans une situation similaire, jamais je ne me ferais culbuter par n'importe qui et je tenterais en priorité d'aider mon compagnon. Mais c'est avant tout une question de principe. Alors qu'est-ce qui empêchait Véro de se montrer sage, si ce n'est un trouble du comportement ?

Il est 12 h 15 quand Léna Vix débarque enfin. J'aime bien cette fille qui n'a pas une existence facile. Elle est seule à se dépatouiller avec ses quatre fils, tandis que son ex se la coule douce avec la guichetière de la banque dont il est le directeur. Comme quoi, on peut passer du statut d'épouse bourgeoise à celui de nécessiteuse en un claquement de doigts. Surtout si on laisse un homme avoir autant de pouvoir sur sa vie. Elle n'avait pas de job et dépendait entièrement de lui. Résultat : elle n'a pas uniquement perdu son mari et sa maison, mais aussi sa position sociale et l'aisance matérielle dont elle bénéficiait. Contrairement à Léna, j'ai toujours conservé mon emploi, même après la naissance des enfants, et c'est ce qui m'a sauvée.

Avec Mag, on a monté ce salon au moment de nos divorces respectifs. L'argent versé par nos ex nous a procuré une autonomie financière qui nous a permis de sauter le pas pour devenir associées. Sans compter que nous y avons trouvé une nouvelle motivation de nous lever chaque matin. Au moins, nous construisions quelque chose et n'avions pas le sentiment que tout se cassait la figure. Cela n'a pas été le cas de Léna et ce n'est que dernièrement qu'elle a obtenu ce job de caissière, grâce aux relations de sa mère qui est encore plus despotique que la mienne.

— C'est trop sympa de m'offrir une coupe à l'œil, déclare-t-elle en se plaçant devant moi. Mais comme je suis bien payée pour savoir que rien n'est gratuit dans la vie, je voudrais que tu me dises clairement ce que tu attends en retour.

Nous nous défions du regard, mais il n'y a aucune animosité entre nous. En réalité, nous avons de nombreux points communs, comme notre âge, la manière dont nos couples se sont effondrés, et une certaine connivence puisque nous nous côtoyons depuis l'enfance sans pour autant être amies. Alors, il n'est pas question de lui mentir, ni de chercher à l'enfumer.

— Parle-moi de Véro.

Elle sursaute, mais ne détourne pas les yeux.

— Tu la connaissais aussi bien que moi, je ne vois pas ce que je pourrais ajouter.

— Arrête, Léna. Vous étiez bien plus proches que tu ne le laisses entendre. Souvent, je l'ai aperçue avec deux sandwichs et je sais que le second était pour toi.

Ce que j'aimerais que tu me racontes, c'est justement ce que tout le monde ignore, sauf toi.

— Et pour quelle raison est-ce que je ferais ça ? Pourquoi est-ce que je partagerais avec toi les confidences d'une amie que je viens de perdre ?

— Mais parce que je suis en train d'enquêter pour comprendre ce qui a bien pu arriver. Quoi que tu en dises, je suis persuadée que vous étiez réellement intimes. Donc, tu as forcément pigé que Bruno n'est pour rien dans ce meurtre et je pense que tu n'apprécierais pas qu'on accuse un innocent à tort.

Léna croise les bras sur sa poitrine et s'esclaffe en me toisant.

— Et toi, la coiffeuse de la ville, tu crois vraiment que tu as les qualités requises pour jouer au flic ? C'est une blague ? J'ai entendu dire que tu es fan de séries policières, mais tu peux bien t'être fait l'intégrale de *New York, unité spéciale* et d'*Esprits criminels*, que ça ne changerait rien. Après tout, j'adore *Dr House* et je ne me prends pas pour un médecin. Ce n'est pas parce qu'on rêve d'un truc qu'on en est capable. Si c'était aussi facile, ça se saurait. Je rêve d'avoir un million d'euros sur mon compte en banque, et pourtant je suis toujours à découvert.

— Écoute, je ne te demande pas de me faire confiance. Mais enfin, tu me connais, tu dois me croire quand je te dis que je suis sincère dans ma démarche. Et je ne travaille pas seule, puisque je collabore avec Quentin Delval, le nouveau lieutenant.

— Le minet blond qui frime dans les rues de la ville à moto ? Eh bien, la Gendarmerie nationale est vraiment mal en point si elle en est réduite à solliciter la coiffeuse pour résoudre une enquête ! Je ne parviens pas à décider lequel de vous deux est le plus incompétent, mais comme je te trouve sympa, je vais t'aider. Après tout, je n'oublie pas que tu t'occupes de mes enfants et que, très souvent, tu n'as facturé que deux coupes au lieu de quatre. Tu as été une des rares personnes à te montrer spontanément généreuse, sans jamais donner l'impression que tu me faisais l'aumône. Bon alors, tu me les raccourcis, ces tifs ?

Et sans la moindre gêne, Léna Vix s'installe au bac à shampoing.

— Si j'étais toi, Léopoldine, je ne traînerais pas, parce qu'avec tout ce que j'ai à te raconter, on risque d'en avoir pour un petit moment et je reprends le boulot dans une heure.

13

Quentin

Avec impatience, je sonne à la porte de l'appartement de Léopoldine. Si on m'avait dit qu'elle deviendrait ma partenaire, il y a encore une semaine, je crois que je me serais pissé dessus de rire. Mais, même si je suis un mec et que la mauvaise foi est une seconde nature pour moi, je dois reconnaître qu'elle m'aide beaucoup. J'ignore comment un tel phénomène est possible, mais c'est malgré tout le cas. Plus j'y réfléchis et plus je m'aperçois qu'elle m'oblige à compartimenter mes idées, à les prendre une par une pour les analyser posément, indépendamment les unes des autres, alors qu'habituellement elles ont tendance à fuser dans tous les sens.

Cela dit, rien n'a changé. Elle m'insupporte toujours autant avec ses airs de madame je-sais-tout. Néanmoins, le fait qu'elle ait été larguée, tout comme moi, la rend plus sympathique à mes yeux. Et puis, son appartement est super agréable comme cadre de travail, sans doute bien plus que le mien qui est presque vide ou que mon bureau où tout le monde se mêlerait de cette affaire. Or, je veux absolument éviter ce genre d'interactions. Car, comment avouer à mon équipe que je suis sur la sellette et que je risque à tout moment de me faire virer ? Comment leur expliquer qu'il s'agit de ma première enquête, tout gradé que je suis ? Voilà qui serait le meilleur moyen de ne plus être respecté et, en matière de management, ce n'est pas possible.

Probablement, est-ce pour cette raison que j'ai tant besoin d'elle. La coiffeuse ! Quelle bonne blague ! Et pourtant, cette femme connaît les gens mieux que personne et est dotée d'un esprit de déduction assez remarquable. Savoir qu'elle ne cherche pas à me séduire a également quelque chose de rassurant. J'en ai marre de ces vieilles bourges qui me font des avances et ne se rendent même pas compte du ridicule de leur comportement.

Tandis que Léopoldine Courtecuisse – quel nom débile, à croire que ses parents lui en voulaient dès la naissance – a tout de suite pris ses distances quand je lui ai annoncé mon âge. J'avais noté qu'elle rougissait par moments en ma présence, mais ce n'est désormais plus le cas et j'ai envie de dire tant mieux.

Lorsqu'elle ouvre sa porte, je ne peux m'empêcher de sourire. Au fond, je ne la déteste pas, loin de là. Ce n'est pas mon genre, mais elle reste malgré tout jolie pour une femme qui aborde la quarantaine. Ses cheveux roux sont rassemblés en queue de cheval et ses yeux gris sont dénués de toute trace de maquillage. Oui, finalement, elle n'est pas mal du tout, quoiqu'un peu trop ronde à mon goût. Personnellement, je les préfère blondes et minces, avec une belle poitrine et des jambes interminables. Pour ce que ça m'a apporté, je ferais mieux d'être moins regardant sur le physique, ce serait déjà un bon début. En attendant, Léo est en survêt et ça me va parfaitement.

— Entre, le repas est prêt!

Je retire ma veste que je balance sur le canapé et lui tends la boîte que je tiens devant moi.

— C'est quoi? s'enquiert-elle en la saisissant.

Les couverts sont en place sur le bar où nous avons dîné hier et je prends le temps de m'y installer avant d'annoncer avec un sourire amusé.

— Le dessert.

— Merci, mais ce n'était pas nécessaire. Je dois faire attention si je ne veux pas que mon cul devienne aussi large que le Grand Canyon.

À ces mots, j'éclate de rire. J'apprécie les gens qui savent se moquer d'eux-mêmes. C'est plutôt rare par les temps qui courent. Moi, par exemple, j'en suis incapable. Trop fier, trop susceptible, trop sûr de moi. Et, face à la nana qui me sert généreusement des spaghettis, je me sens tout petit.

— Alors, ta journée?

Avec un grand sourire, elle s'installe près de moi, inconsciente de l'admiration que j'éprouve pour elle, même si j'ai encore du mal à l'admettre. Et pourtant, c'est un fait: je l'admire. Elle a sa propre entreprise, élève seule ses enfants, a acheté ce bel appartement, le tout sans l'aide de personne selon les dires de Martel qui n'aurait aucun intérêt à mentir. Léopoldine incarne l'image exacte de la femme forte et déterminée, et je me trouve soudain bien faiblard quand je compare nos parcours respectifs. Sans me battre, j'ai accepté une sanction injuste et j'ai courbé l'échine devant plus puissant que moi. Alors, oui, le scandale a été évité, mais à quel prix ? Celui de ma dignité. Et c'est cette perte que je dissimule soigneusement derrière le masque d'arrogance que j'arbore en permanence. Décidément, ce ne sont pas des casseroles que je traîne, mais des chaudrons !

— Quentin ? Tu n'as pas répondu. Ta journée a été fructueuse ?

Sa question me fait revenir à la réalité. Un délicieux fumet s'échappe de l'assiette posée à présent devant moi.

— Tu aimes les pâtes à la bolognaise ?

— Beaucoup, merci. Mais tu n'étais pas obligée de cuisiner.

— Pas de panique, j'ai un super robot cuiseur qui fait tout le boulot pendant que je vaque à mes occupations. Oui ! s'exclame-t-elle en riant face à ma mine moqueuse, je vaque, monsieur ! Je fais partie de ces gens-là !

Nous nous esclaffons avant de commencer à manger. C'est super bon ! Les spaghettis et la sauce onctueuse me rappellent ma jeunesse, quand ma mère en préparait pour me faire plaisir. Léo ne le savait pas, mais c'est un de mes plats préférés, en adolescent attardé que je suis toujours.

Même si nous avons hâte de continuer à bosser sur l'enquête, nous nous obligeons à discuter de tout et de rien, le temps du dîner. Elle me parle pour la première fois de ses enfants, et plus précisément de son fils et de ses problèmes en géographie. Je ris tellement que des larmes roulent sur mes joues. Ce n'est pas tant que ses anecdotes soient particulièrement drôles – en fait si, il faut reconnaître qu'elles le sont –, mais c'est surtout la manière dont elle les raconte. Ses mimiques et ses expressions sont hilarantes. À la fin du repas, Léo se lève et met les couverts dans le lave-vaisselle avant de ranger rapidement. Lorsqu'elle revient vers moi, elle a posé le gâteau que j'ai acheté à la pâtisserie sur une assiette. C'est une forêt-noire. Je n'en ai jamais mangé, mais je l'ai trouvée appétissante.

— Tu en veux? propose-t-elle en sortant la pelle à tarte d'un tiroir.

— Et comment!

Peu après, installés devant notre dessert et un café, nous commençons à discuter plus sérieusement.

— Alors? s'enquiert Léopoldine qui ne cache pas sa curiosité.

— Donc, j'ai été voir les amants. Aucun n'a nié. Mais ils ont tous des alibis que nous avons vérifiés et qui sont solides.

— Bon, d'accord. Et les épouses?

— C'est plus emmerdant, parce qu'elles aussi étaient toutes ailleurs, témoins à l'appui. Aucune d'entre elles n'était seule. Désolé, mais nous faisons fausse route en explorant cette piste. Et crois bien que je suis le premier à le regretter, l'idée que ce soit l'un d'eux était séduisante.

— Non, on n'est peut-être pas complètement à côté de la plaque.

— Comment ça ? Tu as entendu ce que je viens de te dire ?

À ce stade de la conversation, un aspect de l'affaire m'échappe. Soit elle est sourde, soit elle sait quelque chose que j'ignore. Et connaissant le numéro, je penche pour la seconde option sans la moindre hésitation.

— Absolument. Mais il y a un élément nouveau. Ce midi, j'ai discuté avec Léna, la collègue de Véro dont je t'ai parlé hier. Elle était également sa confidente. Enfin, dans une certaine mesure.

— Et qu'as-tu découvert ?

— Véronique Busch n'avait pas cinq amants comme nous le supposions, elle en avait six en réalité.

J'écarquille les yeux sous l'effet de la surprise.

— C'est une blague ? Six ? Bon sang, elle avait la santé !

— Non, elle était addict au sexe.

— Tu te fous de moi ?

Son regard m'indique que ce n'est pas le cas. Si j'avais pu imaginer un truc pareil ! Je me retrouve avec une nymphomane sur les bras. Voilà pourquoi son mec était incapable de la satisfaire à lui tout seul. Cela explique beaucoup de choses, notamment les motifs pour lesquels il ne nous en a pas fait part. Qui irait s'en vanter ? Pas moi. En tout cas, heureusement que Léo est là. J'aurais fini par l'apprendre, c'est sûr. Mais au bout de combien de temps ? Tout porte à croire qu'ils n'étaient pas très nombreux à être dans la confidence.

— J'ai l'air ? Pourquoi est-ce que ce serait si étonnant ? L'ennui, c'est que Bruno souffre d'impuissance chronique. Ils avaient beau s'adorer, au bout d'un moment, ça ne pouvait plus coller. D'après Léna, ces derniers temps, Véro était vraiment nerveuse et avait poussé son mari à consulter deux fois par semaine au lieu d'une. Et chose très étrange, Bruno n'était pas au courant pour le sixième amant, alors qu'il savait pour tous les autres.

— À ton avis ? Pourquoi ne lui a-t-elle rien dit ?

— J'y ai réfléchi tout l'après-midi et j'en suis venue à la seule conclusion qui s'impose : elle ne voulait pas lui faire de peine. Véro aimait infiniment Bruno.

— À tel point qu'elle le trompait. Sérieux, Léo, qui peut prétendre aimer quelqu'un et aller coucher ailleurs ? Ce n'est pas de l'amour, ça !

Bon sang ! Je suis un peu trop virulent, il faut que je me calme. L'œillade intriguée de ma comparse d'enquête me stoppe immédiatement dans mon élan. L'ennui, c'est que j'ai un vécu assez lourd dans ce domaine et il est récent. C'est sans doute la raison pour laquelle je m'emporte ainsi.

— Elle était malade, Quentin. L'addiction au sexe doit être considérée comme une pathologie au même titre que l'alcoolisme ou la dépendance aux drogues.

— Et lui ? D'où vient son problème ?

— Je n'ai aucune explication et Léna l'ignorait. Tout ce que je peux te dire, c'est que Bruno a été mon premier petit copain et je n'ai pas le souvenir qu'il y avait un quelconque souci à ce niveau. Remarque, c'était il y a vingt ans, donc les choses ont probablement changé.

— S'il n'en souffrait pas avant, qu'est-ce qui peut motiver cette défaillance ?

— Alors là, je n'en sais absolument rien ! Je ne suis qu'une femme, il me semble que tu es mieux placé que moi pour répondre à cette question. Est-ce que sa mère était trop castratrice ? Est-ce que son épouse était trop belle et trop désirable ? Après tout, ça peut mettre la pression. Mais encore une fois, ce ne sont que des suppositions. Je pense que même lui n'est pas capable de donner une explication cohérente.

— Pourquoi est-ce que tu dis ça ?

— Si c'était le cas, il n'aurait pas eu besoin de consulter une psy, tu ne crois pas ?

— Effectivement, ça se tient. En parlant de famille, j'ai reçu ses parents cet après-midi. Et comme souvent, la rencontre a été filmée. Je sais que je n'aurais pas dû, mais j'ai amené la vidéo. Tu veux la voir ?

— Bien sûr !

Je sors un iPad de ma sacoche et le pose sur le bar après l'avoir calé grâce à l'étui de protection. Tranquillement installés, nous dégustons le gâteau et buvons notre café tout en visionnant l'entretien qui dure une vingtaine de minutes. Si je l'ai apporté, ce n'est pas sans motif. En réalité, j'ai été hyper mal à l'aise pendant cette conversation – on ne peut décemment pas évoquer un interrogatoire à ce stade –, et je ne parviens pas à m'expliquer pour quelle raison.

— La vache ! Qu'est-ce que c'est bon ! je m'extasie avant d'enfourner une nouvelle cuillérée de mon dessert.

— C'est une spécialité alsacienne. Pas dégueu, hein ?

Tendant mon assiette, je demande :

— Je peux en avoir encore ?

Elle me ressert rapidement, sans quitter l'écran du regard. Tandis que je savoure le gâteau au chocolat légèrement alcoolisé, la crème chantilly et les cerises qui ont macéré dans l'eau-de-vie, je la vois froncer les sourcils à mesure que l'entretien se déroule sous ses yeux.

— Il y a quelque chose qui ne colle pas, mais je n'arrive pas à trouver quoi, murmure-t-elle lorsque j'éteins la tablette.

— Je dois t'avouer que j'ai été perturbé par cette rencontre et j'ignore pour quel motif. Parle-moi de la famille. Qu'est-ce que tu en sais ?

Léopoldine soupire et s'adosse à son siège.

— Je suppose que c'est Agnès qui te fait cet effet. La mère de Bruno peut être terrible. Quand je faisais référence à une femme castratrice, je n'exagérais pas ou à peine. Elle n'a toujours eu qu'une idée en tête : sa tribu. Maurice est un homme soumis et gentil. Je le coiffe tous les mois depuis des années. Au fond, je pense qu'il n'est pas très heureux.

— Pourquoi rester alors ?

— Il a peut-être peur d'elle. Agnès est une épouse et une maman omnipotente, du style qui fait régner la terreur. Je me souviens que Véro la surnommait

« madame Führer ». Autant te dire que dans le genre insulte vache, celle-là est bien classée, parce que c'est comme ça qu'on appelait…

— … Adolf Hitler, je suis au courant. Quoi d'autre ?

— Bruno a deux frères. Enfin, il avait… c'est l'aîné.

— Comment ça, il avait ?

— Comme je viens de te l'expliquer, il est le plus âgé. Ensuite, il y a Benoît qui est boulanger et qui enseigne maintenant dans une école professionnelle à Philadelphie. Lui, clairement, il s'est expatrié afin de fuir la domination abusive de sa mère. Et pour finir, il y avait Bastien qui est décédé depuis une dizaine d'années.

— Comme je comprends celui qui s'est tiré ! Cette femme est plus froide qu'un iceberg. De quoi leur frère est-il mort ?

— C'est là que l'histoire devient dramatique. Il s'est pendu peu après l'accident qui a coûté la vie à son compagnon.

— Tu développes ?

— Bastien était gay et il fréquentait Jean-Michel Laugel. Un soir, ce dernier, qui rentrait de son travail à vélo, a été renversé. Le choc a été particulièrement brutal et il a été tué sur le coup. D'ailleurs, ça me fait penser qu'on n'a jamais su qui avait causé cet accident.

— Ça s'est passé où ?

— Entre Wahlbourg et Dimbourg. C'est un village situé à tout juste trois kilomètres et dont Maurice Busch est le maire.

Elle s'interrompt un instant, comme pour rassembler ses souvenirs, et poursuit :

— Jean-Michel était instituteur, c'était son premier poste. D'après ce que j'ai entendu, il était sportif et avait pris l'habitude de faire le trajet en VTT. À l'époque, il n'y avait pas encore la piste cyclable qui relie les deux patelins aujourd'hui. Quelque temps après sa mort, on a retrouvé Bastien pendu dans la grange de ses parents. J'ai été aux deux enterrements, parce que j'appréciais Bastien et je voulais soutenir Bruno. Ce qui m'avait choquée ce jour-là, c'étaient la froideur et le détachement d'Agnès, comme si ce qui était arrivé à son gamin ne la touchait pas. Maurice, Bruno et Benoît étaient dévastés, mais pas elle.

— Voilà ! C'est ça !

— Quoi ?

— Depuis que je les ai reçus, je sens qu'il y a un problème sans être capable de l'identifier. Mais mon instinct me soufflait que quelque chose n'allait pas. Et grâce à ce que tu viens de me dire, j'ai enfin compris. Cette femme n'a montré aucune émotion, que ce soit pour sa bru qui est morte ou pour son fils qui a été soupçonné du meurtre.

— Ce n'est pas parce que tu fais preuve de retenue en public que tu es coupable de quoi que ce soit, Quentin. Agnès est une vieille peau, mais de là à faire d'elle une criminelle, il y a un pas que je ne suis pas prête à franchir. Au fait, elle a un alibi ?

— Tu vois, tu doutes quand même ! Son mari a confirmé qu'elle était à la ferme pendant toute la soirée. Ils étaient ensemble.

Aussitôt, je me fais l'avocat du diable.

— Mais est-ce vrai ? Il pourrait mentir pour la protéger.

— Possible, mais tant qu'on n'a pas démontré qu'il y a mensonge, on admet que Maurice dit la vérité. Sans compter qu'elle est droitière. C'est un des rares suspects potentiels à l'être, d'où son élimination de la liste et le crédit apporté au témoignage de son époux.

— OK, le problème est donc réglé. Maintenant, il faut qu'on trouve qui est l'amant secret. Je ne peux que suggérer cela pour avancer. Il y a quelque chose dans la vidéo qui me turlupine, mais comme je n'arrive pas à mettre le doigt dessus, je préfère passer à autre chose. Ça me reviendra sans doute plus tard. Quant à cet homme mystérieux, si on part du principe que Véro ne voulait pas faire de peine à Bruno, tout laisse à penser que c'est un de leurs proches. Avec n'importe qui d'autre, il n'y aurait eu aucune différence, le mec aurait juste été un plan cul de plus. Là, d'après Léna, elle n'en tirait aucun avantage matériel. C'est cet élément qui m'intrigue…

Léopoldine récupère un cahier sur le comptoir et le feuillette fébrilement. Avec curiosité, je me penche pour voir de quoi il s'agit. Les pages sont couvertes de gribouillis en tous genres.

Vexé de ne pas être associé à ses réflexions, je finis par demander :

— Qu'est-ce que c'est que ce truc ?

— Mon carnet de notes. J'ai marqué tout ce qui pouvait avoir de l'importance. Alors, si on cherche un proche ou un membre de la famille Busch, on a Gilles, le cousin. C'est un gros con qui se prend pour un beau gosse quand bien même il fait figure de parfait beauf dans toute sa splendeur. Il est toujours célibataire et n'aurait rien eu à perdre. Quant aux potes de Bruno, il y a Danny qui est aussi employé au garage et notre ami Georges.

— Georges ?

— Oui, le vigile de l'hyper. Ils ont sympathisé quand Véro a commencé à y bosser. Il me semble d'ailleurs qu'ils sont tous deux fans de poker et participent à des soirées entre mecs pour assouvir leur passion.

— Georges, le vigile. Ça, c'est une bonne piste ! Pourquoi est-ce que tu ne me l'as pas dit avant ?

— Mais parce que Georges était dans la galerie marchande quand nous sommes sorties. Comment aurait-il pu quitter son poste de travail, trucider cette fille et revenir comme si de rien n'était ? Le tout en quelques minutes à peine ? Et puis, je ne crois pas que ce soit lui.

— Tu pourrais être drôlement surprise. Quand il y a des histoires de fesses, on découvre de ces trucs ! En attendant, ton cahier est une excellente idée. Tu devrais t'en servir pour écrire un bouquin, tiens !

Je ne comprends pas pourquoi je lui parle ainsi. Elle sursaute, mais ne réplique pas. Est-ce que je me moque gentiment d'elle, parce que je suis de plus en plus vexé qu'elle sache autant de choses que j'ignore ou parce qu'elle met le doigt sur des points auxquels je n'ai pas pensé ? En réalité, Léopoldine Courtecuisse a une vision d'ensemble que je ne parviens pas à avoir et ça me gave un peu. Je suis sûr qu'elle ne cherche qu'à m'aider, mais il n'en reste pas moins que c'est elle qui mène l'enquête, pas moi. Pourtant, c'est mon job. J'irais même plus loin, c'est mon rôle. Rôle que je n'assume pas le moins du monde. Sinon, il est évident que je n'aurais pas besoin d'elle.

Plus tard, alors que je regagne ma voiture, je songe au fait que nous n'avons pas aussi bien progressé ce soir. OK, hier, on a débroussaillé le terrain. Aujourd'hui, nous sommes entrés dans le vif du sujet, mais j'ai l'impression qu'on navigue à vue. Et je n'aime pas ça. Léopoldine et moi n'avons pas convenu de nous revoir demain. C'est peut-être une bonne chose finalement…

14

Léopoldine

Après le départ de Quentin, je finis de ranger, toujours troublée. Cette soirée était vraiment bizarre. J'ai passé un super moment pendant que nous mangions, c'est ensuite que tout a changé. J'étais perturbée sans comprendre pour quelle raison, du coup, niveau concentration, je n'étais plus très performante. Sans compter que quand il a mentionné le fait d'écrire un livre, ça a immédiatement fait tilt. Je sais qu'il a parlé sans réfléchir, juste pour me narguer. Mais en moi, sa suggestion a résonné comme un feu d'artifice. L'idée est tellement bonne que si je m'écoutais, je me mettrais devant mon ordinateur dès à présent. Seulement, je dois me ménager un minimum pour tenir le coup. Il est plus de minuit et, demain, le ménage et une montagne de lessive m'attendent, si bien que j'ai prévu de me lever à l'aube. De plus, mon corps est en train de hurler de fatigue, le samedi étant la journée la plus chargée de la semaine.

D'habitude, lorsque les enfants sont absents, j'en profite pour me reposer et bouquiner tranquillement. Mais là, on en est loin. Cela va faire deux nuits que je dors très peu, trop peu. La tête perpétuellement dans les nuages, je ne cesse de me creuser les méninges pour mettre le doigt sur l'erreur commise par cet agresseur de malheur.

Et si ça ne suffisait pas, maintenant, je rêve de raconter cette aventure incroyable dans un roman. Super ! Ce n'est pas comme si j'étais oisive, n'est-ce pas ? Mais qu'est-ce qui ne tourne pas rond dans ma caboche ? Je suis déjà si occupée, que je n'ai pas une minute à moi. Et quand je m'exprime ainsi, ce n'est pas juste une vue de l'esprit, car je suis bien en dessous de la vérité. D'ailleurs, j'en suis rendue à me coltiner les corvées ménagères le dimanche, pendant mon seul jour de repos. Jamais je ne pourrai ajouter la rédaction d'un polar à ce planning plus chargé que celui d'un ministre. Mais c'est tellement tentant, malgré tout. J'ai conscience de ne pas être écrivain et de n'avoir sans doute aucun talent dans ce domaine, mais cela me permettrait de revivre ces instants exaltants.

À force de vouloir à tout prix trouver une solution pour dégager de précieuses heures et mener ce projet à bien, je finis par m'énerver moi-même et ce stress inutile m'empêche de m'endormir. Alors, je regarde les minutes s'égrener sur le radioréveil, et plus elles défilent plus je m'agace à l'idée du peu de temps qu'il me restera pour récupérer. Je sens que je suis sur le point de sombrer dans les bras de Morphée, quand soudain mes paupières se relèvent brusquement. J'ai enfin compris ce qui ne colle pas. Comment ai-je pu ne pas le voir tout de suite ?

Fébrile, je saisis mon téléphone et cherche le numéro de portable que Quentin m'a communiqué avant de partir, afin que je puisse le prévenir en cas de retard ou de nouvelle information capitale qui me viendrait subitement à l'esprit. Cela me permet de le contacter sans avoir à passer par la gendarmerie. Il répond à la troisième sonnerie et sa voix ensommeillée m'indique qu'il n'a pas eu les mêmes soucis d'insomnie que moi.

— Léopoldine ? Il y a un problème ?

— Ça y est ! J'ai trouvé !

— Hein ? Mais trouvé quoi ? Ça ne pouvait pas attendre ? Non, mais parce qu'il est 2 heures du matin, là !

Mince, j'aurais dû vérifier l'heure. Ou pas. Après tout, nous essayons de résoudre une enquête policière importante, il peut donc sacrifier un quart d'heure, quand bien même c'est au milieu de la nuit. Est-ce que je dors, moi ?

— Désolée.

— Pourquoi suis-je convaincu que tu ne l'es pas ?

Je rougis, mal à l'aise d'avoir été démasquée aussi aisément. Heureusement qu'il ne peut pas me voir, j'aurais l'air finaude.

— Bon, alors, c'est quoi le problème ? poursuit-il néanmoins.

— J'ai trouvé ce qui me chiffonnait ce soir.

— Ça, je l'ai bien pigé. La question c'est : vas-tu me dire enfin ce qui se passe ?

— L'alliance.

— Que... quoi ? Quelle alliance ? Léo, je ne capte rien à ce que tu racontes.

— Je coiffe Maurice Busch depuis que le salon est ouvert, mais je le côtoie depuis au moins vingt ans puisque je sortais avec son fils et...

— Viens-en au fait ! Par pitié, abrège, je suis crevé, j'ai besoin de dormir.

— Depuis que je le connais, il a toujours porté son alliance. Elle se remarque de loin parce que c'est un anneau en or blanc très large et épais, genre bagouse si tu vois ce que je veux dire.

— Non, mais continue...

— Eh bien, sur l'enregistrement que tu m'as montré, il ne l'avait pas au doigt. Sa femme, oui. Mais pas lui.

— Et alors ? Franchement, est-ce que ça a la moindre importance ?

— Plus de vingt ans et pas une fois il ne l'a retirée. Et là, comme par hasard, il ne la met plus ? Il y a quelque chose qui cloche dans ce couple.

— N'importe quoi ! Tu me réveilles au beau milieu de la nuit pour une connerie pareille ? Léopoldine Courtecuisse, tu vas me faire le plaisir de te rendormir tout de suite et de me laisser pioncer. On étudiera ce détail demain. Non, mais je rêve, tout ça pour une histoire de bagouse !

Et il me raccroche au nez, comme ça, sans façon. Charmant ! Dire que je veux faire avancer le schmilblick pendant que « Môssieur » ronfle tranquillement ! Qu'il ne se pointe pas ou qu'il ne m'appelle pas dans les prochaines heures, parce que moi aussi je lui dirai de me foutre la paix à ma manière. Quel malotru !

Après cette conversation téléphonique, je sombre rapidement, comme si mon esprit était apaisé d'avoir enfin compris ce qui le turlupinait. Peut-être que Quentin a raison et que ce n'est qu'un détail, mais mon intuition me souffle que le problème est sans doute plus important et qu'il ne s'agit pas d'un simple oubli.

À 6 heures, je me réveille, fraîche comme un gardon. Quand on sait que je ne me suis reposée que quatre heures, c'est étonnant. Sans attendre, je file vers la cuisine pour préparer mon petit-déjeuner. Pendant que le pain est dans le toaster et que mon café coule, je me poste devant ma baie vitrée complètement recouverte de Post-it, de feuilles scotchées et d'inscriptions au feutre blanc. Je vais m'amuser pour la nettoyer lorsque tout sera terminé. Cela ne m'empêche pas de consigner deux ou trois infos supplémentaires, dont l'alliance manquante. Je sens que mon coéquipier va encore crier au scandale, mais je suis certaine que cette disparition n'a rien d'anodin. Jusqu'à présent, écouter mon instinct s'est plutôt révélé judicieux, je ne vais pas changer de méthode maintenant. Que Quentin le veuille ou non, cette constatation doit nous interpeller.

Dans mon cahier, je note la liste de ce que je peux faire pour que l'enquête progresse dans les meilleures conditions. D'abord, j'aimerais parler au frangin de

Bruno. Si ce dernier m'a prié de le contacter, ce n'est probablement pas sans raison. Cela dit, je ne sais pas l'heure qu'il est aux États-Unis et j'ignore comment me procurer son numéro. Je ne peux tout de même pas le demander à Agnès ! Cette vieille bique serait capable de m'engueuler devant tous les clients. Je dois également prévoir une petite discussion avec Georges. Je trouve quand même étrange qu'il n'ait pas évoqué son lien amical avec Bruno. Bon sang, il faut vraiment tirer les vers du nez à tout le monde ici !

Demain, j'essaierai de papoter avec Mme Busch à la maison de retraite. Cette dame adore son petit-fils, elle ne peut donc pas refuser de m'aider. Et puis, il y a aussi Mme Muller qui pourrait me tuyauter. Après tout, elle a toujours quelque chose à dire sur tous les habitants de la ville et même du département, c'est le moment de balancer ce qu'elle sait. Sa fille travaille au garage, sans doute qu'elle l'informe des derniers ragots. Et avec tout ça, je ne dois pas oublier de faire les courses, puisque les enfants reviennent lundi soir après les cours.

D'habitude, je trépigne d'impatience à l'idée de les revoir, mais je dois reconnaître qu'aujourd'hui, ça m'arrangerait presque qu'ils restent une semaine de plus chez leur père si formidable, si généreux, si cool et… Aussitôt, je me ressaisis. Tomber dans le défaitisme et jalouser la relation de mes ados avec mon ex est indigne de moi. Je vaux mieux que ça.

Mon iPhone sonne au moment où je termine de nettoyer la cuisine. Lorsque je visualise le nom de celle qui cherche à me joindre si tôt – rappelons qu'il est à peine 8 heures un dimanche matin –, je pousse un soupir de découragement. Je ne sais même pas pourquoi je me suis demandé qui cela pouvait être, il n'y a qu'une personne dans mon entourage capable de me téléphoner à n'importe quelle heure. Malheureusement, j'ai déjà esquivé trois appels de sa part au cours des derniers jours, je ne peux donc décemment pas refuser celui-ci. En même temps, ce n'est pas plus mal qu'elle me contacte maintenant, parce que je pourrai abréger la conversation en arguant que je dois préparer la venue des enfants. L'excuse parfaite. On peut penser que je suis une fille indigne, mais attendez de découvrir le numéro et on en reparlera.

— Bonjour, maman.

— Ah quand même ! C'est pas dommage ! On pourrait crever la gueule ouverte que tu t'en ficherais. Trois fois je t'ai téléphoné, tu aurais au moins pu prendre deux minutes pour ta mère, non ?

Deux minutes ? Si seulement…

— Désolée, j'ai beaucoup de travail en ce moment. Je comptais passer en fin de matinée.

Chaque dimanche, je m'oblige à leur rendre visite. Au début, c'était pour qu'ils voient les enfants et me donner bonne conscience par la même occasion. Avec le temps, c'est devenu la contrainte dominicale. Après cette épreuve, je vis généralement le reste de la journée comme une libération.

— Justement, on est conviés chez ta sœur pour parler du mariage, on ne sera pas là.

Yes! Merci, mon Dieu, maintenant je sais que vous existez.

Avec toute l'hypocrisie dont je suis capable, je m'exclame aussitôt :

— Oh comme c'est dommage ! Ce sera pour la semaine prochaine alors.

— Constance m'a raconté qu'Olivier t'avait remis l'invitation.

À ces mots, je me crispe, pressentant que la suite pourrait me déplaire au plus haut point.

— J'espère que tu auras la décence de ne pas venir.

Qu'est-ce que je disais ?

— Ah bon ? Et pourquoi ?

— Mais enfin, Léopoldine, tu as quand même conscience que ta présence rendrait la situation délicate, aie assez de jugeote pour comprendre que tu es comme qui dirait indésirable !

Son ton péremptoire me hérisse le poil. À l'entendre, tout est de ma faute. En même temps, avec elle, tout est toujours de ma faute.

— Dans ce cas, pourquoi m'ont-ils invitée ?

— Pour que personne ne puisse nous en blâmer un jour, mais je t'avoue que ça nous arrangerait tous si tu refusais. Prends une semaine de vacances à cette date et prétexte que tu ne peux pas annuler. Papa et moi, on est d'accord pour en financer la moitié.

Et puis quoi encore ? C'est vraiment le monde à l'envers dans cette famille.

— Maman, je n'ai rien fait de mal, pourquoi est-ce que je devrais fuir comme si j'avais quelque chose à me reprocher ? Si ma sœur voulait éviter une situation embarrassante, elle aurait dû choisir un autre mec que le mien.

— Léopoldine Courtecuisse ! Je t'interdis de parler de Constance ainsi ! Si tu avais eu assez d'atouts pour retenir ton homme à la maison, il ne serait pas allé voir ailleurs. Tout est de ta faute.

Et voilà, c'est reparti…

Bon sang, je rêve qu'un jour mon père la cocufie et que toute la ville soit au courant. Elle saurait alors à quel point une telle déconvenue est humiliante et douloureuse. Hélas, jusqu'à présent, papa a toujours été d'une fidélité exemplaire, ou bien il est assez malin pour ne pas s'être fait attraper.

Le plus souvent, je la laisse déverser son fiel en silence. Mais aujourd'hui, la colère face à tant d'injustice est plus forte que tout.

— Mais bien sûr. Tu ne manques pas de souffle, toi ! Si c'est tout ce que tu as à me dire, je vais raccrocher. Je viendrai à l'occasion.

Et pas de sitôt, c'est clair !

— Non, je voulais aussi te prévenir que je passerai au salon mardi. Mes repousses commencent à se voir. La semaine prochaine, les parents d'Olivier seront là, je ne tiens pas à avoir l'air d'une pauvresse.

À la fois agacée et résignée, j'expire pour me calmer. Quelle idée de faire autant de manières ! Ce n'est pas comme si elle les rencontrait pour la première fois. Ça fait des années qu'ils se côtoient. Soudain, je songe à mon ex, à cette façon écœurante dont il s'en est sorti en m'accusant d'être une mégère frigide, incapable de satisfaire un homme. Et le pire dans tout ça, c'est que ma famille ne marche pas dans la combine, elle court. Hormis des reproches et des remarques désagréables sur mon physique moins avenant que celui de ma sœur, sur mon intelligence moins vive que la sienne, et sur mon manque de réussite professionnelle puisque être coiffeuse est tellement moins prestigieux que d'être avocate, à quoi ai-je droit ?

— Je serai là à 14 heures.

Chaque fois, c'est la même chose. Elle déboule quand elle veut, me fiche tout mon planning en l'air, comme si se faire couper les cheveux gratuitement était un dû. Si encore mes parents m'avaient aidée lorsque nous avons créé le salon, je pourrais comprendre. Mais ils n'ont pas proposé de me prêter un euro à ce moment-là. Et pourtant, Dieu sait que j'avais besoin d'argent. Au final, ma grand-mère paternelle m'a avancé les fonds nécessaires jusqu'à ce que je sois indemnisée par Olivier pour la maison et en mesure de lui rembourser la somme.

Soudain, toute l'absurdité de cette situation me saute à la figure, telle une gifle monumentale. Si ma chère maman agit ainsi avec moi, c'est uniquement parce que je la laisse faire et que je ne lui rentre pas dans le lard, de peur qu'elle et papa se fâchent. Mais au fond, qu'est-ce que ça changerait s'ils me faisaient la gueule ? Pas grand-chose, je n'ai jamais pu compter sur eux. En revanche, il y aurait un avantage évident, puisqu'ils me ficheraient enfin une paix royale. Alors, à bien y réfléchir, ce ne serait pas plus mal qu'ils se vexent pendant quelque temps.

— Ce n'est pas possible. Mon planning est complet et celui de Magalie aussi. Je n'aurai pas le temps de m'occuper de toi.

— Pardon ? Eh bien, tu t'arrangeras pour trouver une solution.

Stop ! Je ne suis pas à son service, elle doit le comprendre une bonne fois pour toutes.

— Certainement pas. Je ne vais pas annuler des rendez-vous au risque de perdre des clientes qui paient, *elles* ! Désolée, mais il va falloir te débrouiller autrement, parce que je ne peux pas te coiffer. La prochaine fois, fais comme tout le monde et téléphone avant.

— Quelle ingrate ! N'as-tu donc aucune considération pour ta pauvre mère ? Moi qui ai tant fait pour toi.

— J'ai pour toi exactement la même considération que celle que tu as pour moi. Si tu veux que je me comporte mieux, commence par donner le bon exemple. Et si ça ne te plaît pas, eh bien, tant pis pour toi.

— Mais comment est-ce que je fais pour mardi ?

Voilà sa seule préoccupation. Je crois rêver ! Je suis en train de la remballer et tout ce qui l'intéresse, c'est d'être belle pour ne pas risquer une remarque de la princesse Constance.

— Tu n'as qu'à trouver un autre salon de coiffure qui pourra te prendre à l'arrache ou, au pire, demande à ma petite sœur de t'appliquer une teinture que tu auras achetée au supermarché.

Une exclamation outrée me répond. Depuis que j'ai dix-sept ans, cela ne lui est plus arrivé, on peut donc comprendre que ce changement ne lui convienne pas. Décidément, je ne la supporte plus. Comment est-ce que j'ai fait pour ne pas péter une durite avant ?

— Quel scandale ! Je suis sidérée…

Si elle savait le nombre de fois où ses remarques assassines m'ont laissée coite, elle n'en ferait pas toute une histoire. Dans ces conditions et compte tenu de l'état actuel de nos relations, j'estime que j'ai parfaitement droit à ma revanche, si mesquine soit-elle. Ce n'est que justice.

— Pour une fois que c'est moi qui t'en bouche un coin et non l'inverse. Remets-toi, maman, ce n'est pas la fin du monde. Seulement, s'il te vient à nouveau l'envie de me balancer une de tes réflexions maison, rappelle-toi que dorénavant il y aura immédiatement un retour de bâton.

— Sale gosse ! s'écrie-t-elle avec hargne. Tu ne l'emporteras pas au paradis !

Du tac au tac, je réplique :

— Vieille peau de vache !

Puis, sans lui laisser l'occasion de protester, je raccroche. Jamais je n'ai manqué de respect envers ma mère, mais aujourd'hui je n'ai pas pu m'en empêcher.

Oh bon sang de bonsoir, qu'est-ce que ça fait du bien ! Presque aussi jouissif qu'un orgasme.

Durant tout le reste de la matinée, je m'occupe de mon appartement et de mon linge avec une frénésie qui traduit mieux que des mots à quel point cette discussion téléphonique m'a contrariée. À 14 heures, tout est nickel et je finis de repasser mes derniers vêtements. Il n'y a plus que la liste des courses et je pourrai enfin me consacrer à l'enquête. Tout est préférable plutôt que de cogiter au sujet de ma famille.

N'allez pas imaginer que je les déteste, ce n'est pas le cas. Et même si mon mec s'est comporté comme un infâme salaud, il faut être deux pour faire capoter une relation. J'ai donc également ma part de responsabilité dans cet échec. Après tout, peut-être qu'à trop vouloir être une mère parfaite, une femme d'intérieur parfaite et une coiffeuse parfaite, j'ai tout simplement oublié qu'un couple se cultivait. Nous étions ensemble depuis si longtemps que j'ai cru, naïvement, que tout était acquis. Pourquoi ne me suis-je pas inquiétée quand il a soudain cessé de me regarder, de me toucher, de me faire l'amour ?

Parce que ça t'arrangeait qu'il ne te désire plus autant qu'avant, souffle une petite voix insidieuse dans ma tête. *Tu n'avais plus vraiment envie de lui et t'envoyer en l'air te faisait plus l'effet d'une corvée qu'autre chose. Quand on en est rendu à ce stade, il est temps de se poser les bonnes questions.*

Seulement, je ne l'ai pas fait, estimant qu'il s'agissait d'un simple passage à vide comme tant de couples en rencontrent. Et même quand il a commencé à rentrer de plus en plus tard, à se pomponner plus que d'habitude, j'ai refusé d'affronter la réalité. Je peux toujours expliquer que j'avais confiance et aucune raison de me méfier, la vérité est plus compliquée. Si je suis honnête envers moi-même, je dois admettre que je m'en fichais un peu. Et même beaucoup. À partir de là, je ne sais pas comment j'aurais pu éviter le désastre qui a suivi. Aujourd'hui, pour tout le monde, j'étais une pauvre victime, mais en réalité j'étais une victime consentante. Ce simple adjectif fait toute la différence. Avec un sourire, je songe que le problème pour une femme n'est pas de divorcer, mais plutôt de se morfondre dans un mariage qui la rend malheureuse. Au final, Olivier nous a rendu service à tous les deux en allant voir ailleurs. Il aurait juste dû choisir une autre nana que ma sœur, car ma blessure d'amour-propre a été plus difficile à gérer que la fin de mon couple.

Résolue à ne pas m'apitoyer sur mon sort, je classe toutes mes notes, les relis tranquillement et inscris les questions que je ne dois pas oublier, ainsi que les personnes à qui je veux les poser. Durant tout ce temps, régulièrement, je consulte mon téléphone. Hélas, je n'ai aucune nouvelle de Quentin. En fin d'après-midi, je décide de l'appeler, mais je tombe sur sa messagerie après trois sonneries. S'il ne répond pas, c'est qu'il est occupé ailleurs – genre un rencard ou quelque chose de cet ordre –, ou qu'il dort et ne s'est toujours pas remis de la soirée d'hier, ou encore qu'il est en service. Pour une raison que je ne m'explique pas, j'aimerais mieux que la troisième hypothèse soit la bonne, même s'il est libre d'agir à sa guise.

Toutefois, c'est avec une petite boule logée dans le fond de ma gorge que je me couche, sans qu'il ait cherché à me joindre. Il faut que je reste sur mes gardes, car ce n'est pas normal que nos dîners – il n'y en a eu que deux – me manquent déjà autant.

15

Lundi 19 novembre 2018

Léopoldine

Lorsque j'arrive à la maison de retraite, j'ai déjà cinq minutes de retard. En effet, j'ai dû attendre qu'Olivier me dépose les affaires des enfants avant de partir. Et comme il était à la bourre, je le suis également. Nous n'avons pas parlé, hormis un « bonjour » coincé. Je présume que ma mère a dû leur raconter notre dispute d'hier par le détail. Et à vrai dire, je m'en fiche. Qu'ils pensent ce qu'ils veulent, qu'ils déblatèrent sur moi si ça leur fait plaisir. Pour ma part, j'ai décidé d'avancer et d'arrêter de me focaliser sur le passé. C'est sans doute ce qui pouvait m'arriver de mieux, avec cette enquête qui me passionne et l'irruption de Quentin dans ma vie. Tout agaçant qu'il est, le lieutenant Delval n'en est pas moins devenu un véritable partenaire.

Devant le local où je coiffe, Mme Muller trépigne déjà d'impatience. Contrairement à la manière dont tout est planifié au salon, j'ignore quels seront mes clients. Chaque lundi, en repartant, j'épingle un tableau vierge sur la porte. Les personnes s'y inscrivent au fur et à mesure. Depuis que j'ai accepté d'effectuer cet extra, il y a environ cinq ans, je ne me suis jamais déplacée pour rien et tous savent que je préfère quand il n'y a pas de creux. La plupart des rendez-vous sont groupés le matin, parce que l'après-midi, de nombreux pensionnaires font une petite sieste. Bien souvent, j'ai terminé de bosser avant 15 heures. J'espère que ce sera également le cas aujourd'hui. Comme ça, je pourrai passer à la gendarmerie pour voir Quentin.

— Bonjour, Madeleine, comment allez-vous depuis la semaine dernière ?

Avec un sourire, j'ouvre et l'invite à entrer dans la pièce.

— Il paraît que c'est toi qui as trouvé le cadavre, c'est vrai ? demande-t-elle sans s'embarrasser d'une quelconque formule de politesse.

— Oui, c'est vrai.

Je m'abstiens de tout commentaire. L'expérience m'a appris que quand on se tait, cela incite les gens à parler. Et cette fois encore, ça ne loupe pas.

— C'est triste à dire, mais avec la vie qu'elle menait, ça ne pouvait pas finir autrement. Je t'ai raconté que ma fille, Karine, travaille au garage où Bruno a été embauché ? Elle m'a expliqué que les gendarmes l'ont arrêté. Tu penses que c'est lui ?

— Absolument pas. Bruno ne ferait pas de mal à une mouche. Il adorait Véronique. Posez la tête en arrière, Madeleine, je ne voudrais pas vous mettre d'eau dans les yeux.

Elle s'exécute docilement et garde le silence durant tout le temps où je lave les quelques cheveux qu'elle a sur le caillou. Chaque semaine, j'effectue un shampoing et un brushing. Une fois par mois, je les lui coupe et chaque trimestre, je lui fais sa permanente. On peut considérer que cette dame est chanceuse de pouvoir se permettre un tel luxe. Lorsqu'elle est installée sur le fauteuil, je demande :

— On rafraîchit cette semaine ?

— Oui, merci. Quand je pense à ce drame, je n'en reviens pas. M. Gérard n'est pas fier non plus, d'après Karine. Son épouse a appris qu'il avait été infidèle, ça doit être un sacré pâté chez eux à la maison.

Voilà qui serait étonnant, je songe avec ironie. *S'il affirme à sa femme que ce sont des ragots, elle gobera cette histoire sans poser le moindre problème.*

— D'après toi, Léopoldine, qui a fait le coup ?

J'arrête de couper les mèches qui dépassent de mes doigts pour l'observer dans le miroir.

— Je n'en ai aucune idée. Et vous ?

— Pour moi, c'est quelqu'un de Dimbourg. Tout le monde sait qu'ils sont tous fous là-bas ! Ne ris pas, c'est la vérité ! Ou alors, j'ai pensé à autre chose. Et si ce crime était lié à la mort de l'instituteur ? Parce que si tu veux mon avis, ça fait beaucoup de drames pour une seule famille.

— Comment ça ?

— Ben, tu ne te rappelles pas ? Le Bastien qui s'est pendu quand son julot a été renversé.

Soudain, les propos de Bruno me reviennent en mémoire. Il m'a demandé de contacter son autre frère, Benoît. Pourquoi ? Ce dernier connaît-il des éléments que tous ignorent ?

— Et puis, je ne comprends pas pourquoi ce pauvre gars s'est laissé accuser sans rien dire… poursuit Madeleine comme pour elle-même.

À nouveau, je me sens troublée. Jusqu'à présent, je croyais que Bruno était dévasté par la mort de Véro et qu'il se fichait de tout. Mais peut-être que ses motivations sont plus subtiles. Après tout, s'il a des doutes sur un assassin potentiel et qu'il s'agit d'un proche, il peut le protéger. Imaginons qu'il ait des soupçons mais ne peut décemment pas incriminer qui que ce soit, serait-ce sa façon de me mettre sur la piste ? Cette hypothèse ne peut pas être écartée.

— Moi, je parierais ma chemise que c'est le cousin qui a fait le coup.

— Qui ? Gilles ?

— Oui. Celui-là, il a le feu où je pense et ça ne m'étonnerait pas d'apprendre qu'il faisait partie des amants de Véronique. Et en plus…

Elle est obligée de se taire quand le client suivant entre dans la pièce. Il s'agit d'un monsieur très distingué qui fait tourner les têtes de toutes les petites vieilles dotées d'une vue correcte. C'est vrai qu'avec sa silhouette encore élancée, même si elle est un peu voûtée, sa tignasse blanche et ses beaux yeux bleus, M. Winter est la coqueluche de ses dames. Et Madeleine ne déroge pas à cette règle, puisqu'elle rougit comme une collégienne.

Cinq heures plus tard, la dernière mamie quitte mon local. Il est à peine 13 h 30 et ma journée est terminée. On remarque tout de suite quand la fin du mois approche. Les pensionnaires sont d'autant plus touchés que le coût de cet Ehpad est élevé et leur rente n'y suffit parfois pas. Même si aujourd'hui, ce n'est que le 19, les difficultés financières commencent plus tôt pour certains que pour d'autres. Au moins, ça me laissera le temps de faire tranquillement mes courses pour remplir mon frigo vide. Si les ogres qui me servent d'enfants s'en rendent compte ce soir, j'aurai droit à une manifestation digne de celle des syndicats quand on veut changer le régime des retraites, avec pancartes et banderoles en prime.

Après avoir rangé et balayé les cheveux qui traînent au sol, je quitte le local pour me rendre chez Edna, la grand-mère de Bruno. Lorsque je passe la tête par l'entrebâillement de la porte, je la découvre installée dans son fauteuil près de la fenêtre, le regard perdu dans le vague. La pauvre !

— Edna ?

Je toque à nouveau, et elle met tant de temps à réagir que je me demande un instant si elle n'est pas victime d'un malaise. À son âge et avec ce qui vient d'arriver, cela n'aurait rien d'étonnant. Enfin, elle tourne le visage vers moi et me sourit.

— Je peux entrer ?

— Mais bien sûr, murmure-t-elle d'une voix plus faible que d'habitude.

Je referme derrière moi et récupère une chaise pour m'asseoir en face d'elle. La chambre n'est pas très grande, mais elle l'a aménagée avec son propre mobilier et a réussi à en faire un endroit chaleureux.

— Je voulais vous présenter mes condoléances pour la mort de Véronique. Je suis tellement désolée. C'est si triste…

— Oui, c'est triste. La pauvre fille avait perdu ses parents, alors qu'elle n'était même pas adulte. Malgré ce qu'on racontait sur elle, moi, je l'aimais bien. Chaque semaine, elle venait me rendre une petite visite.

Pour lui faire comprendre que je suis solidaire, je pose ma main sur la sienne.

— Moi aussi, je l'aimais bien. C'était une jeune femme très sympathique. J'ignore si vous en avez entendu parler, mais je collabore avec le lieutenant chargé de l'enquête pour l'aider à trouver le monstre qui a fait ça.

Une lueur d'intérêt éclaire soudain son regard.

— Ah bon ? Et pourquoi est-ce que tu t'en mêles ?

— Parce que si nous savons désormais que Bruno n'y est pour rien, le seul moyen de le blanchir définitivement est de découvrir le véritable assassin qui court toujours et pourrait recommencer. Vous savez très bien comment ça fonctionne à Wahlbourg. Si on n'attrape pas le coupable, c'est la rumeur qui restera dans les esprits et la populace se demandera toujours si votre petit-fils n'est pas impliqué dans ce drame. Qu'il ait un alibi n'y change rien.

— Oh ! Comme c'est gentil de ta part. Est-ce que Bruno est au courant ?

— Bien sûr. Je l'ai vu, quand il était à la gendarmerie. Je sais qu'il me fait confiance et je suis déterminée à avoir le fin mot de l'histoire. Je ne le laisserai pas tomber, même si ça ne lui ramènera pas Véronique.

— Et qu'est-ce que tu as trouvé jusqu'à présent ?

— Pas grand-chose à vrai dire. Bruno m'a prié d'appeler Benoît. Vous avez son numéro ?

— Oui, il doit être dans le calepin près du téléphone.

Sans perdre une seconde, je récupère le carnet et le feuillette jusqu'à ce que je repère les coordonnées du frère de Bruno. Avec mon mobile, je prends une photo avant de le remettre en place et de m'installer à nouveau en face d'Edna.

— À votre avis, pourquoi est-ce qu'il m'a demandé de faire ça ?

— Je n'en sais rien. Peut-être que Benoît pourra t'aider mieux que moi.

— L'assassin avait le double des clés, ce qui signifie qu'il a dû les subtiliser dans leur appartement. Qui pouvait avoir accès au logement qu'ils occupent ?

— Aucune idée. Mais Berthe Weiss pourra te le dire.

— Qui est-ce ?

Ce nom m'évoque vaguement quelque chose, mais je n'arrive pas à visualiser la personne.

— Léopoldine, tu la connais. C'est une ancienne institutrice qui est à la retraite. Elle habite juste en face de Bruno et elle est toujours postée à sa fenêtre pour espionner tout le monde. Je le sais, parce que Véronique n'arrêtait pas de s'en plaindre.

Là, je vois parfaitement de qui il s'agit. Elle a été ma maîtresse de CP et ne pouvait pas me saquer. Chaque opportunité qu'elle avait de m'humilier était saisie dès qu'elle se présentait. Autant dire que si elle ne m'est pas revenue à l'esprit, c'est que je n'en avais aucune envie, tellement elle m'a laissé un mauvais souvenir. Encore une vieille peau de vache!

— Vous croyez qu'elle acceptera de me parler? Parce qu'il y a trente ans, elle ne me supportait pas.

— C'est normal, ta mère et elle ne s'entendaient pas. Elles s'étaient disputées à propos d'un élève qui venait d'une famille difficile ou quelque chose comme ça. Apporte-lui une bonne bouteille de vin, tu vas voir si elle ne t'aime pas.

Maman est peut-être une emmerdeuse de première, il n'en reste pas moins qu'elle faisait très bien son job avant de prendre sa retraite. On ne peut rien lui reprocher, hormis le fait de trop s'étaler sur les problèmes des gens dont elle s'occupait devant nous. Mais comme ses révélations fracassantes n'ont jamais été relayées, elle n'a pas eu d'ennuis.

Sceptique, je fais remarquer:

— Ça m'étonnerait que du pinard réussisse à la décoincer.

— Tu te trompes. Elle adore picoler au moins autant qu'elle apprécie de ragoter. Combine les deux et tu peux apprendre beaucoup de choses. Tu as déjà parlé à la femme du propriétaire?

— Mme Robert? Pourquoi est-ce que je discuterais avec elle?

— Il paraît qu'elle a fait un scandale à Agnès au sujet de son mari et de notre Véro. Elle était folle de rage, surtout quand Agnès lui a répondu d'aller se faire voir.

— Agnès a défendu Véronique ?

En voilà un scoop ! La mère de Bruno détestait sa bru et ne s'en est jamais cachée.

— Certainement pas. Mais tu la connais, dès qu'on touche à sa famille, elle perd tout sens commun.

— Vous ne l'appréciez pas, n'est-ce pas ?

Edna se crispe, mal à l'aise. Je présume que pour une personne aussi bienveillante qu'elle, dire du mal de sa belle-fille est compliqué.

— Je ne voulais pas que Maurice l'épouse. C'est un gentil garçon et il était très beau quand il était jeune. Il aurait pu avoir toutes les femmes, mais il a fallu qu'il tombe sur cette vipère. Elle est si possessive, si mesquine, si méchante, même avec ses enfants. Ils ont tous la trouille dès qu'elle entre dans une pièce. Il n'y a que Maurice qui sache l'attendrir. Lui, elle l'a dans la peau. Il en a toujours été ainsi. Mais je ne suis pas sûre que ce soit réciproque.

— Dans ce cas, pourquoi est-ce qu'il s'est marié avec elle ?

— Parce qu'Agnès l'a piégé. Avant qu'il ait eu le temps de dire ouf, elle était enceinte de Bruno. Il n'a pas eu le choix.

D'une voix douce, je l'interromps.

— Edna, on a toujours le choix.

— Pas lui. Jamais il n'aurait abandonné une femme qui attendait son enfant. Et ça, elle l'avait très bien compris.

Je n'apprécie pas particulièrement la mère de Bruno, que je considère comme une terreur dans son genre. Jamais elle ne sourit, jamais elle n'a un mot aimable pour qui que ce soit. Mais cela me dérange qu'on puisse penser qu'elle a tendu un traquenard à Maurice. Personne n'a forcé ce dernier à avoir des relations intimes avec elle. Quand on s'envoie en l'air sans prendre les précautions d'usage, il ne faut pas s'étonner si une grossesse en résulte. J'en sais quelque chose, puisque je me suis retrouvée dans une telle situation avec Margaux qui était un accident. Pour autant, jamais je n'aurais obligé Olivier à rester avec moi à cause d'elle. Il l'a choisi librement. C'est même lui qui m'a demandé de ne pas avorter, alors que j'avais envisagé cette éventualité dans un premier temps. Aujourd'hui, je ne regrette pas une seconde de l'avoir gardée, mais à l'époque la décision avait été difficile.

— Pourquoi ne divorce-t-il pas s'il est malheureux ? Après tout, on est en 2018.

— Oh, mais il a voulu la quitter, il y a une vingtaine d'années. Elle l'a menacé avec son fusil de chasse.

— Un fusil de chasse ?

Voilà qui devient intéressant.

— Maurice est chasseur, il adore ça. Bruno aussi d'ailleurs. Je n'ai jamais compris comment on peut aimer tuer des animaux.

— Moi non plus.

— Ensuite, ils se sont rabibochés et il est finalement resté avec elle. Je pense que ça l'arrange bien, parce qu'Agnès gère l'exploitation à elle seule. Pendant ce temps, il peut jouer au maire en toute tranquillité. Mon Maurice est gentil, comme je te l'ai dit, mais il n'est pas très courageux dès qu'il faut travailler. Tandis qu'elle, c'est une force de la nature. Plus bosseuse que n'importe quel homme.

Lorsque je consulte ma montre, je m'aperçois que j'ai passé une heure en sa compagnie.

— Je dois filer. Les enfants rentrent ce soir et j'ai des courses à faire. Mais je reviendrai vous voir très bientôt pour vous donner des nouvelles. Et surtout, ne répétez notre conversation à personne. Je ne veux pas qu'on sache que j'enquête.

— Ne t'inquiète pas, ma petite Léopoldine, je suis une tombe.

Avec un sourire affectueux, je me penche vers elle pour l'embrasser sur la joue.

— Prenez bien soin de vous, Edna.

— Toi aussi, sois prudente. Si c'est trop dangereux, laisse faire les gendarmes et ne prends aucun risque.

Au moment où je me redresse, la porte s'ouvre, livrant le passage sur Agnès. Quand on parle du loup, on en voit le bout de la queue…

— Mais qu'est-ce que tu fiches ici, toi ? s'exclame-t-elle lorsqu'elle m'aperçoit.

— Je suis venue présenter mes condoléances à Edna.

— Ah bon ? Tu ne voulais pas plutôt être au courant des derniers potins ?

Avec appréhension, je me tourne vers Edna, priant pour qu'elle ne raconte rien au sujet de ma collaboration avec les forces de l'ordre. Si elle devait l'apprendre, je suis sûre qu'Agnès en ferait un drame en trois actes.

— Tu te trompes, Agnès. Léopoldine est là pour me faire part de sa tristesse et prendre de mes nouvelles. Rien de plus.

J'avoue que j'ai beaucoup de difficultés à retenir un soupir de soulagement, mais je m'y oblige pour ne pas éveiller les soupçons de la mère de Bruno. Elle est peut-être rustre, mais elle n'est pas bête et je n'ai aucune envie de me la coller à dos.

— Ouais, c'est ça… grince-t-elle avec une grimace qui l'enlaidit plus encore, si tant est que cela soit possible.

Agnès est très masculine et se promène toute l'année avec un gros chandail, un jean trois fois trop grand et des baskets. Ses cheveux courts et ses lunettes teintées n'arrangent rien à l'histoire. Dommage, parce que si elle se donnait la peine de mettre sa silhouette musclée en valeur et de se maquiller légèrement, elle renverrait une image plus agréable.

Lorsque je passe près d'elle, sa main s'agrippe à mon bras.

— Un bon conseil, Léopoldine Courtecuisse, ne te mêle pas de nos affaires. Ce qui arrive à ma famille ne te concerne pas.

Sur cette menace à peine déguisée, je quitte rapidement la chambre. Je n'ai pas peur de cette femme, mais je n'ai aucune envie de m'en faire une ennemie. Je devine sans trop de mal qu'elle doit être une adversaire redoutable.

16

Quentin

— Lieutenant, Léopoldine Courtecuisse demande à vous rencontrer. Je la fous dehors ? s'enquiert Aurélie avec une note d'espoir dans la voix.

Aussitôt, je souris. Est-ce le fait de revoir ma coiffeuse préférée ou parce que le scénario évoqué par mon agent d'accueil est particulièrement tentant ? Je n'en sais rien, mais je présume qu'il s'agit d'un joyeux mélange des deux. En attendant, j'ai besoin de me changer les idées et Léo est parfaite pour ça. Elle est pétillante et semble toujours si positive qu'elle me fait du bien. C'est une copine formidable dans la situation actuelle.

— Faites-la venir, je lui expliquerai deux ou trois petites choses moi-même.

— Je peux assister au savon que vous lui passerez ? S'il vous plaît, chef, ça ferait ma journée.

— J'arrive.

Un gloussement s'échappe de ma bouche, tandis que je raccroche. Il faut croire que certaines personnes ne partagent pas mon avis et que Miss Marple n'a pas seulement des amis. En tout cas, Aurélie a une dent contre elle et je serais curieux de savoir pourquoi.

Tout en longeant le couloir, j'observe les deux nanas qui se regardent en chiens de faïence, de chaque côté de l'accueil.

— Alors, quel est le problème, Aurélie ?

— Lieutenant, elle me parle mal chaque fois qu'elle s'adresse à moi. C'était le cas au téléphone lundi soir et ça s'est reproduit à plusieurs reprises.

— Ah bon ? répond Léo, un sourcil arqué, l'air ironique. Mais peut-être que j'étais tout simplement terrorisée. Je te rappelle que quand j'ai composé le numéro de la gendarmerie, la semaine dernière, j'étais seule dans un parking obscur, avec une femme poignardée à moins d'un mètre de moi, et morte de peur à l'idée que l'agresseur soit encore dans les parages.

— Oui, mais quand même…

— Oh, arrête de nous casser les pieds avec ta susceptibilité mal placée, Aurélie ! s'exclame ma coéquipière d'enquête. J'ai juste demandé que les forces de l'ordre ramènent leurs fesses à l'hyper. Tu ne vas pas en faire tout un fromage !

— Vous voyez, lieutenant, elle recommence !

Découragé par cette bataille de bonnes femmes, je secoue la tête et fais signe à Léopoldine de me suivre. Elle contourne l'accueil et me rejoint. Tandis que nous rebroussons chemin, elle grogne :

— Merci de m'avoir défendue. Décidément, vous êtes tous les mêmes !

J'attends qu'elle soit assise en face de moi pour la recadrer, parce que je n'aime pas les amalgames. Si elle a une dent contre les mecs, j'en ai une contre les meufs et je n'en fais pourtant pas état à tout bout de champ.

— Retire ce que tu viens de dire immédiatement. Nous ne sommes pas tous les mêmes et je t'interdis de me comparer à ton ex.

— Pardon ? Mais à quel moment est-ce que j'ai affirmé une chose pareille ?

À son regard soudain ombrageux, je comprends qu'elle est en train de se mettre en colère. Doucement, mais sûrement. Il faut que je désamorce la bombe tout de suite si je ne veux pas risquer un éventuel esclandre dans ma gendarmerie. Pour autant, je n'ai aucune intention de me montrer mielleux. Avec agacement, je l'imite.

— Tous les mêmes !

— Je n'ai visé personne. Si tu te sens concerné, ce n'est pas de ma faute.

— Franchement, tu deviens puérile et je ne suis pas d'humeur à supporter tes enfantillages. Aurélie s'est vexée, que veux-tu que j'y fasse ? Tu as essayé de lui faire part de ton point de vue, elle n'a visiblement pas souhaité l'entendre, ce n'est pas mon problème. Démerdez-vous, mais faites-moi la faveur de me laisser en dehors de ça.

Un instant, je redoute qu'elle me balance l'agrafeuse à la tête, mais elle se calme aussi soudainement qu'elle s'était énervée. Décidément, je ne comprendrai jamais les femmes.

— On peut savoir pourquoi tu n'as donné aucune nouvelle, ni répondu à mon message ? Je pensais que nous pourrions avancer sur l'enquête.

— Non, on ne pouvait pas.

Et c'est tout ce que je compte lui dire. Car comment expliquer que, dès hier matin au réveil, j'ai découvert un SMS de Noëlle, alias Mme Charles de Fontenay, celle qui m'a brisé le cœur, il y a tout juste quelques semaines ? À plusieurs reprises, elle a essayé de me téléphoner pendant la journée et m'a ensuite envoyé un e-mail larmoyant dans lequel elle m'écrivait à quel point je lui manquais, qu'elle regrettait d'avoir choisi son mari plutôt que moi. La réalité est un peu plus sordide, puisqu'elle a surtout opté pour l'argent, la position sociale et le pouvoir. Selon un journaliste dans le flash info de ce matin, un remaniement ministériel est dans l'air et il semblerait que son époux risque son poste. En effet, il vient d'être mis en cause dans une affaire de fausses factures et ça fait carrément tache dans un gouvernement qui se veut irréprochable.

Trop profondément blessé par les conséquences de cette liaison sur ma vie actuelle, je n'ai pas répondu. Merde quoi ! Je refuse d'être un second choix, j'estime que je vaux mieux. Alors, peu importe que je sois toujours amoureux d'elle, ma fierté est tout ce qui me reste et j'y tiens trop pour avoir envie de replonger. Cela ne m'a pas empêché d'être déstabilisé par ses tentatives de rapprochement. Dans ces conditions, il était préférable pour tout le monde que je me terre dans ma tanière en attendant que cette période de spleen passe. Noëlle ignore où j'ai été muté, sinon elle n'aurait eu aucun scrupule à contacter la gendarmerie. Tant qu'elle se cantonne aux coups de téléphone sur mon portable, aux textos et aux e-mails, je peux gérer. Mais pas question que mes hommes – j'inclus Aurélie dans cette catégorie – soient mêlés à ma vie privée. Pour moi, ce serait la fin des haricots.

Avisant la mine pincée de Léopoldine, je me ressaisis. Il faut que je lui parle, au moins un peu, sinon elle va se braquer et son aide est trop précieuse pour que je me la mette à dos en ce moment. Je n'oublie pas que pour la première fois depuis des semaines, grâce à la femme qui est assise en face de moi et plus globalement à cette énigme, je me sens revivre et je veux encore éprouver cette sensation grisante. J'en ai vraiment besoin.

— Désolé, mais j'avais un problème personnel à régler.

— Rien de grave, j'espère ?

Sur son visage expressif, je lis une inquiétude sincère, mais également une certaine curiosité qui me met mal à l'aise.

— Non, pas vraiment. Des fantômes du passé qui se rappellent à mon bon souvenir. Ne t'en fais pas, je gère.

Comprenant sans doute qu'elle ne tirera rien de plus de moi, elle me sourit avec gentillesse et murmure :

— Ah bien, tant mieux alors ! Quoi de neuf pour notre affaire ?

— À toi de me le dire. Tu ne serais pas ici si tu n'avais pas un scoop, n'est-ce pas ?

Nouveau sourire et petite grimace mutine.

— J'ai réussi à récupérer le numéro de Benoît Busch. Est-ce que Bruno est toujours là ? J'aimerais lui parler.

— Hélas, non. Nous avons dû le relâcher, son alibi ayant été confirmé par la psy.

— Ce qui est normal, vous n'aviez plus aucun motif valable de le garder. J'essaierai de le contacter demain. Je téléphonerai aussi à son frère, mais je ne peux pas le faire de la maison.

— Pourquoi ?

— Je te rappelle que mes enfants sont de retour ce soir. Ils seraient capables de m'enregistrer à mon insu pour diffuser ensuite la vidéo sur les réseaux sociaux.

— Vraiment ? Et pourquoi feraient-ils une chose pareille ?

— Parce que ce sont des ados stupides et qu'ils ont un smartphone greffé à la main qui ne demande qu'à être utilisé. J'exagère sans doute, mais je ne tiens pas à les mêler à cette affaire. Cela dit, tu peux quand même passer si tu en as envie. Après 21 heures, ils sont dans leurs chambres, on pourra travailler.

— Je verrai. C'est tout ce que tu as trouvé ?

— Non, j'ai parlé à la grand-mère de Bruno. Edna m'a affirmé que son petit-fils a la malchance d'avoir une voisine très indiscrète. Mme Weiss.

— La vieille bique qui habite en face ? Mais on l'a interrogée et elle n'a fait aucune déclaration fracassante.

— Parce que tu ne t'y es pas pris de la bonne façon.

— Comment ça ?

— Si tu t'étais pointé chez elle avec une bouteille de pinard, elle aurait probablement été plus loquace.

— Vraiment ?

— Oui, vraiment. Ça se passe de cette façon avec certaines personnes. Du coup, c'est moi qui vais lui rendre une petite visite. Je suis presque sûre que ça ne l'enchantera pas, parce que c'était mon institutrice en primaire et qu'elle ne m'aimait pas beaucoup. Mais j'aurai des arguments pour qu'elle m'apprécie enfin. Des arguments liquides, si tu vois ce que je veux dire…

À ces mots, je ne peux pas m'empêcher de rire. Voilà pourquoi je me sens bien en compagnie de Léopoldine Courtecuisse. Cette femme est si joviale et si positive que ça en devient contagieux. Et c'est exactement ce dont j'ai besoin.

— Oui, je vois très bien.

— Et toi ? Tu as trouvé quoi ? demande-t-elle lorsque je retrouve mon sérieux.

— Ce matin, on est allés vérifier la caméra et le lampadaire avec des hommes de la scientifique.

— Et alors ?

— Petite curieuse, va ! Au premier abord, il semblerait que le matériel a été endommagé volontairement. Des balles de carabine apparemment, genre fusil de chasse.

— Tu plaisantes ? Mais dis donc, il fallait que ce soit un très bon tireur, parce que c'est drôlement haut quand même.

— Effectivement. Ce serait intéressant de savoir s'il y a des chasseurs dans l'entourage de Véronique.

— Je peux te répondre tout de suite, c'est oui. Bruno et son père ont tous les deux un permis de chasse.

— Pardon? Et pourquoi je l'apprends seulement maintenant?

— Désolée, mais je viens juste d'en entendre parler. C'est Edna qui a évoqué la chasse et la passion de certains membres de la famille Busch pour cette activité.

— Comment en est-elle arrivée à te faire part de cette information?

— Elle me racontait l'histoire de Maurice et d'Agnès, les parents, et m'expliquait que Maurice avait décidé de divorcer il y a quelques années de cela, mais que sa femme l'avait menacé avec une carabine.

Amusé par l'image de la scène qui surgit dans mon esprit, je m'exclame:

— Voilà qui a dû lui donner vachement envie de rester!

— Il faut croire que oui, puisqu'il est toujours avec elle. Bon, je dois filer, j'ai des courses à faire de toute urgence pour mes estomacs sur pattes qui débarquent dans quelques heures. Tu veux dîner avec nous, tout à l'heure?

Je suis sur le point de refuser quand je repense à Noëlle et à ses messages. Finalement, ma soirée sera bien plus fun si je bosse avec Léopoldine que si je suis ici, seul, à me morfondre sur le désert qu'est ma vie sentimentale.

— C'est d'accord. À quelle heure?

— Vers 19 heures, ça te convient?

— Je viendrai. Faut-il apporter quelque chose ?

— Non, sauf si tu as une mauvaise bouteille de rouge à refourguer à la vieille Mme Weiss.

À nouveau, je glousse, tandis qu'elle se lève et quitte mon bureau dans un nuage de parfum.

17

Léopoldine

— Comment ça, il y a un invité ce soir ? C'est quoi cette histoire ? T'as un nouveau mec ? s'enquiert ma fille avec un étonnement qui pourrait être vexant si je ne la connaissais pas.

C'est le moment que choisit Quentin pour sonner.

— Tom, tu peux ouvrir ?

Occupée à sortir une quiche parfaitement dorée du four, je lui fais un signe en direction de la porte d'entrée. Dans le réfrigérateur, une salade de fruits est en train de prendre le frais et sur la table du séjour, dont le couvert a été mis par mes soins, une laitue craquante et assaisonnée est déjà prête. C'est vrai que ça ressemble à s'y méprendre à un rencart, même si ça n'en est pas un.

Le ding résonne à nouveau, si bien que je m'exclame avec agacement :

— Tom ! Qu'est-ce que tu fiches ? Tu attends qu'il prenne racine dehors ?

— Mais c'est loin, geint mon gamin en se relevant avec difficulté du canapé.

Margaux, pour sa part, est repartie dans sa chambre afin d'être sûre que je ne lui demande pas de m'aider.

L'instant d'après, celui qui est devenu mon gendarme préféré serre la main de mon ado qui l'observe avec curiosité.

— Moi, c'est Tom, déclare ce dernier. Et toi, t'es qui ?

— Tom !

Horriblement gênée par son absence de courtoisie, je fais signe à Quentin d'approcher.

— Ne fais pas attention à ce morveux. D'ailleurs, je ne le connais pas, ce n'est pas mon fils.

Le lieutenant Delval éclate de rire et s'installe à table, non sans avoir posé un carton sur le bar.

— J'ai apporté le dessert.

Amusée, je proteste mollement :

— Encore ? Mes hanches ne te remercient pas !

— Ouais, déjà que son cul est plus large que la Nouvelle-Calédonie, se moque Tom avec un manque de tact propre aux adolescents.

Rouge de honte, je grogne entre mes dents, l'index pointé dans sa direction.

— Toi, tu es mort, mec ! Cette nuit, pendant ton sommeil, je viendrai m'occuper de toi, comme dans *Conjuring*. Ce sera un carnage !

— Pff, même pas peur !

— Tu devrais quand même te méfier, on ne sait jamais. Si cet argument ne suffit pas, je te rappelle que la fin du mois approche et que ce sera bientôt la distribution de ton argent de poche. Je pense que tu n'aimerais pas en être privé, pas vrai ? Et maintenant, va chercher ta sœur, le repas est prêt. Ça t'évitera de raconter n'importe quoi.

Tom s'éloigne en traînant des pieds, tandis que je commence à couper des parts de quiche. Mais il ne fait que trois mètres avant de se mettre à hurler comme un dératé.

— MARGAUX, VIEILLE PEAU ! À TABLE !

Atterrée, je le dévisage tandis qu'il s'installe près de Quentin. Ce dernier a l'air de s'amuser beaucoup, même si moi je ne suis pas à la fête.

— Ne t'en fais pas, Léo, ton cul est parfait. Arrête de faire cette tête ! lance mon invité au moment où je récupère son assiette.

Ce compliment n'a rien d'élégant ni d'orthodoxe, mais il me fait plaisir quand même.

Quand ma fille déboule, nous sommes en train de nous servir de la salade. Elle s'assied face à moi, à côté de son frère, et me demande de but en blanc.

— C'est qui, lui ?

— Lui, c'est Quentin, répond le principal concerné sans s'offusquer de ce manque de politesse flagrant. Bonjour à toi aussi.

Comment est-ce possible que mes enfants soient si mal éduqués ? Pourtant, ce n'est pas faute d'avoir essayé de leur inculquer les bonnes manières. Mais tout laisse à penser qu'avec l'adolescence, ils ont oublié les bases.

— Bonjour, murmure-t-elle, visiblement à contrecœur. Ah au fait, maman, tu m'as pris rendez-vous chez l'esthéticienne ?

Étonnée, j'écarquille les yeux et avec une sérénité toute relative, je déclare :

— Jusqu'à preuve du contraire, je n'ai pas de don de voyance. Donc non, je n'ai pas pris rendez-vous pour toi. Comment est-ce que j'aurais pu deviner ?

— Je t'ai collé un Post-it sur le frigo ! Tu n'as pas fait attention ?

Ah ben oui, ça change tout !

— Il faut croire que non. La prochaine fois, prends la peine de me le dire de vive voix, je n'oublierai pas.

— Mais comment est-ce que je fais, moi ? J'ai l'impression d'avoir des hérissons crevés sous les aisselles !

À mes côtés, Quentin se marre une fois de plus. Je voulais lui donner l'image d'une femme parfaite qui a des enfants parfaits. De toute évidence, on en est très loin. Je renvoie plutôt celle d'une nana dépassée par des ados qu'elle est incapable de gérer. Génial !

— Il n'y a pas que sous tes bras, fait remarquer Tom, la bouche pleine. Sur ta tête aussi, ça pue l'animal en décomposition.

— Va mourir toi ! le rembarre immédiatement sa sœur.

Aussitôt, je tente de tempérer ce petit monde avant que ça ne dégénère.

— Arrête de t'énerver. Je téléphonerai demain matin et comme c'est une copine, elle aura forcément un créneau pour toi. Ah, en revanche, je t'ai pris un rendez-vous chez la gynécologue. La date est notée sur le tableau, merci de la bloquer tout de suite. On évitera de se disputer, parce que tu auras prévu cinquante trucs en même temps.

C'est que je connais l'oiseau, elle me fait le coup une fois sur deux.

— Hein ? Mais ça ne va pas la tête ? Pas question !

J'essaie tant bien que mal de garder mon calme, mais je jure que ce n'est pas simple.

— Margaux, tu as seize ans. À ton âge, c'est important de consulter chaque année.

— Mais non ! Et puis d'abord, qu'est-ce qu'elle va me faire ? Il paraît qu'ils mettent des caméras là où je pense.

Ahurie, j'observe ma fille comme si elle était une extraterrestre. Mais d'où est-ce qu'elle tient une énormité pareille ?

— Eh l'autre ! s'exclame Tom avec un ricanement. N'importe quoi ! Tu crois quoi ? Que ta chatte, c'est Hollywood ?

Seigneur, achevez-moi ! Par pitié, donnez-moi une corde, que je me pende !

— Tom ! Surveille ton langage !

En temps normal, ce genre de conversation ne me gênerait pas outre mesure, j'ai l'habitude. Mais ce soir, on n'est pas seuls. Sans compter que je suis choquée par la grossièreté de mon fils. Lui, clairement, il ne fait pas dans la dentelle.

— La ferme, pauvre débile ! Quand on pense que la capitale de Taïwan, c'est *Made in* et que le prénom de Pompidou, c'est *Centre*, on s'écrase.

Avec sévérité – enfin, tout est relatif, parce que je ne fais peur à personne ici –, j'interviens à nouveau.

— Ça suffit, tous les deux ! Pour ton information, Margaux, aucune caméra ni aucun appareil photo n'est introduit nulle part. Donc tu iras et je ne tolérerai aucune discussion. Ta santé est en jeu, c'est tout ce qui importe.

À mes côtés, Quentin est gagné par un fou rire qu'il ne parvient plus à contrôler. Même si je m'en défends, je ne peux m'empêcher de sourire.

— Ben quoi ! Ce n'est pas de ma faute si je ne suis pas doué en géo, proteste mon ado avec flegme.

Comme je l'ai déjà indiqué, ce garçon n'est pas susceptible pour deux sous. Il a l'habitude de se faire rembarrer par sa frangine et, depuis le temps, il n'en prend plus ombrage.

— Arrête de penser que tu n'es doué en rien, poursuit-elle avec mépris. La vérité, c'est que t'es nul en tout. D'ailleurs, est-ce que tu as dit à maman que t'avais eu un 5 en histoire ?

Il rougit furieusement, ce qui signifie qu'il ne devait pas avoir l'intention de m'informer de cette splendide tôle. Pas du tout contente de sa note et plus contrariée encore de l'avoir appris de cette façon, je le fusille du regard.

— C'est quoi ce bazar, Tom ?

— Pétasse ! grince-t-il à l'intention de sa sœur. Tout ça, c'est de ta faute. Si tu m'avais donné les bonnes réponses au lieu de me raconter des salades, je n'en serais pas là. Putain, à cause de toi, je vais de nouveau me faire punir. La vie d'oim, j'ai le seum !

— Mais si t'es assez neuneu pour me croire sans vérifier, tant pis pour toi. Maintenant, tu te démerdes avec maman.

— Montre-moi ta copie, s'il te plaît.

— Mais non, pas la peine. Papa a déjà signé de toute façon.

Ben voyons !

— Tom, ce n'était pas une demande, mais un ordre. Même un mou du bulbe rachidien dans ton genre sait faire la différence, n'est-ce pas ?

Maugréant contre son aînée, il finit par s'exécuter pour revenir deux minutes plus tard avec une feuille A4 entre les mains. Quentin ne dit toujours rien, mais semble s'amuser comme s'il assistait à un spectacle comique. Par un miracle que je ne parviens pas à m'expliquer, Margaux se lève, débarrasse, et range les couverts et les assiettes dans le lave-vaisselle. Habituellement, elle est plutôt du style à avoir mal au ventre et à se réfugier aux toilettes avec son téléphone quand il faut m'aider. Mais là, je suis ébahie par sa serviabilité. Tom saisit le saladier pour filer dans la cuisine, mais je le coupe dans son élan.

— Tu ne te débineras pas si facilement. Assieds-toi, qu'on voie ça de plus près.

Lorsque je découvre le contenu de sa copie, je lui jette une œillade incendiaire. Il se ratatine aussitôt sur sa chaise. J'hésite entre rire et pleurer, même si la deuxième option me semble beaucoup plus appropriée.

— Alors, comme ça, Luther King se prénommait Stephen ?

— J'ai confondu.

Un gloussement se fait entendre à mes côtés.

— Et Staline, tu as confondu aussi ? Mais enfin, ce n'est pas Sylvester ! Bon sang, Tom, c'est Joseph Staline et Sylvester Stallone !

— Bah, moi et les noms…

— Je vois ça. Donc, pour toi, Clinton s'appelle Abraham, Pétain se prénomme Maréchal et de Gaulle… Mais bon sang, qu'est-ce que tu as dans la tête ?

— Oh, ça va, je sais bien que son blaze est Louis, je voulais juste faire de l'humour. Ce n'est pas de ma faute si la prof n'a pas compris.

— Charles, de Gaulle s'appelle Charles, intervient Quentin pour la première fois.

— C'est ce que je disais, réplique mon fils avec une mauvaise foi hallucinante.

Découragée, je décide d'abandonner cette bataille perdue d'avance. De toute façon, son père a déjà paraphé le contrôle, donc ça ne rime plus à rien de le punir maintenant. Et puis, je regrette d'avoir regardé sa copie devant Delval. À quoi ça sert d'étaler nos histoires ? Tout ceci doit rester en famille, et il n'en fait pas partie. OK, il a été d'une discrétion exemplaire, mais cela n'enlève rien à mon embarras.

Margaux revient avec le gâteau et des assiettes à dessert.

— J'espère que tout le monde aime, dit notre invité avec un petit sourire.

Un moelleux au chocolat, il a tapé dans le mille pour se faire apprécier. Jusqu'à la fin du repas, nous parlons de tout et de rien. Mes enfants discutent avec lui du lycée et ne tiquent même pas quand ils apprennent qu'il est gendarme. Au contraire, ils lui posent toutes sortes de questions sur son job. Sans en avoir l'air, il les élude par des pirouettes et ça fonctionne. Ils n'y voient que du feu.

— Donc, t'es le nouveau mec de maman ou pas?

Quentin rit, pas gêné pour deux sous par cette question. Avec une mimique amusée, il pivote vers moi et attrape mon épaule. C'est la première fois qu'il me touche et ce contact me trouble plus que je ne le voudrais.

— Alors, Léo, qu'est-ce que tu en penses? Je suis ton nouveau mec?

Je hausse un sourcil avec ironie.

— Jamais de la vie! Désolée de vous décevoir, les enfants, mais nous sommes simplement amis.

Bien entendu, il n'est pas envisageable que je leur révèle le but de nos rencontres. Tom est le premier à réagir.

— Dommage…

Surprise par sa remarque, je me tourne vers lui.

— Pardon?

— C'est-à-dire que comme papa est casé avec tante Constance, ce serait normal que tu refasses ta vie. Lui, il est sympa.

— Peut-être, mais il est trop jeune pour moi et trop arrogant aussi. Je ne le supporterais pas plus de deux jours!

— Parce que tu penses que tu es un cadeau, toi? demande mon coéquipier, faussement outré.

Il s'esclaffe à nouveau et, cette fois, je partage son hilarité.

— Donc, si je comprends bien, Quentin, tu te fais aider par notre mère pour résoudre une enquête, intervient Margaux.

— Qu'est-ce qui t'incite à dire ça? s'enquiert-il, intrigué.

— T'as vu la baie vitrée ? On croirait le QG du Raid. Connaissant maman et sa passion pour tout ce qui est un peu mystérieux, ta présence ne peut s'expliquer que de deux façons. Soit tu es son mec et vous avez tous les deux affirmé que ce n'était pas le cas, soit elle t'épaule dans ton job. On n'imagine pas qu'elle a besoin de toi pour les bigoudis, n'est-ce pas ? Je suppose que c'est cette histoire de nana morte sur le parking. Myla m'a raconté que c'était toi qui l'avais trouvée, la semaine dernière.

Myla est la fille de Magalie, ma filleule, et accessoirement la meilleure amie de Margaux depuis leur plus tendre enfance. Elles ont le même âge et ont toujours été incroyablement proches.

— Bien vu, murmure notre invité sans nier.

Je connais ma gamine et je suis sûre qu'elle n'en est qu'au début de son interrogatoire. Aussi, pour nous épargner des questions qui resteront sans réponses, j'interviens.

— OK, puisque vous avez terminé, merci de regagner vos quartiers et de nous laisser tranquilles.

Tandis que je mets le lave-vaisselle en route, je m'aperçois qu'il est déjà 22 heures. Mince, le temps a filé si vite que nous ne pourrons pas avancer beaucoup sur notre affaire. Lorsque Quentin étouffe un bâillement, je comprends qu'il vaut mieux nous abstenir de bosser ce soir.

— Léo, je vais y aller. Je suis désolé, mais je suis trop naze pour être d'une quelconque efficacité. Tu as pu te rendre chez la vieille ?

— J'y suis passée en sortant des courses, mais elle n'a pas ouvert. Par la fenêtre, j'ai pu constater qu'elle dormait. Deux bouteilles vides traînaient sur la table. Donc, même si elle s'était réveillée, je pense qu'elle n'aurait été d'aucune utilité. Je retenterai ma chance demain à la pause de midi. En revanche, je confirme que de chez elle, on a une vue plongeante sur l'appartement de Véronique et Bruno Busch.

— OK, on fait comme ça. Dans la matinée, je dois interroger la femme du proprio et celle du boulanger. On se retrouve en fin de journée pour faire le point ?

— D'accord, mais pas ici. Tu as constaté par toi-même comment ça se passe quand les enfants sont là. On n'arrivera jamais à travailler sereinement. Mieux vaut que je vienne chez toi après le dîner.

— Comme tu veux, mais je ne suis pas très bien installé, tu sais. Il y a encore des cartons partout.

— À la gendarmerie alors ?

Je soupçonne mon acolyte de chercher à se faire inviter tous les soirs. Sur le principe, ça ne me dérange pas. Quand il y en a pour trois, il y en a pour quatre. Mais nous avons une enquête à résoudre et peu de temps devant nous. Autant faire ce qu'il faut pour ne plus être déconcentrés.

Après avoir enfilé un gilet, je raccompagne Quentin. Cette fois, il a fait le déplacement en voiture, un RAV4 noir.

— Je suis désolée pour le spectacle navrant auquel tu as assisté. Mes enfants sont sympas, mais l'adolescence est une période compliquée, aussi bien pour eux que pour moi.

— Moi, je les trouve cool. Ne t'inquiète pas, Miss Marple, j'ai passé un excellent moment. Et étant donné mon humeur maussade quand je suis arrivé, c'était inespéré.

— Je suis contente de l'apprendre. En revanche, même si la soirée a été agréable, il ne faut surtout pas perdre de vue notre objectif. Nous n'avons plus que six jours pour démasquer l'assassin. C'est peu…

— Je sais. Si avant lundi prochain, je n'ai pas de coupable, les cow-boys du SRPJ débarqueront et je passerai pour un abruti. Sans compter que tu ne pourras plus jouer les détectives s'ils sont dans les parages.

Avec un sourire, je lui tapote l'épaule.

— Alors, faisons en sorte que ça ne se déroule pas de cette manière.

Quentin se penche vers moi et je crois un instant qu'il va m'embrasser. Mais il se contente d'effleurer ma joue du bout des lèvres et de se redresser aussitôt.

— Merci pour tout. À demain.

Sa voiture est déjà au bout de la rue quand je retourne vers le bâtiment. Au passage, je récupère mon courrier, composé de publicités et de la revue *Wahlbourg avec vous.* C'est un fascicule hebdomadaire qui regroupe toutes les informations concernant les manifestations de la commune et des villages alentours. Il comporte aussi les comptes rendus des conseils municipaux, les naissances, les décès, les anniversaires, les petites annonces et quelques encarts commerciaux, dont un pour notre salon. En temps normal, je vérifie toujours qu'il y figure, mais là, je suis trop fatiguée. Je dépose donc le tout sur le bar et me dirige vers ma chambre. On verra ça demain, pour le moment j'ai besoin d'une bonne nuit de sommeil.

18

Mardi 20 novembre 2018

Léopoldine

Lorsque j'arrive au salon, Magalie n'est pas encore là. J'actionne le mécanisme qui me permet de lever la grille de protection, je déverrouille la porte et je désactive l'alarme. Puis, je rebrousse chemin vers la pâtisserie pour commander deux cafés serrés et deux croix à la cannelle. C'est mon tour, puisque mon amie s'est occupée de mon petit-déjeuner samedi matin. Quelques minutes plus tard, en apercevant les viennoiseries et les boissons, elle sourit et s'enquiert :

— C'est en quel honneur ? Tu as quelque chose à te faire pardonner ?

Son regard s'illumine soudain, tandis qu'elle poursuit.

— Ça y est ? Vous avez résolu l'enquête ? C'est qui ? Vas-y, je suis trop curieuse ! C'est qui ?

Sa mine réjouie me donne envie de rire. J'aimerais bien qu'on en soit déjà à ce stade et, si tel devait être le cas, c'est au restaurant que je l'inviterais.

— Non, je suis juste de bonne humeur.

— Ah merde! Dommage...

— J'ai tenu tête à maman dimanche et ça m'a fait un bien fou.

— Sérieusement? Je n'y crois pas, t'es trop gentille, Léo. C'est impossible!

— Je lui ai interdit de venir au salon aujourd'hui et je l'ai traitée de vieille peau de vache avant de lui raccrocher au nez. Si ça, ce n'est pas envoyer paître, je ne sais pas ce qu'il te faut.

— Ah quand même! Jamais je n'aurais pensé que tu oserais l'affronter un jour. La vioque a encore été odieuse?

Il est de notoriété publique que mon amie et ma mère se détestent cordialement. Magalie ne supporte pas les différences qu'elle fait entre Constance et moi, ni la manière dont elle la soutient systématiquement envers et contre toute logique. Et maman, eh bien, c'est maman. Elle n'aime pas grand monde et une coiffeuse dans ses relations n'est pas ce qu'elle appelle fréquenter le gratin. Sa fille aînée lui fait déjà suffisamment honte.

— Et qu'est-ce que ça t'a fait? Tu t'es sentie mieux ou plus mal? Soulagée ou honteuse? Non, parce que si c'est pour lui téléphoner avant 9 heures et la supplier de te pardonner, autant ne pas me réjouir trop vite. Après tout, c'est ainsi que les choses se sont déroulées la dernière fois que vous vous êtes pris le bec.

— Certainement pas. Elle m'a ordonné de décliner l'invitation au mariage, expliquant qu'ils ne me l'avaient remise que pour se donner bonne conscience, mais qu'au fond, ils espéraient tous que j'aurais la décence de refuser.

Je mime les guillemets avec mes doigts, au moment de prononcer « décence » pour bien signifier ce que j'en pense.

— Tu le prends comment ? Je te connais, Léopoldine Courtecuisse, tu ne supportes pas de te fâcher avec ta famille.

— Franchement ? Jamais je ne me suis sentie aussi légère. C'est mieux qu'un rééquilibrage alimentaire et nettement moins cher que Weight Watchers. Sans compter que je ne risque pas de la revoir de sitôt au salon, ce qui est une perspective fort réjouissante.

— J'approuve. Au moins, les clientes chiantes paient pour leurs permanentes, elles.

Je m'esclaffe, tandis que mon premier rendez-vous arrive. Le planning est chargé et ce soir je dois retrouver Quentin, donc autant ne pas perdre de temps. La journée va être longue.

Vers 11 heures, nous avons enfin notre première pause. Aujourd'hui, nous travaillons jusqu'à midi, mais il n'y aura pas de déjeuner à la cafétéria pour moi, puisque je dois rendre une petite visite à Berthe Weiss. Je vais donc devoir me contenter d'un sandwich pris sur le pouce entre deux coupes de cheveux. Je reviens dans le salon avec des gobelets de café, quand je vois Mag qui fait une drôle de tête. Qu'est-ce qui se passe ?

— Tu as regardé le programme du jour ? marmonne-t-elle en me faisant signe d'approcher.

Je dépose les boissons dans le débarras avant de la rejoindre. Tout à côté de son index, le nom de Maurice Busch est inscrit. Mince alors ! Je n'avais pas remarqué, sinon j'aurais prévenu le lieutenant Delval. Rapidement, je récupère mon iPhone et lui envoie un texto pour lui faire part de la venue du beau-père de Véronique. Il me répond dans la foulée, m'informant qu'il compte le revoir demain sans sa femme, parce qu'il est convaincu que le bonhomme parlera plus librement si le dragon n'est pas à ses côtés. Ce en quoi je suis tout à fait d'accord avec lui.

Vers midi et quart, je quitte le salon et le centre commercial, direction la maison de la vieille bique. Si jamais elle se montre trop désagréable, j'appellerai la gendarmerie pour qu'ils la convoquent. Je table sur le fait que, comme beaucoup de personnes âgées, elle est respectueuse de l'ordre et craint qu'on puisse jaser si on apprend qu'elle a refusé de coopérer.

Cette fois, le bruit de la télévision que j'entends par la fenêtre m'indique qu'elle n'est pas encore assez bourrée pour ronfler. Si j'ai de la chance, elle sera assez gaie après l'apéro pour m'accueillir avec courtoisie et me faire des révélations intéressantes pour l'enquête. J'ignore si elle pourra m'aider, mais la situation géographique de sa maison mérite que je sacrifie ma pause. Dans ma main se trouve un pack, contenant trois bouteilles de vin, qui était en promotion. Il ne faut pas déconner, je ne vais pas non plus cramer du fric pour cette sorcière qui ne peut de toute façon pas me blairer.

Avec appréhension – ce n'est pas ma copine, gardons ce point à l'esprit –, je sonne. Elle ouvre quelques minutes plus tard. L'œil brillant et les joues rouges me prouvent qu'elle a dû commencer à s'en jeter un dès le petit-déjeuner. C'est d'ailleurs d'une voix pâteuse qu'elle me hèle.

— C'est pourquoi ?

Eh bien, ma visite débute sous les meilleurs auspices. Je sens que cette discussion ne sera pas une partie de plaisir !

— Madame Weiss, c'est moi, Léopoldine Courtecuisse. Vous me reconnaissez ?

— Courtecuisse ? La fille du banquier ? Tous des escrocs et des voleurs, ces banquiers !

Génial, non seulement elle ne peut pas saquer ma mère, mais il semblerait que papa soit aussi dans son collimateur.

— Oui, Guillaume Courtecuisse est bien mon père.

— Tu es la vieille ou la jeune ?

Je présume qu'elle fait référence à ma sœur, Constance, dont elle a également été l'institutrice, l'année qui a précédé son départ en retraite.

— Je suis l'aînée.

Toujours postée sur le pas de la porte, j'attends qu'elle veuille bien me permettre d'entrer, mais elle n'y paraît pas disposée. Voilà un scénario que je n'avais pas envisagé. Pour moi, le challenge, c'était de la convaincre de parler, et non de ne pas me faire refouler sur le trottoir.

Relevant le bras pour lui montrer le pack, j'ajoute sur un ton que j'espère conciliant :

— Au fait, je vous ai apporté ça.

Lorsqu'elle aperçoit les trois bouteilles, son regard s'illumine comme un sapin de Noël. Edna avait raison, ce vin est le meilleur laissez-passer qui soit.

— Toi, tu n'étais pas si méchante dans le fond. Pas comme ta garce de sœur. Et puis, ce n'est pas de ta faute si tu as une famille aussi dégénérée. On ne choisit pas ses parents, n'est-ce pas ?

Si je ne suis pas loin de partager son avis, je n'apprécie pas qu'elle critique les miens. En l'état actuel des choses, moi seule en ai le droit. Peu importe qu'ils préfèrent Constance et qu'ils se montrent souvent injustes, cela ne concerne que nous et certainement pas cette vieille peau.

— Est-ce que je peux entrer, madame Weiss ?

Elle tente de me prendre le pack des mains, mais je résiste. À tous les coups, elle va récupérer le vin et fermer la porte. Et ensuite, je n'aurai plus qu'à retourner au salon, penaude et sans aucune réponse à mes questions. Foi de Léopoldine Courtecuisse, cela n'arrivera pas. Je me cramponne donc à la poignée du carton qu'elle ne parvient pas à tirer jusqu'à elle. Les yeux plissés par la contrariété, je secoue la tête de droite à gauche. À trente-six ans, je ne suis plus impressionnée par la pochtronne qu'elle est devenue, que les choses soient bien claires.

Quand elle comprend que rien n'est gratuit et que les bouteilles seront à elle seulement au moment où elle me laissera entrer, Berthe finit par reculer pour me permettre de passer devant elle. Je la précède dans un couloir sombre qui n'a pas vu l'ombre d'un aspirateur et d'une serpillière depuis des siècles.

Grandeur et décadence…

Autrefois, cette femme était un personnage important et respecté de la communauté de Wahlbourg. Aujourd'hui, elle n'est plus personne.

— Assieds-toi si tu trouves une place, mais n'attends rien à boire. Je n'ai pas de café ni de thé.

— Ce n'est pas grave, ne vous inquiétez pas.

Même si on me filait cent balles, je ne pourrais pas avaler quoi que ce soit provenant de cet endroit. La vaisselle doit être cradingue et, rien qu'en avisant le bazar autour de moi, j'ai la chair de poule, tellement je suis dégoûtée. Attention, je ne suis pas ce qu'on peut appeler une maniaque du ménage, mais il y a tout de même un minimum syndical, dont elle n'a visiblement aucune idée.

Installée sur le coin d'une chaise dont la propreté est à l'image du reste la maison, c'est-à-dire inexistante, je cale les bouteilles entre mes jambes. Elle les aura quand je le déciderai, pas avant.

— Bon, qu'est-ce que tu veux ? Je suppose que ton petit cadeau n'est pas gratuit, pas vrai ?

Elle se montre volontairement brutale pour me déstabiliser, mais je ne suis pas – ou plus – impressionnée.

— Que pouvez-vous me dire au sujet de Véronique et Bruno Busch ?

Berthe pince les lèvres, puis ses yeux se posent à nouveau sur mes guibolles. Le pinard lui fait envie, c'est évident, mais elle vient de comprendre qu'elle ne pourra y goûter que lorsqu'elle aura parlé. Je présume qu'elle est en train de peser le pour et le contre et j'espère que son désir de boire surpassera tout le reste. Mais avec un personnage tel que celui-là, je ne peux jurer de rien et c'est bien mon problème.

Alors que je ne m'y attends plus, elle finit par s'avouer vaincue et par ouvrir la bouche, pour me révéler ce pour quoi je suis ici. Enfin, c'est un peu plus compliqué, si j'en juge par son regard mauvais.

— Qu'elle est morte et qu'il a été accusé de son meurtre.

Agacée par son petit tour de pirouette-cacahuète minable, je la recadre illico. Il faudrait qu'elle cesse de me prendre pour une perdrix de l'année. Si elle s'imagine que ses infos pourries méritent mon pinard, elle se fout le doigt dans l'œil jusqu'où vous savez.

— Oui, mais tout le monde est au courant. Moi, ce qui m'intéresse, c'est ce que personne ne sait à part vous.

— Je ne suis pas une balance, ce n'est pas mon genre d'espionner mes voisins et de me répandre en commérages ensuite ! s'exclame-t-elle, outrée.

Mais bien sûr…

Cette vieille hypocrite voudrait me faire croire qu'elle n'a jamais surveillé personne dans la rue ? Et les licornes, elles arrivent quand dans ce scénario idyllique ?

— C'est vous qui voyez…

Je fais mine de me lever, empoignant le carton de bouteilles pour bien lui faire comprendre qu'elle peut se brosser si elle pense se rincer le gosier à mes frais sans rien donner en retour. Je lui enverrai les gendarmes, et puis voilà. Pourquoi me prendre la tête, après tout ? Si elle refuse de causer, tant pis pour elle. Alors que j'ai déjà remis la lanière de mon sac sur mon épaule, prête à quitter ce taudis, elle avance une main pour me stopper dans mon élan.

— Attends ! Où tu vas comme ça ?

— Écoutez, Berthe, je n'ai pas de temps à perdre.

— Assieds-toi, ma petite, ce n'est pas encore terminé.

Ce disant, elle lorgne avec avidité le pack que je replace entre mes jambes. Merci, Edna, pour ce tuyau si précieux. Si je n'avais pas apporté d'alcool, non seulement elle n'aurait pas parlé, mais en plus elle ne m'aurait probablement même pas laissée entrer.

— Tu ne veux pas enlever ton manteau ?

Cet élan de courtoisie me crispe immédiatement. Lorsqu'elle essaie d'être sympa, cela lui donne des airs de psychopathe, digne d'une héroïne de Stephen King. Dans ces conditions, on peut comprendre que je ne suis pas particulièrement rassurée.

— Non, merci. Il ne fait pas chaud ici et je suis d'un naturel frileux.

Autant ne pas lui expliquer que je préférerais crever la gueule ouverte plutôt que de poser mon joli duffle-coat en lainage gris sur son canapé miteux, où je vois de la crasse profondément incrustée. C'est répugnant.

— Donc ?

Ce n'est pas comme si j'avais tout l'après-midi devant moi, n'est-ce pas ? L'heure tourne et je n'ai pas envie de passer le reste de ma pause à la regarder dans le blanc des yeux.

— Qu'est-ce que tu veux que je te dise exactement ?

— Tout. Les gens qui venaient chez eux régulièrement, ceux qu'elle rencontrait quand Bruno n'était pas là.

— Tu le sais sans doute, Véronique travaillait comme qui dirait dans l'aide à la personne.

Je retiens un petit rire. Voilà une manière très drôle de résumer son addiction au sexe.

— Oui, on peut le présenter de cette manière.

— Elle avait plusieurs amants, mais je pense que tu es déjà au courant puisqu'elle ne s'en cachait pas. Il y avait le garagiste, le boulanger, le restaurateur, le propriétaire de l'immeuble et on raconte qu'elle couchait aussi avec le directeur de l'hyper. Cette fille avait « Koh-Lanta » dans sa culotte. Une Messaline des temps modernes, je te dis…

À nouveau, je me marre. Ce qu'elle affirme n'est pas tout à fait faux.

— Véro a eu de la chance, parce qu'Agnès ne lui est jamais tombée sur le râble. Sinon, elle aurait sans doute passé l'arme à gauche bien avant.

Perplexe, je fronce les sourcils. Qu'est-ce que la mère de Bruno vient faire dans cette histoire ? Puis, je me rappelle la façon dont elle m'a menacée quand je suis sortie de la chambre d'Edna. « Ne te mêle pas de mes affaires. » Sur le coup, je n'ai pas pris ces mots au sérieux, mais avec le recul, je me demande si je n'aurais pas dû.

— Comment ça ? En quoi Agnès est-elle concernée ?

— Depuis que Bruno travaillait au garage, elle faisait le ménage chez eux une à deux fois par semaine. Maurice aussi se pointait souvent.

Perplexe, je tente de plaider la cause de ce pauvre bougre. Il y a vraiment des gens qui voient le mal partout.

— Il rendait visite à son fils, quoi de plus normal ?

— Dans ce cas, comment ça se fait qu'il se radinait quand Bruno était au boulot et les jours où Agnès n'était pas là ? Tu peux me l'expliquer ? Non, moi je dis qu'elle avait une aventure avec son beau-père.

Les joues rosies par la sensation de malaise qui me gagne, je secoue la tête, refusant d'envisager cette théorie. Impossible !

— Je ne mens pas, Léopoldine Courtecuisse ! Je sais ce que j'ai vu. Cette histoire durait depuis près de trois mois et je suis sûre qu'il se passait des choses pas très catholiques entre ces deux-là.

— Véronique aimait Bruno, jamais elle ne lui aurait fait un coup pareil. Imaginez sa réaction, s'il l'avait appris. Il se serait senti trahi par des personnes qui lui sont précieuses. Non, vous devez vous tromper, Berthe.

— C'est pour ça que j'ai tout de suite supposé que Bruno avait trucidé sa chère et tendre. Je me disais qu'il avait dû les surprendre ou un truc de ce genre. Qu'est-ce que tu crois ? Que Wahlbourg, c'est le monde des Bisounours ?

— Mais Maurice est un homme correct, il n'aurait jamais cherché à blesser intentionnellement son fils. Or, coucher avec Véronique pourrait être considéré comme tel.

— T'as vu avec quoi il est marié ? Agnès est une horrible bonne femme, froide et insensible. Quand

Bastien est mort, elle n'a versé aucune larme. Tu m'entends? Aucune!

— Mais qu'est-ce que vous en savez? Si ça se trouve, elle attendait d'être seule pour pleurer. Après tout, on n'est pas obligé d'étaler ses sentiments sur la place publique.

— C'est Véronique qui me l'avait dit, donc tu peux me croire, tout est véridique. Elle n'appréciait pas que cette mégère entre chez eux comme dans un moulin quand ils n'y étaient pas et m'avait chargée de surveiller ses allées et venues. Elle avait l'impression qu'Agnès fouillait dans ses affaires et elle n'avait probablement pas tort. Mais Bruno n'osait pas lui demander de rester à Dimbourg et de leur foutre la paix, il a peur de sa mère, comme tous les membres de la famille. Agnès a toujours fait régner la terreur dans sa tribu, il n'y a aucune raison pour que ça ait changé.

— Mais en quoi Agnès pourrait-elle être mêlée à la mort de Véronique?

Même si je ne l'aime pas, je ne l'ai jamais soupçonnée. Avoir une mine peu avenante ne fait pas de vous une meurtrière, ou alors la moitié de la planète serait peuplée d'assassins.

— Va savoir... Enfin, c'est une bécasse, mais tu n'as pas tort quand tu affirmes que ça ne suffit pas pour l'accuser. On n'a jamais mis les cons en taule, sinon il y aurait plus de prisons que d'écoles, ajoute-t-elle avec malice.

Pour la première fois, je suis d'accord avec Berthe. Et puis, Agnès a un alibi puisqu'elle a passé la soirée avec son mari. L'un et l'autre sont donc hors de cause jusqu'à preuve du contraire.

— Par contre, suppose que Véronique ait menacé Maurice de tout raconter à propos de leur liaison, tu imagines le drame ? Attention, on ne plaisante pas avec l'honneur de la famille. Moi, je pense que c'est lui.

— Il était avec sa femme au moment du meurtre. Elle l'a certifié aux gendarmes.

— En es-tu bien sûre, Léopoldine ?

— Mais oui, quel intérêt Agnès aurait-elle à couvrir un époux infidèle ? Je crois que vous me menez en bateau et que vous venez d'inventer cette histoire.

— Comment ? Mais je ne te permets pas ! Écoute, j'ai beaucoup de défauts, mais je ne suis pas une bonimenteuse. Je te jure sur la tête du ministre de l'Éducation nationale que j'ai dit la vérité.

Pauvre homme…

Je vois bien qu'elle est sincère et cette constatation me met mal à l'aise. J'aimerais presque mieux qu'elle me banane. Parce que si elle ne ment pas, la réalité est brutale et malsaine. Une bru qui est addict au sexe, je n'ai aucun problème avec ça. Mais qu'elle pousse le vice jusqu'à se taper son beau-père, c'est beaucoup plus glauque. En tout état de cause, les parents de Bruno ne sont pas impliqués dans le meurtre, puisqu'il est établi qu'ils étaient ensemble à la ferme.

— Quand est-ce que Maurice est venu pour la dernière fois ?

J'ai du mal à poser cette question, mais il le faut bien.

— Je crois que c'était le matin du jeudi qui a précédé la mort de Véro. Et Agnès est passée le vendredi après-midi. Elle est restée deux heures et elle est repartie. Je peux juste te dire qu'elle tirait une tête de six pieds de long, mais c'est l'inverse qui aurait été étonnant, n'est-ce pas ?

— Vous pensez que Bruno savait ?

— Non, je suis persuadée qu'il n'était pas au courant et qu'il ne l'est toujours pas. Et quand bien même il l'aurait été, cela n'aurait rien changé. Cette fille, il l'avait dans la peau et il était prêt à lui pardonner tout, y compris l'impardonnable. Il ne faut pas sous-estimer le pouvoir de l'amour.

— Vous êtes romantique, vous, maintenant ?

Berthe rit et se lève avec difficulté. L'entretien est terminé et j'en suis soulagée. Ce que je viens d'apprendre est une véritable bombe qui remet bien des choses en question, mais me permet malgré tout de repositionner certaines pièces du puzzle à leur place. Ainsi, les propos de Léna pourraient se vérifier. Il y avait bien un amant secret, mais qui aurait pu imaginer qu'il s'agissait de Maurice ? Pas moi, c'est sûr.

Tout en refermant mon manteau, je m'enquiers :

— Est-ce que vous avez raconté cette histoire aux forces de l'ordre ?

— Et puis quoi encore ? Je ne suis pas une balance, je te l'ai déjà dit ! Et ce n'est certainement pas avec les condés que je vais partager les potins du quartier !

Après avoir posé le pack de bouteilles sur la table, je remercie Berthe pour son aide.

— C'est drôle, déclare-t-elle avec une petite grimace. Quand tu étais gamine, tu affirmais que tu voulais être policière. Je m'en souviens très bien, parce que je me disais toujours que tu pourrais alors arrêter ton truand de père pour le mettre derrière les barreaux. Finalement, tu es devenue coiffeuse. Ce n'est pas plus mal, mais pas aussi marrant que si tu avais été inspectrice.

À ces mots, je ne peux m'empêcher de faire la moue. Elle vient de résumer l'histoire de ma vie de façon magistrale. Coiffeuse, c'est bien, mais tellement moins que d'enquêter sur des meurtres. Seulement, pour la première fois depuis le début de cette aventure, je ne m'amuse plus.

19

Léopoldine

Évidemment, après cette discussion aussi édifiante que malsaine, j'arrive au salon en retard. Mon estomac crie famine et je ne sais pas à quel moment je pourrai manger avant la fin de la journée. Mag est en train de laver les cheveux de ma cliente et je la remercie d'un clin d'œil. Dans la remise, je pose mes affaires pour enfiler le tablier que je porte toujours afin d'éviter de tacher mes vêtements. Pour une fois, il ne s'agit pas d'une permanente, mais d'une simple coupe/brushing. Encore que simple n'est pas vraiment le mot quand la femme me décrit ce qu'elle attend de moi. Heureusement que je la connais et que je peux lui dire ce que j'en pense sans la froisser. Assise sur mon tabouret à roulettes, je me laisse glisser jusqu'à son flanc gauche, de manière à ce qu'elle puisse me regarder. Le contact visuel est très important, je l'ai souvent remarqué.

— Écoute, Danielle, ce genre de coiffure était à la mode dans les années quatre-vingt. Kim Wilde avait cette coupe, mais c'était il y a super longtemps et ça ne se fait plus.

— Ah bon ? Tu l'as reconnue alors !

En même temps, si elle me montre sa photo avec son nom en légende, je ne vois pas comment je pourrais la rater. Sans compter que maman adorait cette chanteuse et ses disques passaient en boucle quand j'étais gamine, donc oui, je connais. Et je répète, c'est à cause de ma mère, pas parce que je suis vieille, qu'on se le dise !

— Danielle, la cliente est reine et si tu y tiens vraiment, je te couperai les cheveux comme tu me le demandes. Mais, en toute amitié, je te le déconseille. Tu auras l'air d'avoir un balai à franges sur la tête.

— Mais je veux avoir l'allure de Kim Wilde ! persiste-t-elle, butée.

— Pas de problème. Seulement, je te signale qu'elle n'est plus coiffée comme ça depuis des lustres. Elle doit avoir ton âge, alors prends des clichés actuels et regarde. En revanche, teindre l'ensemble en blond, c'est une bonne idée. Cela aura l'avantage de camoufler les repousses.

Qu'on soit bien d'accord, je n'aime pas dire à une cliente, une habituée qui plus est, qu'elle n'est pas toute jeune. Mais là, j'ai en face de moi une nana qui a soixante balais bien sonnés et qui rêve de ressembler à une fille de vingt ans. Mathématiquement et esthétiquement, c'est impossible. Afin d'étayer mes explications, je récupère ma tablette et lui montre les différents looks de la chanteuse au fil des années. Souvent, les images sont plus parlantes que les mots.

Finalement, elle abdique et m'indique la coupe au carré de l'artiste, dont les bouts sont bouclés.

— Ça fait quand même très Marilyn Monroe, tu ne trouves pas ?

— Oui, mais je te rappelle juste que Marilyn est intemporelle, c'est une icône et elle représente par définition la femme sexy dans toute sa splendeur. Alors, je t'assure que lui ressembler n'a rien d'un problème.

— C'est d'accord. Tu as sans doute raison…

— La coiffure dégradée que tu as actuellement te va bien. Pourquoi est-ce que tu veux à tout prix changer, si ce n'est pas trop indiscret ?

— Mon mari vient d'embaucher une nouvelle secrétaire. Je te jure que c'est une vraie bombasse et j'ai peur. Tu comprends, Kim Wilde, moi j'aime bien, mais c'est son fantasme à lui. Je me suis dit que…

— Sois toi-même, pas la peine de chercher à te rajeunir. Ton Jean-Pierre t'adore, il ne lorgne aucune autre femme. Chaque fois que je lui coupe les cheveux, il me jette à peine un regard. Alors, à ta place, je ne m'inquiéterais pas trop.

— Oui, mais on parle de toi, Léopoldine ! Quand Véro bossait ici, il faisait les courses avec moi chaque samedi, alors que de toute sa vie il ne m'avait jamais accompagnée. Là, il insistait tout le temps pour qu'on passe à sa caisse et il n'arrêtait pas de lui faire du gringue. Je t'assure, JP a le feu au pantalon. Dans les magazines, ils appellent ça le démon de midi à ce qu'il paraît.

Je ne sais pas comment je dois prendre ses paroles. Sans le dire ouvertement, elle vient quand même de sous-entendre que je ne suis pas assez jolie pour attirer l'attention de son mari, c'est vexant. Toutefois, je ne dois pas oublier que Danielle est une fidèle cliente. Je ne peux donc, par conséquent, pas la remballer.

— Je te signale que tous les hommes bavaient devant Véro, ton bonhomme n'est pas une exception.

— Ah non ! Le frère de Christine s'en fiche complètement.

— Oui, mais tu ne peux pas comparer ce gars à ton époux, puisque le frangin de ta copine est gay. Alors, il aurait Kim Kardashian devant lui qu'il ne la calculerait pas.

— Ce n'est pas faux, mais que veux-tu, je n'arrive pas à me faire à cette idée. Quel beau mec ! C'est vraiment trop dommage. Encore de la marchandise gâchée.

Je ris et commence à couper les mèches les unes après les autres tout en continuant à papoter.

— Tu l'as dit. Mais qu'est-ce que je dois comprendre ? Que toi aussi tu baves devant des hommes, juste parce qu'ils sont mignons ?

— J'ai des yeux pour regarder, autant que je m'en serve !

Je secoue la tête, sans exprimer le fond de ma pensée. Comment peut-elle reprocher à son mari ce qu'elle se permet elle-même ? L'adage « faites ce que je dis, mais ne faites pas ce que je fais » semble prendre toute sa signification dans son cas.

Je termine de raccourcir et d'effiler les longueurs, puis j'allume le sèche-cheveux. Pour la couleur, elle devra prendre un prochain rendez-vous, parce que mon planning est complet pour aujourd'hui. Je suis en train de vaporiser un peu de laque sur les boucles que je viens de faire au lisseur quand je sens ma cliente se raidir. Craignant qu'elle n'apprécie pas le résultat, je l'observe pour m'apercevoir que son regard est rivé sur la glace. Aussitôt, je pivote et découvre Maurice qui discute avec Quentin.

— En parlant de bel homme, murmure Danielle tandis que je lui montre l'arrière de sa tête grâce au miroir que je tiens derrière elle. Avec celui-là, je serais prête à tromper JP sans le moindre remords.

Oh, mais je rêve!

Avec une grimace ironique, je m'enquiers:

— Qui ça? Maurice?

— Bien sûr que non! Lui, j'aurais trop peur d'avoir sa mégère sur le dos.

— Quoi? Tu connais Agnès?

— Évidemment. Qui ne la connaît pas? Je vais acheter du fromage de chèvre à l'exploitation toutes les semaines. Elle a de la chance qu'il soit si bon, sinon je te jure que je n'y foutrais jamais les pieds. Cette femme est tellement malpolie qu'une porte de prison paraîtrait souriante à côté d'elle.

— Je suppose que la situation doit être difficile à vivre pour elle.

— Tu crois? Moi je pense qu'elle est bien contente, au contraire. Bruno est son seul gamin encore à proximité, puisque Benoît s'est tiré à l'autre bout du monde. Maintenant qu'il est veuf, elle l'a de nouveau sous sa coupe. Tant qu'il était avec Véronique, elle ne pouvait plus le contrôler.

— Tu exagères, Danielle. Agnès n'est pas si mauvaise que ça. La preuve, elle rend souvent visite à Edna et faisait le ménage chez son fils, sans rien demander en retour. Enfin, ça, c'était avant…

— Peut-être, mais elle pourrait quand même faire un effort pour être plus aimable.

— J'en connais d'autres qui ont un commerce et qui ne sont pas plus courtois qu'elle.

— Ça, ce n'est pas faux. L'employée du fleuriste est encore pire. Et puis, Maurice n'a pas tellement l'air de s'en plaindre. En même temps, ce n'est pas un foudre de guerre, celui-là. Heureusement qu'Agnès tient l'exploitation à bout de bras, sinon ça fait longtemps qu'il aurait mis la clé sous la porte.

— Donc, tu vois qu'elle n'a pas que des défauts.

— Sans doute, mais elle est bizarre, tu avoueras. En tant que femme du maire de Dimbourg, elle pourrait quand même faire un effort vestimentaire. Au moins ça !

Je souris, me gardant bien de répondre qu'à Dimbourg, personne à part lui ne voulait de ce mandat d'élu. Je le soupçonne d'ailleurs de s'être présenté uniquement pour pouvoir s'échapper de la ferme sans qu'on puisse le lui reprocher.

Ma cliente se lève et enfile son manteau avant de payer. Pendant que le terminal de carte bleue est en attente, je propose à Maurice de s'installer au bac à shampoing. Ensuite, Danielle et moi convenons d'un nouveau rendez-vous la semaine suivante pour la coloration. Ce n'est qu'après son départ que Quentin se penche vers moi.

— Alors ? La vieille ? Elle a causé ?

Tout en faisant semblant d'écrire sur un carton, je chuchote :

— Oui, mais je ne peux pas t'en parler maintenant. Est-ce que je peux venir chez toi ce soir ?

— Comment ça, tu ne peux pas parler ? Pourquoi ?

Des yeux, je fais un signe vers Maurice qui nous observe avec curiosité. Inutile d'éveiller ses soupçons, surtout avec ce que j'ai appris par Berthe.

— OK, passe après le boulot. Je serai encore au bureau.

— Je te l'ai dit, cette semaine, c'est compliqué à cause des gamins.

— Dans ce cas, je peux te retrouver chez toi, si ça te paraît plus simple.

Quoi ? Et renouveler la séance de honte publique que j'ai dû affronter au cours du dîner ? Alors là, certainement pas ! Et puis, la petite fureteuse qui sommeille en moi a envie de connaître l'endroit où il vit.

— Non. Je ne peux pas parler devant les enfants et si on doit attendre qu'ils se couchent, on n'en fera pas plus qu'hier. Je fais un saut chez moi, je récupère toutes mes notes, je leur prépare à manger, et je te rejoins après.

— Tu veux que je rapporte des pizzas pour tout le monde ? propose-t-il avec un sourire charmeur.

Mais pourquoi est-ce qu'il fait tout pour qu'on ne bosse pas chez lui ?

— Quentin, si tu débarques de nouveau ce soir, mes gamins vont vraiment croire qu'on est ensemble. Et avant qu'on ait pu dire ouf, tout Wahlbourg jasera.

J'ai dû dire les mots qu'il avait besoin d'entendre, puisque la perspective que les gens puissent le penser en couple avec moi a l'air de l'épouvanter. Vexée, je ne peux pas m'empêcher de parler plus sèchement.

— Je ne sais pas comment je dois interpréter la tête que tu fais depuis que j'ai mentionné le fait qu'on puisse cancaner sur une supposée liaison entre nous. Comme je n'ai pas le temps de me prendre le bec avec toi, je vais oublier cette grimace horrifiée. Donc, ce soir, c'est chez toi et tu connais mes goûts en matière de pizza.

— Mais…

— C'est ça ou rien. À toi de voir…

Toutes les personnes présentes dans le salon sont en train de nous dévisager et si nous ne voulons pas éveiller les soupçons de Maurice, il faut qu'il parte et tout de suite ! Mais comment le lui faire comprendre sans le mettre à la porte ?

— Très bien, finit-il par concéder. À plus tard…

Je présume qu'il a enfin percuté, car son regard passe du père de Bruno à moi et il s'en va sans rien ajouter. Mal à l'aise, je me dirige vers les bacs où ce dernier m'attend, et tente de me composer un visage impassible. Si j'ai beaucoup de qualités, je suis une piètre comédienne et j'ai bien peur que cela ne me joue un mauvais tour aujourd'hui.

— Alors ? lance Magalie depuis le fauteuil où elle enroule des bigoudis sur la tête d'un adolescent.

Oui, les cheveux rasés sur les côtés et bouclés au-dessus sont très tendance chez les garçons. Je ne pige pas bien pourquoi, car ma grand-mère était coiffée de cette façon quand j'étais gamine, mais il vaut mieux ne pas chercher à comprendre ce qui ne s'explique pas, sous peine de se choper une bonne migraine. À l'accueil, une autre cliente patiente déjà. Mon associée s'occupera d'elle pendant la pose du produit. Rapidement, je récupère une blouse propre et deux serviettes avant de revenir vers M. Busch.

— Bonjour, Maurice. Comment allez-vous aujourd'hui ?

Quelle question débile ! Comment peut-il être au top de sa forme quand sa bru – et maîtresse potentielle – vient d'être assassinée ?

— Tu le connais ? s'enquiert-il sans me répondre.

— De qui voulez-vous parler ?

— Du lieutenant Delval.

Il arbore un air qui semble dire « ce n'est pas au vieux singe qu'on apprend à faire la grimace ». Ses yeux se sont soudain rétrécis et je devine qu'il se méfie. Remarquez, si j'étais lui, je réagirais de la même manière. Pour peu qu'Agnès lui ait rapporté notre rencontre dans la chambre d'Edna, il aura vite fait le rapprochement et pensera, à juste titre, que je suis une fouille-merde. Jusqu'à ce midi, je n'aurais vu aucun inconvénient à lui expliquer les motivations « officielles » de ma démarche, à savoir blanchir l'honneur de son fils et démasquer le coupable pour qu'il ne puisse jamais recommencer. Officieusement, j'adore jouer les enquêtrices, mais personne n'a besoin d'être au courant.

Seulement, après les déclarations de Berthe, je suis beaucoup plus réticente. En réalité, de victime, Maurice Busch est devenu un suspect très bien placé sur ma liste. Il avait un mobile, si Véronique menaçait de révéler leur liaison. Matériellement, il aurait tout à fait pu mettre la caméra et le lampadaire hors service, puisqu'il a un permis de chasse. Or, on n'est pas autorisé à tirer sur du gibier si on n'est pas capable de viser correctement. Imparable et logique. Hélas, dans ce scénario parfait, il y a un os et il est de la taille d'un fémur. M. Busch a un alibi en la personne de sa femme. Et ça m'étonnerait qu'elle aurait accepté de le couvrir surtout en sachant qu'il la cocufiait avec Véro, si tant est que cette histoire de fesses soit véridique et non issue tout droit de l'imagination alcoolisée d'une vieille folle. Là aussi, c'est problématique. Comment être sûre que Berthe dit bien la vérité ? Peut-être qu'elle « gâtouille » ou est atteinte d'Alzheimer.

— Léopoldine ?

Mon client m'oblige à revenir sur terre. Il faut que je lui réponde, sinon il va se méfier pour de bon.

— Le lieutenant Delval voudrait qu'on sorte ensemble, mais il est trop jeune pour moi.

— Vraiment ?

Son air sceptique m'agace prodigieusement. Qu'est-ce qu'ils ont tous à penser que cette éventualité est improbable ?

Avec une mauvaise humeur feinte, je peste.

— Oui, vraiment ! Dites tout de suite que je suis trop moche pour lui plaire !

— Quoi ? Mais non, je...

— De toute façon, la question ne se pose pas. Il a presque dix ans de moins que moi et je n'aime pas les gamins. Je préfère de loin les hommes mûrs.

Cette histoire de différence d'âge devrait l'interpeller s'il avait une liaison avec Véro qui avait à peine la moitié du sien. Finalement, mon excuse bidon sera peut-être utile à l'enquête. Allez savoir…

— Moi, je trouvais que tu faisais un joli couple avec Bruno. Je n'ai jamais compris pourquoi ça n'avait pas marché entre vous.

— Maurice, il y avait plus d'amitié que d'amour entre nous. Pour qu'une relation fonctionne, la passion est indispensable, et nous étions trop immatures pour en piger seulement le sens. Mais j'adore votre fils et je lui souhaite d'être à nouveau heureux dans un avenir proche. Et maintenant, il faut me laisser faire mon travail ou je vais prendre du retard. Est-ce que vous pouvez retirer vos lunettes s'il vous plaît ?

Il saisit la branche de la main gauche – tiens, tiens… – et mon regard se pose sur la grosse alliance qui enserre son annulaire. Ben, ça alors… Troublée de découvrir qu'il a récupéré le bijou, je fronce les sourcils pendant que je lui fais un shampoing et un massage du cuir chevelu, histoire de le détendre. Quand on est zen, on se livre plus facilement, c'est un fait avéré.

— Sans vouloir être indiscrète, comment va Benoît ? Ça fait longtemps que je ne l'ai pas croisé.

Autant parler du frangin qui vit aux USA. Je sais que je dois l'appeler, mais j'hésite, parce que je n'ai pas de forfait international et que je n'ai aucune envie de devoir vendre un rein pour payer ma facture de téléphone.

— Bien, aux dernières nouvelles. Il arrive demain.

— Vraiment ?

— Oui. Il tient à soutenir son frère dans cette épreuve. Sa venue nous fera du bien à tous. On ne l'avait pas revu depuis trois ans.

— Il est encore à Philadelphie ?

— Absolument. Mais il a décidé d'ouvrir sa propre boulangerie à Washington. J'adorerais qu'on puisse lui rendre visite quand il y sera installé, mais je ne pense pas qu'Agnès sera d'accord. Elle refuse de laisser l'exploitation à des étrangers.

— Gilles pourrait très bien s'en occuper en votre absence.

Le cousin d'Agnès travaille déjà avec eux à la ferme. Avant cela, il a été ouvrier dans plusieurs usines, mais il s'est systématiquement fait virer de partout. Quand on a une grande gueule et qu'on n'aime pas bosser, c'est compliqué de conserver un emploi.

— Gilles ? Ce bon à rien ? Tu plaisantes, j'espère !

Si même lui affirme que Gilles est une brêle, il n'y a aucune raison d'en douter. Toutefois, ce dernier figure aussi sur ma liste, donc autant essayer de régler la question une bonne fois pour toutes. L'air de rien, je m'enquiers :

— Est-ce que votre cousin était proche de Bruno et de Véro ?

Après avoir séché sa tignasse, étonnamment drue pour son âge, je lui indique le fauteuil où je coupe habituellement les cheveux.

— Pourquoi tu me demandes ça ?

Voilà, à vouloir me montrer trop intrusive, je viens de me griller toute seule. Maintenant, bon courage pour me sortir de ce sac de nœuds. D'une voix que j'espère la plus douce possible, je murmure :

— Je m'inquiète pour vous, tout simplement. Vous n'êtes pas sans savoir que Bruno et moi sommes toujours d'excellents amis et j'aimais également beaucoup Véronique. Je suppose que c'est très dur pour vous tous.

Bien concentrée sur mes doigts, j'esquive volontairement son regard, même si je le surveille discrètement. À mon grand étonnement, il éclate soudain en sanglots. Ça me brise le cœur de voir cet homme pleurer comme un petit garçon. C'est terrible quand on y pense. Malheureusement pour lui, l'image de dévastation qu'il renvoie me conforte dans l'idée que Berthe ne mentait pas. Je veux bien qu'il soit peiné d'avoir perdu un membre de sa famille, mais pas à ce point quand même, faut pas exagérer. Surtout que Véro était une pièce rapportée. Sa tristesse n'est pas surjouée, j'en suis convaincue. Il y a autre chose…

En silence, je lui tends une boîte de mouchoirs en papier.

— C'est horrible, elle nous manque beaucoup.

À Bruno, c'est sûr. À lui, de toute évidence. Pour les autres, j'ai de sérieux doutes. Il était de notoriété publique qu'Agnès et Véro ne s'appréciaient pas. De là à ce qu'il se mette dans un tel état, ce n'est pas normal. Quand j'observe l'homme anéanti qui est assis devant moi, je ne peux pas croire qu'il avait simplement une affection filiale pour elle. En signe de compassion, je presse son épaule, sans pour autant renoncer à mon petit interrogatoire.

— Qu'en dit Agnès ?

— Oh, elle ! À part ses fils…

Ses silences sont plus parlants que ses mots. Son épouse est une femme complexe que personne ne connaît réellement, pas même lui.

— Dans ce cas, elle sera heureuse de retrouver Benoît. La famille sera réunie.

— Depuis la mort de Bastien, plus rien n'est pareil. Ce gamin me manque tous les jours. Il n'y a pas un instant où je ne pense pas à lui. Depuis dix ans, je me demande pourquoi il a agi comme ça, pourquoi il n'est pas venu nous voir, pourquoi il ne s'est pas confié à ses frères. Je continue à essayer de trouver comment on aurait pu l'aider.

— Maurice, je ne suis pas une experte dans ce domaine. Je n'ai pas pleuré un proche disparu brutalement, et j'ai conscience de ma chance. Mais il me semble que quand on se pend, on ne veut surtout pas se rater. Les tentatives de suicide par overdose de médicaments sont souvent des appels au secours. Je crois que Bastien ne supportait tout simplement pas la vie sans Jean-Michel.

À l'instant où je prononce le prénom du compagnon de son fils, celui-là même qui est décédé dans des circonstances étranges, il blêmit et se ferme comme une huître. Je ne comprends pas ce qui lui arrive, mais ce qui est sûr, c'est que je viens de le perdre. Inutile d'attendre des révélations supplémentaires, c'est foutu.

— Et donc, que disions-nous à propos de Gilles ?

Peut-être qu'orienter la conversation vers un autre membre de la famille le poussera à se confier à nouveau. Enfin, j'espère… D'autant qu'il a clairement éludé quand j'ai fait mention du cousin. En réalité, c'est celui d'Agnès, puisque leurs mères étaient sœurs. Il est venu la rejoindre quelques semaines avant la mort de Bastien, lorsqu'il a quitté l'Allemagne. Avant cela, on n'avait jamais entendu parler de lui.

— Tu m'as posé plusieurs questions sur Gilles et je n'ai pas envie de te répondre. Ce gars est tellement nul qu'il ne mérite pas qu'on gaspille sa salive pour lui. Déjà que je dois me le coltiner au conseil municipal ! Je t'assure que c'est une véritable plaie.

— Si vous saviez comment il était, pourquoi lui avoir proposé d'être à vos côtés ? Il y devait bien y avoir des volontaires pour siéger à la mairie, non ?

— Nous avions un autre candidat au départ, mais il a quitté sa femme et s'est tiré avec sa secrétaire, quelques heures avant le dépôt de notre liste. Dans l'urgence, il a fallu trouver quelqu'un pour avoir le nombre de personnes requis. C'était lui ou Agnès et, sur l'instant, je me suis dit qu'il valait mieux que ce soit lui. Tu connais mon épouse, la diplomatie ne fait pas partie de ses plus grandes qualités.

— En effet. Heureusement qu'elle n'est pas ministre des Affaires étrangères, nous serions en guerre avec le reste du monde si tel était le cas. Mais cela ne veut pas dire qu'elle serait mauvaise pour le job.

J'essaie de donner l'impression que je la défends, parce que la clasher devant son mari n'est pas ce que j'appellerais l'idée du siècle. Hélas, je m'en suis rendu compte trop tard, les mots étaient déjà sortis de ma bouche.

— C'est vrai, tu as raison. Mais vois-tu, la mairie, c'est mon domaine à moi, mon jardin secret. Je ne m'occupe pas de ses fromages, et j'aime autant qu'elle ne se mêle pas de mes attributions en tant qu'élu.

À la tête qu'il fait, je sens que lui aussi s'en veut d'avoir évoqué sa chère et tendre en des termes peu flatteurs et cherche à se justifier.

— Et donc, Gilles ?

— Quoi, Gilles ? Qu'est-ce que tu as avec ce bon à rien ? Il te plaît ? Tu as envie que je t'organise un rendez-vous avec lui ? Mais je préfère te prévenir que c'est loin d'être un cadeau. Une femme comme toi mérite beaucoup mieux. Et entre nous, mieux, ce n'est pas très compliqué.

— Oh non ! Il ne m'intéresse pas du tout, mais j'aimerais savoir quel genre de relation il entretenait avec Bruno et Véro.

— Pourquoi ?

Pour ce qui est du doigté et de la discrétion, j'ai encore échoué. Quelle pintade déplumée je suis ! Il était déjà méfiant, qu'est-ce que j'avais besoin de le relancer sur ce sujet ?

— Simple curiosité.

À ma grande surprise, il hausse les épaules, tandis que je me sers de la tondeuse pour raser le duvet sur sa nuque. Tout est bon pour éviter de croiser son regard.

— Comme je te l'ai dit, c'est un gros nul qui se prend pour le meilleur. Aussi bête qu'arrogant !

Hormis ça, il n'y a rien d'intéressant chez cet imbécile. Il travaille pour moi et raconte partout que c'est lui le boss. Il passe ses soirées au bistrot à s'enivrer en se vantant de ses exploits auprès des autres clients qui n'en croient évidemment pas un mot. Tout le monde les connaît, lui et sa grande bouche, par ici. Véro et Bruno ne lui adressaient plus la parole depuis des années. L'histoire datait d'avant leur mariage, alors tu vois à quel point c'est vieux. Ils ne l'ont même pas invité à la noce, ce qui a rendu ma femme furieuse. Mais Bruno a été intraitable et Agnès n'a pas réussi à l'amadouer pour le pousser à changer d'avis.

— Ça ne ressemble pas à Bruno, fais-je remarquer, l'air de rien. C'est le garçon le plus cool que j'aie jamais rencontré.

— Sauf quand on s'en prenait à Véro. Et Gilles n'avait rien trouvé de mieux que de la coincer dans un couloir pour l'obliger à l'embrasser. Bruno l'a entendue crier et a rappliqué en courant. Il lui a mis une droite et lui a cassé deux dents.

— Il a eu raison. Aucune femme ne devrait être agressée ni forcée à faire quoi que ce soit qu'elle ne voudrait pas.

Je saisis le sèche-cheveux que j'allume. Durant tout le temps où je m'occupe du brushing, il ne me quitte pas des yeux. Lorsque j'éteins, je récupère le blaireau pour enlever les petits cheveux collés sur sa nuque. Ensuite, je retire la cape de coupe, la blouse et la serviette qui est placée en dessous.

L'arrivée d'Agnès stoppe net toute potentielle confidence de dernière minute. Son visage est à demi caché derrière ses immenses lunettes teintées. Quant à ses lèvres pincées, elles ne donnent pas envie de lui adresser la parole.

— Bonjour, Agnès.

Aucune réponse. Ce n'est pas comme si j'en attendais une, mais elle pourrait quand même faire un effort. Maurice semble gêné, et je présume que c'est lié au manque de courtoisie flagrant de sa femme. Il sort sa carte bleue sans un mot, paie et s'en va, escorté par son garde-chiourme qui ne desserre pas les dents.

— Aussi aimable qu'une porte de prison, grommelle Mag qui me rejoint, tandis que je les regarde s'éloigner.

— Tu ne trouves pas qu'il est anormalement abattu par la mort de Véro ?

Ma question n'est pas innocente. Je tiens juste à m'assurer que je ne suis pas en train de me faire des films et que je n'ai pas imaginé le chagrin intense affiché par cet homme.

— C'est bizarre, je me suis fait exactement la même réflexion, murmure mon associée d'un air songeur.

Donc, c'est un fait qui semble se vérifier, Maurice avait très probablement une liaison avec sa bru. Le tout est de savoir si sa femme était au courant ou pas. Si tel était le cas, cela lui donnerait un mobile pour vouloir éliminer l'épouse de son fils. Je me demande à nouveau si Agnès a l'étoffe d'une meurtrière. Sans le moindre doute, je suis convaincue qu'elle a le sang-froid nécessaire pour commettre un tel acte. Jamais, depuis que je la côtoie, et ça fait au moins vingt ans, elle n'a montré la moindre émotion. Cela étant, je penche plutôt pour Maurice. Plus j'y pense et plus son nom me vient spontanément. C'est comme si tout me ramenait à cet homme que je croyais connaître, mais qui est plus énigmatique que jamais. Bref, c'est un joyeux bazar dans ma tête et je dois à tout prix y mettre de l'ordre.

— Qu'est-ce que tu as comme chance, Léopoldine ! s'exclame la cliente de Magalie qui est en train de tendre les billets pour régler son shampoing/brushing hebdomadaire.

Étonnée, je la dévisage, tentant de comprendre les raisons de cette remarque. Qu'est-ce qui lui prend ?

— Pardon ? De quoi parlez-vous, Annette ?

— Ben oui, ce beau garçon veut sortir avec toi. C'est inespéré, tu ne trouves pas ?

Il me faut quelques secondes pour percuter. Elle doit faire référence à la mauvaise excuse de tout à l'heure pour justifier ma discussion avec Quentin. Mince alors ! Au train où vont les choses – rappelez-vous que nous sommes à Wahlbourg, la seule ville où radio blabla est plus rapide que la 4G et où les rumeurs se répandent à la vitesse de l'éclair –, tout le monde sera au courant avant la fin de la journée. Si jamais ces mots malheureux devaient venir aux oreilles de mon lieutenant préféré, il va piquer une crise du tonnerre et penser que je suis en train de bavasser à tort et à travers pour lui forcer la main.

— Mais quelle petite cachottière ! Tu aurais quand même pu prévenir ta meilleure copine, renchérit Magalie avec un sourire sournois aux lèvres.

— Oh, c'est bon, n'en rajoute pas ! Au revoir, Annette.

À peine la cliente a-t-elle quitté le salon que les deux suivantes arrivent. Mais entre-temps, je prends Magalie à part pour lui expliquer.

— Ce n'est pas du tout ce que tu crois, je…

— … que tu dis. Je savais bien qu'il se passait quelque chose entre vous.

— Oui, il se passe que nous essayons de résoudre une énigme et que nous mettons nos atouts en commun dans ce but précis et seulement dans ce but. Tu piges ?

— Ouais, ouais… c'est ça !

— Arrête, Mag, tu deviens carrément pénible. Tu penses sincèrement que je ne t'aurais rien raconté s'il y avait eu plus entre lui et moi ? Enfin, tu es ma meilleure amie et ma confidente en plus d'être mon associée ! Maurice avait l'air méfiant et il fallait que je trouve une explication plausible. C'est la première qui me soit venue à l'esprit et, au fond, elle en valait bien une autre.

— Tu jures que c'est vrai ?

— Mais bien sûr. Si un jour je rencontre quelqu'un, je te promets que tu seras la première au courant. Et s'il y a bien une chose dont je suis sûre, c'est que ce ne sera certainement pas Quentin Delval.

— Dommage, il est drôlement mignon quand même… susurre-t-elle, rêveuse.

À mon grand désarroi, je ne peux qu'être d'accord avec mon amie. Hélas, il faut que je garde les pieds sur terre, parce que s'il y a bien un point qui ne souffre aucune contestation, c'est que mon partenaire d'enquête ne m'a jamais calculée. Que ça me plaise ou non, je ne dois surtout pas l'oublier.

20

Léopoldine

Il est plus de 19 h 30 quand j'arrive enfin chez moi. Même si le salon est fermé depuis une heure, nous avons dû nous dépêcher de ranger, nettoyer, puis clôturer la journée comptable avant de pouvoir rentrer. Après cela, je me suis précipitée à l'hyper où j'ai acheté des burgers au rayon traiteur, une bouteille de Coca et un grand paquet de chips. Habituellement, je ne suis pas une adepte de *junk food*, mais comme je suis absente, j'ai supposé que les enfants seraient contents. En réalité, je suis sûre qu'ils le seront. Vous imaginez ? Une soirée à s'empiffrer de tout un tas de cochonneries avec la bénédiction de maman en prime. Ce sera juste un kif absolu pour eux et ça enlève un peu de la culpabilité que j'éprouve à les laisser seuls.

À peine suis-je dans la cuisine, en train de placer les hamburgers dans le four, que ma fille arrive en traînant des pieds.

— M'man, il faudrait que tu me signes des papiers.

— Bonjour à toi aussi, ma chérie. Tu as passé une bonne journée ? Merci de t'enquérir de la mienne. Elle a été excellente, même si j'en ai connu des meil…

— Ouais, salut ! Tu peux le faire tout de suite ? Comme ça, je n'aurai plus besoin d'y penser, m'interrompt-elle sans même m'écouter.

Sa mine lugubre me donne juste envie de hurler. Bon sang de bonsoir, elle est jeune, belle et intelligente, pourquoi se complaît-elle dans cette attitude de dépressive chronique ? Sa vie n'est peut-être pas parfaite, mais il y a bien pire !

Agacée, je l'interroge avec ironie.

— Mais d'où te vient cette joie de vivre si communicative ?

— Oh, ne me cherche pas, ce n'est pas le moment !

Renonçant à répliquer, parce que si je me montre sincère avec elle, je sais qu'on va s'engueuler comme deux poissonnières, je pousse un soupir découragé avant de m'approcher du document pour le parapher. Lorsque je découvre de quoi il s'agit, j'ouvre de grands yeux éberlués.

— Quoi ? Mille deux cents euros ? Et qui va payer une telle somme ? C'est toi ?

Ce qu'elle a voulu faire passer pour un formulaire quelconque est en réalité un bulletin d'inscription à un voyage scolaire aux États-Unis d'une dizaine de jours au printemps prochain. Sur le principe, je trouve que le projet est super sympa, mais le prix me reste un peu en travers de la gorge. Mais que s'imagine-t-on ? Que les parents roulent sur l'or ?

— Aucune idée. Papa et toi ?

— Est-ce que tu lui en as déjà parlé ? Non, parce qu'il n'est pas question que je finance ce séjour toute seule. Donc, soit il est d'accord et il me le confirme par texto, soit il va falloir que tu renonces aux USA.

Aussitôt, Margaux s'agite dans tous les sens. Je sais qu'elle tient vraiment à participer à ce voyage, mais elle doit comprendre que je ne peux pas régler l'intégralité de la facture. Or, si son père a des qualités – ne soyons pas vache, il adore ses enfants –, son principal défaut est d'être plutôt du genre radin. J'irais même plus loin, puisqu'il a littéralement des oursins dans les poches. Il me semble que sortir six cents euros d'un coup va lui occasionner une belle jaunisse. Déjà, ma fille retourne dans sa chambre, le portable vissé à l'oreille. L'instant d'après, c'est Tom qui rapplique.

— Ah, salut, m'man !

Son sourire niais et son attitude faussement joviale ne me disent rien qui vaille. Immédiatement, je me crispe, méfiante.

— Qu'est-ce que tu as encore fait comme bêtise, toi ?

— Mais rien ! s'exclame-t-il, l'air scandalisé.

Là, c'est sûr, je sens une bonne embrouille made in Tom.

— Écoute, Tom, je n'ai pas le temps de jouer aux devinettes ce soir. Je suis attendue. Donc, tu craches le morceau tout de suite !

Ses épaules s'affaissent et il finit par admettre :

— Je me suis pris une heure de colle.

Dépitée, je ferme les yeux en me préparant au reste de sa confession, la boule à l'estomac. J'aime profondément mon fils et je sais que c'est un gentil garçon.

Mais il est capable du pire comme du meilleur, si bien que je ne suis jamais tranquille.

— Pourquoi ?

— La principale m'a chopé avec Manon dans un couloir, on s'embrassait.

— Et alors ?

— Ben, il paraît que c'est indécent.

Les sourcils froncés, je m'interroge. Est-ce que deux adolescents qui se bécotent posent problème ? Peut-être que oui, mais une heure de colle pour ça, c'est rude. Sauf si…

— Tom, qu'est-ce que vous faisiez exactement ? Je ne peux pas croire que quelques bisous ont occasionné une punition aussi sévère.

Il rougit, ce qui me conforte dans l'idée que ce n'était pas un simple baiser innocent.

— Enfin, bon, on était en train de se tripoter et tout ça. Je ne vais pas te faire un dessin, c'est hyper gênant quand même !

OK, je viens de comprendre. En réalité, le flirt devait être plutôt poussé. En soi, il n'y a rien de gravissime, mais cela m'inquiète malgré tout.

— Tom ! Tu n'as que quatorze ans ! Qu'est-ce que je t'ai appris ?

— Maman ! Tu me fous la honte, là !

Sans tenir compte de sa protestation, je me poste devant lui et lui ordonne sèchement :

— Redis-le pour me prouver que tu l'as bien intégré.

— Je dois toujours sortir couvert, et le privilège de la femme est de pouvoir dire non jusqu'à la dernière seconde. Même si je ne suis pas d'accord, je dois le respecter, récite-t-il consciencieusement.

— Sinon ?

— Sinon, c'est un viol.

— On va rajouter une autre règle, pour que ce genre de mésaventure ne t'arrive plus. Vous ne devez vous laisser aller à des caresses et des attouchements que si vous êtes sûrs de ne pas être vus. Sinon, ça devient de l'exhibitionnisme. Tu piges ?

— Ouais, c'est bon…

— Et je te rappelle que vous êtes très jeunes. À ton avis, comment réagira la famille de ta copine quand elle leur expliquera qu'elle est collée parce que son jules, toi en l'occurrence, avait les mains un peu trop baladeuses ? Crois-tu vraiment qu'ils seront aussi tolérants que moi ?

De nouveau, Tom rosit. Je connais les parents de Manon et je pense sans trop me tromper qu'ils sont sévères avec leur fille unique, du style bien coincé. Par conséquent, je ne suis pas sûre qu'ils apprécieront l'incident d'aujourd'hui.

— Si le paternel de Manon te téléphone pour t'engueuler, il va falloir te débrouiller tout seul. Je ne servirai pas de bouclier, tu as compris ?

— Ouais…

— Et mon petit doigt me dit que c'est exactement ce qui va arriver.

À ces mots, mon fils se décompose. Le hic, c'est que le père de Manon est croque-mort. Il y a quelque chose de fascinant dans cette profession, mais également de terrifiant pour l'adolescent influençable qu'il est. Tant pis pour lui, il va devoir apprendre à assumer ses erreurs sans compter sur moi, comme c'est trop souvent le cas.

Avisant l'heure, je file vers la salle de bains où je prends une douche rapide. Puis, je me précipite dans ma chambre pour enfiler un jean, un T-shirt bleu marine à manches longues et mes Stan Smith. Je me sens bien mieux qu'avec mon pantalon noir sur lequel il y avait des cheveux partout. J'adorerais travailler dans une tenue cool, mais c'est compliqué vis-à-vis de la clientèle, alors je m'oblige à faire un effort vestimentaire durant la journée. Mais mes soirées m'appartiennent et je n'aime rien tant que me changer en rentrant. Ma tignasse est simplement retenue en queue de cheval et me voilà prête à partir.

Dans le salon, je rassemble tous les documents et cahiers, avant d'appeler les enfants.

— Margaux ! Tom !

Ils arrivent quelques instants plus tard, imaginant sans doute que le repas est sur la table. Quel n'est donc pas leur étonnement de me voir mettre ma doudoune et mon écharpe.

— Je sors. J'ai enfourné des burgers et il y a des chips dans le saladier qui est sur le bar. Vous trouverez également une bouteille de Coca dans le frigo.

— Ah bon ? Tu vas où ? demande mon fils, visiblement surpris.

— Elle court chez Quentin ! T'es con ou quoi ?

— Oh, je ne te permets pas, l'affreuse ! s'insurge son frère. Maman, dis-lui qu'elle me cause un peu plus riche.

— Écoutez, vous deux, je n'ai pas le temps de jouer les arbitres. Alors, débrouillez-vous tout seuls, et si vous décidez de vous entretuer, ne salissez pas le tapis.

Ils se mettent à rire de concert, tandis que Margaux sort des assiettes pour le dîner. Je récupère mes clés de voiture et me tourne vers elle.

— Tu as pu parler à ton père ?

— Oui. J'ai cru qu'il allait s'étouffer avec le téléphone. Il a promis qu'il réfléchirait. Je le rappellerai demain matin.

— Si tu insistes trop, il va se braquer.

— Peut-être, mais il faut battre le fer tant qu'il est encore chaud. Fais-moi confiance, je n'ai pas l'intention de le lâcher. Je lui ai expliqué que tu étais d'accord pour payer la moitié et que je pouvais assurer pour l'argent de poche avec le fric que je recevrai à Noël.

Je connais assez ma fille pour savoir qu'elle finira par obtenir gain de cause. C'est une gamine opiniâtre et déterminée. Ça se passe toujours ainsi avec elle et son père ne fera pas exception. Sans vouloir la défendre, je comprends à quel point ce voyage est important à ses yeux. Tous les élèves y participent et elle se sentira exclue si elle ne peut pas se joindre à ses camarades. D'autant qu'elle est la meilleure de sa classe. À ce titre, nous pouvons bien faire un petit effort. Et puis, ce séjour est programmé depuis le début de l'année, ce n'est pas comme si on le découvrait. Simplement, à aucun moment, ses profs n'en ont mentionné le coût.

Heureusement que je gagne plutôt bien ma vie et que j'ai des économies. Je peux toujours râler après mes parents, mais il n'en reste pas moins que mon père m'a appris qu'il faut épargner un cinquième de ses revenus. Comme je suis disciplinée par nature, j'ai suivi scrupuleusement ce conseil depuis que je perçois un salaire. Résultat : nous avions un bel apport lorsque nous avons décidé de construire la maison et j'avais encore de l'argent sur un PEL au moment de notre séparation. Cette somme, Olivier n'a pas pu y toucher puisque c'était du fric qui n'entrait pas dans le pot commun.

— Je ne m'inquiète pas, tu l'auras à l'usure. Quand il en aura assez de t'entendre pester, il te fera le chèque. Bon, je dois vraiment y aller. Je te confie ton frère, essaie de ne pas le trucider pendant mon absence. Ce serait trop compliqué de faire disparaître son cadavre. Je vais tâcher de ne pas rentrer trop tard.

Puis, sans attendre, j'attrape mon sac et quitte l'appartement, impatiente de découvrir l'endroit où vit Quentin.

21

Quentin

Léopoldine annonce son arrivée par deux coups frappés à la porte, du moins je présume qu'il s'agit de ma coéquipière d'enquête. Elle est en retard et tombe, malheureusement, assez mal. Sans attendre, je me lève, le combiné toujours vissé à l'oreille.

— Oui, mon commandant. Oui, nous progressons.

Je suis en train de me faire sermonner comme un gosse et je dois avouer que ça me soûle méchamment. Pourquoi est-ce que mon supérieur se sent le droit de me traiter ainsi ? Parce que je suis jeune ? Ou que j'ai merdé à Paris ? En tout état de cause, il ne fait pas dans la délicatesse quand il s'adresse à moi et ne prendrait pas plus de gants s'il parlait à son chien. Pour mon amour-propre, cela n'a rien d'agréable, loin de là. Et comme si la situation n'était pas assez humiliante, il faut que Léo débarque au mauvais moment.

Une fois la porte ouverte, je lui fais signe d'entrer et de s'installer sur une chaise. Du doigt, je pointe mon appareil téléphonique. Elle comprend et retire tranquillement son anorak, avant de s'asseoir en face de mon bureau.

— … vous avez été trop expéditif, trop empressé à vouloir incriminer Bruno Busch. Nous avons de la chance qu'il n'ait pas porté plainte ! s'excite mon supérieur à l'autre bout du fil.

— Commandant, dois-je vous répéter qu'il avait un mobile et qu'il est gaucher ? Tout le désignait comme le coupable.

— Avant même de l'appréhender, il fallait vérifier son emploi du temps. Dois-je vous apprendre votre boulot ? réplique-t-il, utilisant ma tournure grammaticale à dessein.

Il gueule tellement fort que ma comparse peut tout entendre, ce qui ajoute à ma honte.

— Écoutez, je sais que j'ai été trop pressé et croyez bien que je le regrette. Nous avons tout repris, contrôlé les alibis des proches et de ceux qui l'étaient moins. Les investigations progressent, c'est tout ce que je peux vous dire à l'heure actuelle.

Léo me fait signe et, non sans un certain agacement, je couvre le micro de mes doigts tandis que le commandant s'énerve de plus belle et me récite les fondamentaux de notre job, sans omettre de me rappeler ce qui se passera si je ne débusque pas très vite l'assassin.

— Quoi ? Ce n'est pas le moment ! Tu ne vois pas que je suis occupé à me faire souffler dans les bronches ?

Injuste, je le suis assurément en m'adressant à elle de cette façon. Léopoldine Courtecuisse m'aide dans mon enquête, pour ne pas dire qu'elle la dirige. Et heureusement qu'elle est là, car sans sa présence et son optimisme à toute épreuve, son esprit de déduction imparable et son réseau relationnel, je serais dans une mouise invraisemblable.

— Tout porte à croire que Maurice et Véronique avaient une liaison, déclare-t-elle le plus calmement du monde.

Soudain bouche bée par cette révélation, je ne peux que la dévisager. Elle ne paraît pas vexée par la manière dont je l'ai accueillie, mais un je-ne-sais-quoi dans son expression me souffle qu'en réalité elle a fort mal pris mon ton un peu trop péremptoire.

En attendant, j'ignore comment cette diablesse a réussi à découvrir un tel scoop. Cela semble si improbable que je me demande une seconde s'il ne s'agit pas d'un canular. Mais Léo ne plaisante pas le moins du monde, si j'en juge par la gravité de son regard.

Comme j'ai encore mon supérieur en ligne, je lui fais signe de patienter, le temps que je me débarrasse de mon interlocuteur.

— Delval ? Vous êtes toujours là ?

— Oui, mon commandant. Il y a des faits nouveaux dont je ne peux pas vous parler pour le moment, parce qu'ils nécessitent des vérifications. Toutefois, s'ils s'avèrent exacts, je peux vous certifier que cela fera progresser l'enquête d'un pas de géant.

— Eh bien alors, ne traînez pas et mettez-vous immédiatement au boulot ! Vous avez jusqu'à lundi prochain pour boucler. Vous vous rapprochez dangereusement de la date butoir.

— Ne vous inquiétez pas, j'ai les choses bien en main, je ne vous décevrai pas.

— J'attends de voir. Cinq jours, Delval. Vous avez cinq jours pour trouver le meurtrier. Et de préférence, arrêtez le bon, cette fois. Ça vous changera !

Sur ces paroles dont la brutalité gratuite me déplaît, il raccroche sans même me saluer. Vive la courtoisie dans la Gendarmerie nationale ! Après avoir reposé le combiné sur la base, je me tourne vers Léo qui semble mal à l'aise.

Agacé, je m'exclame :

— Quoi ?

— Rien. Pas la peine de t'en prendre à moi parce que tu viens de te faire remonter les bretelles. Je n'y suis pour rien, je te signale.

— Pardon, je suis désolé. Comment sais-tu qu'il m'a fait la leçon ?

— Hey, Sherlock, pas besoin d'être grand détective pour l'avoir compris. Il parlait tellement fort que j'ai tout entendu. Il ne te reste plus qu'à lui prouver qu'il se plante sur toute la ligne et que tu es parfaitement capable de mener cette enquête à son terme.

— En cinq jours ? Tu es optimiste, Léo. Pour ma part, je pense que dès la semaine prochaine, il va falloir que je réfléchisse à ma reconversion. Malheureusement, je n'ai aucun plan B. J'ai toujours voulu être gendarme. Depuis que je suis gosse, je ne rêve que de ça. Et là, parce que c'est ma première affaire et que j'ai eu des ennuis à Paris, mon avenir professionnel va purement et simplement être réduit en cendres.

Regrettant d'avoir confessé mes angoisses, je décide de ne pas suivre cette voie. Inutile d'en rajouter, je me sens déjà assez honteux comme ça. Ma partenaire semble respecter ce besoin de ne pas m'épancher, puisqu'elle n'insiste pas pour en savoir davantage. Après tout, dans la mesure où elle m'aide, elle pourrait s'estimer en droit de réclamer des explications sur mes antécédents. Mais non, elle a assez de tact pour comprendre que certaines limites ne doivent pas être dépassées. Soudain, son poing fermé s'abat sur mon bureau, me faisant sursauter.

— Allons, allons, Delval ! Reprends-toi et aie confiance en tes capacités. Si tu n'y crois pas, qui va le faire à ta place ? Cesse de te lamenter sur ton sort. Tu as eu ta séance d'autoflagellation, maintenant il est temps de passer aux choses sérieuses. On va chez toi et on bosse. Et je t'assure qu'avec ce que j'ai appris aujourd'hui, il y a largement de quoi faire.

— OK, je récupère mes notes et on y va. J'appelle pour les pizzas ?

Léopoldine pouffe, d'un rire si communicatif que je ne peux pas m'empêcher de l'imiter. J'ignore comment expliquer ce phénomène, mais je me sens bien en sa compagnie et j'apprécie de plus en plus de travailler à ses côtés. Tout est naturel et facile. Lorsque nous sommes ensemble, je n'ai pas besoin de faire semblant d'être quelqu'un d'autre. Elle a déjà pigé que je suis une triple buse, ce n'est pas la peine de jouer la comédie. Dommage qu'elle soit plus vieille que moi et que je ne sois plus en mesure de donner quoi que ce soit à une femme.

D'une certaine façon, elle me rappelle mon ex. La différence entre les deux est que miss Courtecuisse a un physique assez banal, sans pour autant être laide, alors que Noëlle était d'une beauté à couper le souffle, malgré les douze années qu'elle avait de plus que moi. En effet, dès l'instant où mon regard a croisé le sien, plus rien n'a eu d'importance, pas même son âge. Avec le recul, je pense n'avoir pas été le premier naïf à être tombé dans ses filets.

Après avoir contacté le restaurant pour passer commande, je précède ma coéquipière dans l'escalier qui mène aux appartements de fonction. Il y a une raison pour laquelle je n'avais pas envie qu'elle vienne ici et elle ne va pas tarder à la découvrir. La vérité, c'est que, hormis mon lit et mon canapé, rien n'est installé chez moi. Les cartons s'empilent un peu partout dans les pièces et je n'ai aucune intention de les déballer, comme si en rangeant mes affaires, j'acceptais cette mutation disciplinaire. Or, je ne rêve que d'une chose : me barrer. Retourner à Paris ou, mieux encore, obtenir un poste dans la région de Bordeaux pour me rapprocher de ma tribu qui me manque terriblement. C'est aussi pour ça que j'aime me rendre chez Léopoldine. Son appartement est un endroit chaleureux, douillet, où on a envie de se poser.

Hier soir, lors du dîner, j'ai eu l'impression de faire à nouveau partie d'une famille et ça m'a fait un bien fou. Ces derniers temps, je ressens souvent cette nostalgie, cette envie de retrouver mes racines. Cela ne m'était plus arrivé depuis mon entrée à l'école de gendarmerie, quand j'ai quitté la Gironde pour la première fois. Même si j'étais entouré des autres recrues de ma promotion, je me sentais seul et un peu perdu. C'était il y a à peine quatre ans. À l'époque, j'étais jeune et plutôt mal dégrossi. Mais aujourd'hui, comment expliquer ce coup de blues ?

Lorsqu'elle découvre mon intérieur qui n'en est pas vraiment un, la Miss Marple des bacs à shampoing a l'intelligence de se garder du moindre commentaire. Tout juste, murmure-t-elle :

— Quand tu auras décidé d'emménager, préviens-moi, je viendrai t'aider.

Mal à l'aise, je lui fais signe d'entrer dans le salon. Cet appartement est ridiculement grand – quatre chambres en plus du séjour, de la salle de bains et de la cuisine – pour un homme célibataire. Mais il paraît que l'attribution est liée au grade. Du doigt, je lui désigne mon canapé en cuir vieilli.

— Installe-toi, le livreur ne devrait pas tarder. Je vais juste me changer.

En hâte, je file dans ma piaule pour retirer mes rangers, mon pantalon et mon polo sur lesquels figure le logo de la Gendarmerie nationale. À la place, j'enfile un jean et un pull, ainsi que mes Converse. Puis, je rejoins Léo qui est en train d'écrire dans un cahier. Je suppose qu'elle doit consigner les événements de la journée comme elle le fait systématiquement. Quand elle m'aperçoit, tandis que j'approche avec un plateau sur lequel j'ai posé une bouteille de vin rouge et deux verres, elle sourit.

— Je note avant d'oublier, indique-t-elle en désignant son carnet.

— Super ! C'est quoi cette histoire de liaison, tu m'expliques ? Parce que j'avoue que la bombe que tu as lâchée m'a littéralement coupé la chique.

Elle s'esclaffe et il lui faut un moment pour retrouver son sérieux.

— Il y a globalement trois points que nous devons voir ce soir.

— Je t'écoute.

— Premièrement, cette histoire de liaison comme tu viens si bien de le dire. J'ai d'abord pensé qu'il s'agissait d'un canular, mais il semblerait que non.

— Et ?

— Ensuite, nous devons répertorier les gauchers. C'est bien toi qui m'as indiqué que l'assassin était gaucher, n'est-ce pas ? Pourquoi avons-nous éludé un élément si important ?

À ce stade de la conversation, je m'agace un peu. Il ne faudrait quand même pas qu'elle nous prenne tous pour des bleus. Je sais que je ne suis pas très expérimenté, mais il y a un minimum syndical que j'ai appris à l'école de gendarmerie.

— On ne l'a pas oublié. Tu crois qu'on t'a attendue pour établir une liste ? Mais nous devons rester discrets. Ce point n'a jamais été évoqué et, si on a procédé comme ça, c'est volontaire.

— Pourquoi ? interroge-t-elle avec curiosité.

— Dans chaque affaire, les enquêteurs chargés de l'instruction omettent de révéler certains détails, de manière à écarter ceux qui voudraient s'accuser pour protéger une tierce personne ou les fabulateurs. Comme nous n'avions pas grand-chose, nous avons gardé le silence sur cet élément. C'est également pour cette raison que Bruno a été appréhendé. Il est gaucher, lui.

— Mais son père l'est aussi, réplique-t-elle immédiatement. Moi, je le suis tout autant.

— D'accord, on se penchera donc sur la question. Comme tu peux le constater, dans le cas présent, je joue vraiment de malchance.

— Pourquoi ?

— As-tu déjà vu une telle concentration de gauchers ? Moi, jamais. Et le troisième point ?

— Est-ce que je peux appeler le frère de Bruno d'ici ? Je n'ai pas de forfait international et il vit aux États-Unis. Ce ne sera pas long, puisqu'il sera de retour à Dimbourg sous peu. Je voudrais juste convenir d'un rendez-vous, s'il accepte de me rencontrer.

— Ah bon ? Et comment tu es au courant ?

— C'est Maurice qui m'en a touché un mot quand je l'ai coiffé.

— Ne me dis pas que tu lui as demandé son numéro ?

— Non, je ne te le dis pas. Pour qui est-ce que tu me prends ? Je ne suis pas idiote, tu sais. Je l'ai récupéré chez Edna, c'est elle qui me l'a communiqué. On peut éliminer la grand-mère de la liste des suspects, pas vrai ? ironise-t-elle.

— Arrête de faire ta susceptible. Tu n'es pas du sérail, une erreur est vite commise. C'est si facile d'alerter le meurtrier sans même le vouloir par une parole de trop. Personne n'est à l'abri, pas même toi.

Aussitôt, Léopoldine se radoucit.

— Donc, tu m'autorises à appeler Benoît d'ici pour lui demander si on peut se voir ?

— Bien sûr.

Je désigne l'appareil qui traîne au sol. À ce moment précis, la sonnerie de l'entrée du bâtiment résonne. Ça doit être notre dîner.

— Tu fais le 0 pour sortir, puis tu composes l'indicatif des États-Unis et enfin le numéro. Je vais ouvrir au livreur pendant ce temps.

Elle acquiesce et saisit le combiné pour le poser sur ses jambes, pendant que je me dirige vers la porte de l'appartement.

22

Léopoldine

— Hello ?

Sa voix semble proche et pourtant il est à l'autre bout du monde.

— Benoît ? Benoît Busch ?

— *Yes.*

Ah ben mince alors, il n'a pas capté que je suis française !

— Bonjour, je suis Léopoldine Courtecuisse. Tu te souviens de moi ?

— La coiffeuse ? s'étonne-t-il.

— Oui, c'est ça. Bruno m'a dit de t'appeler, parce qu'il faut qu'on parle.

Un long silence me répond.

— De quoi est-ce qu'on devrait discuter ? Ça fait au moins dix ans qu'on ne s'est pas vus, toi et moi.

— J'en suis consciente. Mais j'essaie de comprendre ce qui est arrivé à Véro.

— Toi ? C'est quoi ce délire ?

Pour un peu, je serais presque vexée par le ton moqueur qu'il emploie. En même temps, sa réaction est légitime. Qu'est-ce qu'une nana spécialisée dans les permanentes et les teintures va se mêler d'une affaire de meurtre ? Aussi, je m'oblige à lui expliquer les choses calmement.

— J'assiste un ami gendarme dans son enquête. Il n'est pas du coin et ne connaît personne.

— Ce ne serait pas le connard arrogant qui vient d'être nommé pour remplacer le capitaine Cochon ?

Les yeux fermés, je souris, amusée par cette remarque. Si je comprends bien, Quentin a réussi à faire parler de lui jusqu'aux States. C'est une star internationale, ma parole !

— Tout juste. En revanche, les apparences sont parfois trompeuses. De toute façon, ce n'est pas lui que j'aide, mais ton frère. Et je t'assure qu'il en a vraiment besoin.

— C'est pour cette raison que je reviens en France, qu'est-ce que tu crois ? Je n'allais tout de même pas le laisser seul avec ces deux affreux !

Je suppose qu'il fait référence à ses parents. C'est triste de qualifier son père et sa mère d'« affreux », et j'espère sincèrement que mes propres enfants ne m'évoqueront jamais en ces termes. Tom utilise souvent cette expression lorsqu'il s'en prend à sa sœur. Quand on sait qu'ils sont comme chien et chat, on comprend tout de suite que ces mots sont tout sauf flatteurs.

— Écoute, Benoît, quand j'ai vu Bruno dernièrement, il m'a demandé de t'appeler pour avoir une conversation avec toi. À quel sujet? Je n'en ai aucune idée.

Un long silence malaisant me répond. Je n'ai aucune envie de me montrer intrusive en me mêlant de leurs histoires de famille. Or, c'est bien de cela dont il est question.

— Je suppose qu'il voulait que je te parle de Bastien.

À ces mots, mon embarras s'accentue. Plusieurs fois, ce frère qui s'est suicidé a été évoqué. Que dois-je en conclure? Que ces affaires pourraient être liées? Mme Muller l'a sous-entendu et je me suis déjà fait cette réflexion, même si je ne trouve pas de dénominateur commun entre les deux. Peut-être faudrait-il que je creuse davantage? Mais est-il vraiment judicieux de déterrer les squelettes que les Busch cachent dans leurs placards?

— Quand est-ce qu'on peut se voir? s'enquiert Benoît, inconscient de ma confusion.

— Quand tu veux.

— J'arrive demain soir, donc on peut se donner rendez-vous jeudi. Tu pourras te libérer?

— Oui, mais ma pause déjeuner est de courte durée. Les fins de semaine sont les périodes les plus chargées au boulot.

— D'accord. À quelle heure et où?

— À midi, à la cafétéria qui se situe à côté du salon de coiffure, dans la galerie marchande de l'hyper. C'est sur la route de Dimbourg.

— OK, j'y serai. À jeudi alors.

— Très bien. On pourra déjeuner tout en papotant.

— On fait comme ça. Et merci de ce que tu essaies de faire pour Bruno.

— Pas de quoi. Je l'aime beaucoup, tu sais. Tout comme j'appréciais Véro.

L'instant d'après, Benoît a raccroché. Préoccupée, j'observe le téléphone, ne cessant de me demander ce que le suicidé vient faire là-dedans. Parce que si on évoque Bastien, il faut également remonter jusqu'à Jean-Michel, son compagnon disparu dans des circonstances tragiques.

— À table! lance Quentin qui arrive avec les pizzas.

Durant le repas, nous débriefons à propos de ma discussion avec le cadet de la famille Busch, qui me laisse toujours aussi perplexe. Pourquoi mentionner son frère, mort depuis près de dix ans? Mon acolyte se lève soudain pour récupérer deux enveloppes dans une chemise qu'il a posée en équilibre instable sur une pile de cartons.

— Le prénom de Bastien est revenu plusieurs fois dans des conversations, ici et là. En tout cas assez souvent pour m'intriguer. Ce matin, j'y ai pensé une fois de plus et, par acquit de conscience, j'ai cherché le dossier de l'enquête dans les archives.

Quentin prend le temps de ranger les couverts et de nous préparer du thé avant que nous nous mettions au travail sérieusement.

— Déjà, la question de Benoît Busch est réglée puisque nous le rencontrerons après-demain.

— Comment ça, *nous*? je m'enquiers, étonnée.

— Mais bien sûr, enfin! Tu ne crois quand même pas que je vais te laisser discuter seule avec lui? Il connaît peut-être le nom du coupable, se justifie-t-il, l'air agacé.

Pourquoi est-ce que j'ai le sentiment qu'il me considère à nouveau comme une idiote qu'on regarde de haut ? L'instant d'après, l'évidence me frappe en pleine face. Mais oui, suis-je bête ! Il doit absolument donner l'impression que c'est lui qui fait le job. Si sa hiérarchie venait à découvrir que la coiffeuse du coin a pris les choses en main et qu'il n'est finalement que l'assistant de service, ça pourrait faire tache. Dans le fond, je comprends. Mais ce qui me gêne, c'est qu'à tous les coups, quand nous aurons trouvé l'assassin de Véro, il en récoltera les lauriers, alors que j'ai bossé au moins aussi dur que lui sur cette affaire.

Tu auras la satisfaction du travail bien fait, souffle ma conscience.

Je suppose qu'il faudra que je m'en contente, même si je sais déjà que la pilule risque d'être difficile à avaler. Mais si je commence à ruer dans les brancards maintenant, il va me foutre dehors *manu militari*, et le meurtrier sera tranquille pour longtemps. Ce n'est pas que je n'ai pas confiance en ses qualités d'enquêteur. Simplement, le gros défaut de Quentin est de partir dans tous les sens au lieu de prendre chaque élément l'un après l'autre pour le positionner à sa place, sans précipitation.

— Je préférerais le rencontrer seule. J'ai peur que ta présence le mette mal à l'aise et l'empêche de parler librement. Reconnais que ce serait dommage.

Quentin réfléchit un instant et finit par acquiescer d'un hochement de tête.

— OK. En revanche, j'attends de toi un compte rendu détaillé dès la fin de l'entretien. On est d'accord ?

— Pas de problème. Est-ce que je peux voir ce que tu as sur Bastien Busch ?

— Bien sûr, accepte-t-il, tout en me tendant les enveloppes. Ma recherche sur le suicide de Bastien a renvoyé à une autre mort, celle de son compagnon. Voilà les deux dossiers. Je les ai parcourus rapidement aujourd'hui et je t'avoue que je suis assez surpris par la façon dont l'enquête s'est déroulée. Ou plus précisément, l'absence d'enquête. On a conclu au décès accidentel de Jean-Michel Laugel, causé par un chauffard. Mais personne n'a songé à récupérer le vélo, ni à analyser les éventuelles traces de peinture sur ledit vélo, ou encore à vérifier les alibis des gens qui n'appréciaient pas ce garçon. Pour Bastien, il n'y a aucun doute, puisqu'il a été retrouvé pendu dans la grange familiale. Il avait laissé une lettre d'adieu dans laquelle il expliquait que la vie sans son amant lui paraissait impossible. Cette fois, mon prédécesseur a été un peu plus méticuleux, il a demandé une expertise graphologique. Celle-ci a confirmé qu'il s'agissait bien de l'écriture de la victime.

— Mais qu'est-ce qui peut relier la mort de ces deux hommes à celle de Véro ? Pourquoi est-ce que Benoît a spontanément évoqué Bastien, alors que je n'en ai parlé à aucun moment ?

Le lieutenant Delval reste silencieux durant de longues minutes, pendant que je me plonge dans les conclusions de l'enquête sur le décès de Jean-Michel. Soudain, il se redresse, comme s'il était assis sur un détonateur. Mais qu'est-ce qui lui arrive ? Je relève la tête, attendant qu'il éclaire ma lanterne.

— Et si les deux affaires étaient vraiment liées ? souffle-t-il, les pommettes rosies par l'excitation.

— Oui, mais comment ? Dix ans les séparent.

— Par le meurtrier. C'est la même personne qui a commis les deux crimes.

— Non ! Impossible, je ne...

Je m'interromps brusquement. Et pourquoi pas ? Après tout, cela pourrait expliquer beaucoup de choses, à commencer par la demande de Bruno qui voulait que j'appelle son frère et par la remarque de ce dernier.

— Suppose qu'ils sachent tous deux qui a fait le coup, ou qu'ils aient juste des soupçons, poursuit Quentin. Et imagine que...

Me faisant l'avocat du diable, je le coupe dans son exposé.

— Ton histoire ne tient pas la route. Quand on a compris qui est le coupable, on le dénonce. Je connais bien Bruno, jamais il n'aurait pu garder un secret aussi énorme pour lui.

— Pas faux, réplique mon acolyte avec dépit.

Alors que je continue ma lecture, il se met à marcher de long en large. De toute évidence, cette hypothèse lui plaît et je dois bien avouer qu'elle est intéressante. Mais je ne pense pas que ce soit plausible. Comment expliquer que Bruno et son frère se soient tus pendant si longtemps ?

— Sauf si… murmure Quentin, un index pointé devant lui pour attirer mon attention.

— Sauf si quoi ?

— Deux raisons peuvent motiver un tel silence. La première, c'est qu'ils n'avaient aucune preuve, seulement des doutes.

Songeuse, j'acquiesce. Pour le moment, son analyse est pleine de bon sens et se tient.

— Peut-être… Et la deuxième ?

— C'est qu'ils avaient un ou plusieurs éléments qui confirmaient leurs soupçons, mais que le meurtrier était…

— Quelqu'un de proche ! je m'écrie.

— Quelqu'un de proche ! dit-il en même temps que moi.

Nous nous regardons, convaincus d'avoir effectué un pas de géant. Maintenant que nous l'avons énoncé, cela semble tellement évident. Pourquoi n'y avons-nous pas pensé avant ? Les paroles de Madeleine Muller me reviennent à nouveau en mémoire. Elle aussi est persuadée que les deux morts sont liées. Qu'a-t-elle dit exactement ? « … Ça fait beaucoup de drames pour une seule famille… » Sur le moment, j'avais écarté cette possibilité de mon esprit, estimant qu'il s'agissait des élucubrations d'une vieille femme qui adore cancaner, à tel point qu'elle a élevé cette pratique au rang de grand art. Mais, à bien y réfléchir, pourquoi pas ? Elle soupçonnait Gilles, sauf qu'il a un alibi, d'après ce que m'a indiqué Quentin. Et puis, je n'imagine pas que les fils Busch auraient pu couvrir ce type qu'ils méprisent ouvertement. Il n'est admis dans la fratrie qu'en raison de son lien de parenté avec Agnès.

— Dressons la liste de ceux qui pourraient être concernés. Remarque, elle est courte puisqu'elle se résume à Maurice, Agnès, Edna et Gilles. Et bien sûr, Benoît et Bruno.

— Il faut que ce soit quelqu'un que les frères tiennent en estime. On peut donc exclure Gilles, c'est un véritable blaireau. Maurice ne le supporte que parce qu'il n'a pas le choix. Il l'a clairement laissé entendre aujourd'hui.

— D'après l'enquête, au moment de l'accident de l'instituteur, Gilles était en Allemagne. Il avait signé un contrat de cinq ans avec l'armée.

— Ah, mais oui, c'est vrai ! J'ai entendu dire qu'il n'a pas été renouvelé, parce qu'il avait piqué de l'outillage et qu'il se serait fait attraper. Enfin, il y a eu une histoire de ce genre… Maintenant, ce que j'ai appris, c'est par radio blabla et tout le monde sait que cette source d'informations n'est pas forcément très fiable.

— OK, je vais vérifier.

Quentin note les éléments sur un bloc, en même temps que je le fais dans un de mes cahiers.

— On peut également exclure Edna, elle est à la maison de retraite depuis au moins quinze ans. C'est une femme âgée qui n'aurait pas la force de trucider qui que ce soit. Sans compter que je ne l'ai jamais vue au volant d'une voiture. Je crois pouvoir affirmer sans me tromper qu'elle n'a pas son permis de conduire. Mais je lui poserai la question quand même. Je peux lui rendre visite demain entre midi et deux.

Encore une pause déjeuner que je vais devoir sauter. À ce rythme, mes hanches vont se prosterner devant le lieutenant Delval, tellement elles seront contentes d'avoir diminué de volume.

— Super ! accepte-t-il avec un sourire. Envoie-moi un texto pour me confirmer cette info. Restent Maurice et Agnès, si on part du principe que Bruno et Benoît n'étaient pas dans les parages au moment où Jean-Michel Laugel a été tué. C'est indiqué dans le rapport.

Aussitôt, je me crispe. Je suis sûre qu'aucun des frères n'est impliqué dans cette histoire. Ils savaient tous deux que Bastien était gay et ça n'a jamais semblé leur poser le moindre problème. Il n'y a donc plus que les parents. Mais ça me gêne d'imaginer que Maurice ait pu renverser ce type en toute conscience. En même temps, je croyais le connaître plutôt bien et je me rends compte que je me suis trompée sur toute la ligne. Pas une seconde, je n'aurais pu penser qu'il couchait avec Véronique. Et pourtant…

— Selon les notes de mon prédécesseur, Maurice était dans un comptoir agricole ce jour-là. Mais l'employé ne se souvenait plus de l'heure exacte. Cela étant, comme l'établissement est situé du côté de Haguenau, il lui aurait été difficile d'être à Dimbourg vers 16 heures, au moment de l'accident.

— Difficile, mais pas impossible, fais-je remarquer. Et Agnès ?

— Elle a prétendu avoir passé une partie de l'après-midi chez Edna. Certains membres du personnel de l'Ehpad ont confirmé l'avoir aperçue à son arrivée. Mais il y a eu un changement d'équipe vers 14 heures et on ne l'a pas vue s'en aller. Edna a été interrogée et a indiqué qu'elle ne se rappelait plus quand Agnès était partie. Si c'était comme à son habitude, alors elle serait restée jusqu'à 17 h 30, ce qui couvre la période pendant laquelle il a été renversé. En soirée, elle se trouvait en Allemagne pour déposer des affaires à son cousin.

— Il n'y a pas de caméra pour vérifier ?

— Disons que le capitaine Cochon a très vite conclu à un accident de la route avec délit de fuite. Tu sais, il y a dix ans, les villes n'étaient pas équipées d'autant de moyens de surveillance. Aujourd'hui, on compte trois caméras à Dimbourg, à l'époque il n'y en avait aucune. Pas de témoin, pas de coupable, mon prédécesseur n'a pas regardé plus loin, il a opté pour la solution de facilité.

— Pourquoi n'y a-t-il eu aucune analyse sur le vélo ?

— Déjà, personne n'a cherché cette foutue bicyclette. Mais, quand bien même il y aurait eu des traces de peinture, comment retrouver le véhicule incriminé ? Apparemment, aucun garage n'a eu de voiture avec un choc à l'avant. Les gendarmes ont vérifié. Si tu ne connais ni le modèle ni la marque, c'est comme essayer de trouver une aiguille dans une meule de foin.

Perdue dans mes pensées, je ne l'écoute plus. Comment est-il possible que la bagnole n'ait pas été identifiée ? S'il s'agissait du cercle familial des Busch, cela aurait nécessairement attiré l'attention, non ? Puis, soudain, c'est l'illumination.

— Seules deux personnes avaient la capacité de réparer une bosse en toute discrétion. Bruno et Gilles.

— Gilles ? questionne mon acolyte, visiblement surpris.

— Oui, il est mécanicien. Tu ne le savais pas ? Il exerçait ce métier dans l'armée.

— OK. Donc, soit c'était Maurice qui pouvait éventuellement être sur place, soit c'était sa femme qui aurait renversé Laugel, puis serait tout de suite partie en Allemagne pour faire effacer les traces du choc sur sa voiture. Tu peux y croire à ce scénario, toi ?

— J'avoue que c'est un peu capillotracté, mais pourquoi pas ?

— Capillotracté ? Qu'est-ce que tu racontes ?

— *Capillotracté* signifie littéralement tiré par les cheveux. Mais je trouve ce terme tellement plus élégant que je l'emploie tout le temps.

Quentin s'esclaffe et confirme :

— Et tu as raison, c'est bien mieux. Presque poétique…

— Dis donc, Arthur Rimbaud de la gendarmerie, qui est droitier et gaucher dans cette tribu ? Tu as indiqué que vous aviez une liste.

— Effectivement.

Il récupère une feuille dans une autre pochette et me la tend.

— Nous avons noté que Maurice, Bruno et Danny sont gauchers. Danny, le mécano du garage, était en congé de maladie au moment du meurtre.

— Voilà qui est intéressant… fais-je remarquer, les yeux plissés.

Je ne connais pas bien cet homme, mais de ce que j'en sais, il est du genre à mater les filles en jupe, même quand sa femme est à côté de lui. De là à supposer qu'il ait pu vouloir coucher avec Véro, il n'y a qu'un pas que je franchis allègrement.

— Et si Danny avait fait des avances à Véro ? Avances qu'elle aurait repoussées. Il n'est pas content et la zigouille. Pas mal comme théorie, non ? Simple et efficace.

— Léopoldine Courtecuisse, tu me déçois. As-tu déjà parlé à ce type ? Il est aussi bête que ses pieds. Et un naze pareil aurait pensé à prendre autant de précautions, alors qu'il est incapable d'aligner trois mots sans bégayer ?

Même s'il a raison, je persiste dans mon idée.

— L'un n'empêche pas l'autre.

Cette hypothèse me plaît vraiment beaucoup, parce qu'elle disculperait Maurice que tout désigne. Or, j'apprécie cet homme et j'ai du mal à accepter ce qui semble pourtant évident.

— Si, Léo, parce qu'il était hospitalisé pour une opération de la rotule. Tout le personnel de la clinique peut en attester.

— Merde !

— Pourquoi, merde ? Tu sais aussi bien que moi qu'il n'est pas mêlé à cette affaire. Tu aimes bien le père Busch, n'est-ce pas ? C'est pour cette raison que tu ne veux pas l'imaginer dans le rôle d'un tueur ?

Bien vu, Sherlock !

Dans ce cas précis, mon acolyte fait preuve d'une grande perspicacité. Et comment dire ? Je n'ai pas franchement l'habitude.

— Quentin, j'ai conscience que tout le désigne. Mais mon instinct me souffle qu'il ne peut pas avoir commis un acte si monstrueux.

— Alors, maintenant, toi et ton instinct, vous allez bien m'écouter. Maurice est gaucher, comme l'assassin. Matériellement, il pouvait mettre la caméra et le lampadaire hors service, c'est un chasseur expérimenté. J'ai pensé plusieurs fois à lui, mais je n'avais pas de mobile. Après ce que tu viens de m'apprendre tout à l'heure, il y en a désormais un. D'ailleurs, parle-moi de ce qui t'a amenée à cette affaire d'aventure extraconjugale. Je veux être sûr que ce ne sont pas des ragots de caniveau.

Agacée par son petit discours, je me renfrogne. Patiemment, il attend ma réponse et je finis par craquer.

— Tout d'abord, il y a Berthe qui l'a souvent vu se rendre chez Véro seul, quand Bruno n'était pas là. Elle est certaine qu'ils couchaient ensemble.

— Donc, l'amant secret, ce serait lui ?

— C'est une hypothèse qui devient de plus en plus concrète. En tout cas, elle semble convaincue. Je n'y croyais pas vraiment, jusqu'à ce que je le coiffe, cet après-midi. Quand j'ai évoqué Véro, il a fondu en larmes comme un gosse. Magalie et moi, nous nous sommes fait la même réflexion, à savoir qu'il était anormalement chagriné par cette histoire. Enfin, je devrais plutôt dire *dévasté*. Si tu l'avais vu…

— T'a-t-il confirmé qu'il avait une liaison avec elle ?

— Mais ça ne va pas la tête ! Tu n'imagines quand même pas que je lui ai posé la question ? Déjà comme ça, il semblait méfiant. Alors si je lui avais fait part de mes soupçons, il n'y aurait plus rien eu à en tirer.

— Donc, hormis le témoignage d'une vieille alcoolo à moitié sénile, rien ne démontre qu'ils étaient ensemble.

Au fond, il a raison, j'en suis consciente, même si je pense que je suis dans le vrai.

— Vu de cette manière, il est impossible de te contredire parce qu'il n'y a aucune preuve tangible. Toutefois, Berthe n'est pas sénile, bien au contraire. Elle sait tout sur tout le monde, et ne m'a pas fait ces confidences à la légère. Et puis, il y a eu les larmes de cet homme. Je t'assure qu'il était complètement défait.

— Oui, mais Maurice a un alibi. Et pas n'importe lequel, puisqu'il s'agit de sa femme. À moins qu'ils aient fait le coup à deux.

À ce stade de la discussion, je ne le suis plus. À quoi pense-t-il au juste ?

— Pardon ?

— Imagine qu'elle soit de mèche avec lui et qu'elle le protège.

— Et quel serait leur mobile dans ce cas ?

— Lui aurait eu peur que Véro le balance, et elle aurait très bien pu découvrir qu'ils étaient ensemble. Le tout, c'est de savoir comment elle a pu s'en rendre compte.

Durant de longues minutes, nous réfléchissons en silence. Dans ma tête, je me repasse la conversation avec Maurice quand il était au salon et celle que j'ai eue avec Berthe. C'est alors que l'évidence m'apparaît.

— Agnès faisait le ménage dans l'appartement de Bruno et Véro, depuis quelques mois à ce qu'il paraît. Berthe me l'a répété plusieurs fois. Elle est peut-être tombée sur quelque chose chez eux qui aurait pu la mettre sur la voie.

— L'alliance ! s'écrie soudain mon compagnon.

— Quoi, l'alliance ?

— Eh bien, oui ! C'est toi qui as remarqué qu'il ne l'avait plus à son doigt sur la vidéo.

— D'accord, mais tu as bien dû voir qu'il la portait à nouveau aujourd'hui. C'est trop tiré par les cheveux pour être réaliste. Enfin, Maurice est un homme intelligent, il n'aurait jamais commis une telle erreur.

Sans tenir compte de mes arguments, Quentin poursuit son raisonnement.

— Peut-être. Mais suppose qu'elle l'ait retrouvée chez sa bru ou un truc du genre. Là, elle aurait parfaitement compris que son mari la trompait avec la femme de son fils. À ton avis, comment aurait-elle réagi ?

— Pas forcément très bien, je le concède. Mais de là à tuer quelqu'un…

— Léopoldine Courtecuisse, que tu le veuilles ou non, les Busch sont désormais nos principaux suspects.

23

Mercredi 21 novembre 2018

Léopoldine

Après une nuit agitée, j'arrive au salon en mode pilote automatique. Cette enquête prend une tournure à laquelle je ne m'attendais pas. Plus on avance, plus on déterre des histoires qui me donnent envie de m'enfuir en courant. Au début, je considérais cette affaire comme un jeu dans lequel je devais avant tout montrer mon habileté et mon sens de la déduction. Aujourd'hui, si je ne me retenais pas, je serais juste en train de pleurer.

Il est évident que l'enjeu n'est pas le même pour le lieutenant Delval. Lui, il risque sa carrière, tandis que ma vie ne s'arrêterait pas si je décidais de tout stopper maintenant. Mais je sais d'ores et déjà que je n'en ferai rien. Pour une raison que je ne m'explique pas, je tiens vraiment à l'aider, même si ça ne m'amuse plus du tout.

Magalie débarque au moment où je suis en train d'installer ma première cliente au bac à shampoing.

Encore une permanente, pour ne pas changer. Sous son bras, elle a coincé la revue *Wahlbourg avec vous*.

— Il faudra que je te montre quelque chose tout à l'heure, déclare-t-elle après m'avoir fait la bise.

— De quoi s'agit-il ?

Elle ne peut pas me répondre, car une jeune femme se présente à l'accueil. Nous entamons donc notre matinée de travail, sans avoir l'occasion de discuter durant les heures qui suivent. À midi moins dix, le salon se vide enfin. Pour une fois que nous n'avons pas été en retard, ça se fête. Mais nous allons devoir attendre, parce que je veux rendre visite à Edna. Aussi, j'enfile ma doudoune, prête à m'en aller, quand mon téléphone portable sonne. C'est Quentin.

— Allô ?

— Léo ? Devine la meilleure !

Il semble particulièrement énervé, ce qui me tire un sourire nostalgique. Avant, c'était moi qui le mettais dans cet état et j'avoue que ça me manque de ne plus le faire grincer des dents.

— Raconte…

— Maurice vient de nous appeler. Il ne passera à la gendarmerie que demain après-midi.

En plein milieu de la galerie marchande, heureusement peu fréquentée à cette heure de la journée, je pile net.

— Il t'a dit pourquoi ?

— Oui. Il prétend qu'il doit récupérer son fils à l'aéroport de Francfort. L'avion de Benoît atterrit aujourd'hui en début de soirée.

— Et qu'est-ce que tu as répondu ?

— Rien, que voulais-tu que je lui dise ? Il ne faut surtout pas éveiller ses soupçons, c'est le meilleur moyen de le pousser à fuir. On n'est plus à quarante-huit heures près.

— Ce n'est pas ce que tu affirmais hier à ton supérieur.

— Mademoiselle Courtecuisse, le sarcasme ne te va pas du tout. En attendant, maintenant qu'on y voit plus clair, je vais briefer mon équipe pour que nous trouvions toutes les preuves nécessaires à son inculpation.

Je me mords la lèvre, toujours sceptique au sujet de cette théorie.

— Si c'est bien lui.

— Mais bon sang, on a établi que cette possibilité était plus que plausible ! Dans la mesure où il est gaucher et que sa femme est droitière, les soupçons s'orientent nécessairement dans sa direction, que ça te plaise ou non.

— Oui, mais…

Depuis que je suis rentrée chez moi hier soir vers 23 heures, peu après nos conclusions, enfin surtout celles de Delval, je me sens étrangement mal à l'aise. Pour être tout à fait honnête, je m'en veux de soupçonner un homme que j'aime bien et que je n'imagine pas un seul instant commettre un meurtre. Et maintenant, j'en suis réduite à essayer de démontrer à mon équipier qu'il se trompe, au lieu de l'épauler dans sa démarche. D'autant que son raisonnement est frappé au coin du bon sens. Mais c'est plus fort que moi, je n'ai pas envie que Maurice soit coupable.

En hâte, je me dirige vers ma voiture.

— Il faut que je te laisse, Quentin. Je file chez Edna pour discuter à nouveau avec elle.

— D'accord. Tu passes chez moi, ce soir ?

— Euh… non, désolée. J'ai besoin de souffler un peu et de rester avec mes enfants. Ça me permettra aussi de mettre mes idées au clair. Mais on se voit demain si tu veux. Après mon entretien avec Benoît, j'aurai sans doute du nouveau. Tu me rejoins chez moi ?

— Je ne pourrai pas quitter les locaux avant que le père Busch débarque. Et ensuite, je suis de permanence pour la nuit, c'est impossible.

Voilà qui est fort dommage. Comment apprendre ce qu'il aura pu tirer de Maurice et lui rapporter ce que m'aura révélé Benoît ? En revanche, je suis soulagée qu'il n'ait pas persisté dans sa décision d'être présent lorsque je rencontrerai le frère de Bruno. Je suis convaincue que celui-ci ne se livrera pas si un gendarme est là.

— Tu veux que je passe à ton bureau ?

— Je ne sais pas à quelle heure j'y serai. Il y a les rondes, les urgences, la paperasse, et tout ça.

— Très bien. Préviens-moi si tu as du nouveau et j'essaierai de te téléphoner après la pause déjeuner de demain.

— D'accord. Et sinon, on peut dîner ensemble vendredi. T'en dis quoi ?

— OK. D'ici là, j'espère qu'on aura avancé suffisamment pour avoir des certitudes et pas seulement des soupçons. Je te laisse, il faut que j'y aille. Bonne fin de journée, Quentin.

— À toi aussi, Léopoldine.

Nous raccrochons tous deux au moment où je m'assieds derrière le volant de ma 3008. Dix minutes plus tard, je me gare devant la maison de retraite. Je sais qu'Edna a déjà mangé puisque le repas est servi à 11 h 30. Lorsque je toque à sa porte, je redoute un instant de trouver Agnès dans sa chambre, mais ce n'est pas le cas. La grand-mère paternelle de Bruno m'accueille avec un sourire. Cela me tord un peu plus l'estomac. Dire que je soupçonne son fils de meurtre. C'est terrible, quand on y pense.

— Bonjour, Edna, comment ça va aujourd'hui ?

— Ah, Léopoldine ! On est lundi ? demande-t-elle avec l'air de celle qui ne capte rien à ce qui se passe.

— Pas du tout. J'étais dans le coin et je me suis arrêtée pour vous saluer, avant de retourner au salon. Vous n'avez pas eu d'ennuis avec Agnès l'autre jour ?

Sans attendre sa permission, je m'installe en face d'elle, tout comme la dernière fois.

— Agnès ? Tu crois qu'elle me fait peur ?

À elle, non, mais à moi, oui. Aussi, je fais remarquer avec une petite grimace :

— C'est qu'elle n'est pas commode.

— Tu n'as pas tort, mais elle ne m'impressionne pas. Que voudrais-tu qu'elle fasse à une vieille femme comme moi ? Un deuxième trou au cul ?

À ces mots, j'éclate d'un rire incontrôlable. Elle s'esclaffe à son tour.

— Eh bien ! En voilà un langage pour une dame âgée. Je suis choquée.

— Et alors ? J'ai été jeune, tu sais. J'ai dit des gros mots comme tout le monde et je connais des jurons qui feraient rougir une poissonnière. Donc, tu vois, il ne faut pas se fier aux apparences. Et puis, Agnès n'est pas si mauvaise dans le fond. Elle a vécu de sacrés drames pendant son enfance. Des choses terribles que je ne souhaite à personne, pas même à mon pire ennemi.

Si ses paroles m'intriguent, je ne demande rien, parce que je suis convaincue qu'Edna n'en révélera pas plus. Elle respecte trop les gens pour divulguer leurs secrets. Je décide d'embrayer sur l'objet de ma venue. Je sais que nous l'avons éliminée d'office de la liste des suspects pour l'accident, hier soir. Elle ne peut en aucun cas avoir tué Véro, c'est acté. Mais Jean-Michel… Cela peut paraître fou et ça l'est sans doute, mais tout doit être vérifié, y compris ce qui semble évident.

— Et je parie que vous conduisiez un bolide dans votre jeunesse.

Voilà qui est bien trouvé pour m'assurer qu'elle n'a pas son permis.

— Bien sûr que non. Mon mari et moi, nous n'avons jamais eu de voiture. Autrefois, on se déplaçait à vélo pour se rendre à Wahlbourg depuis Dimbourg. Mais on n'aimait pas trop ça, parce que c'était dangereux. Il n'y avait pas de piste cyclable à l'époque. Je me demande pourquoi les pouvoirs publics ont autant tardé.

J'acquiesce en silence, attendant qu'elle poursuive.

— Au moins, la mort de ce pauvre Jean-Michel aura servi à quelque chose.

— Vous connaissiez Jean-Michel Laugel ?

Une fois de plus, je suis en présence d'une personne qui évoque cette affaire, alors que durant des années, je n'en ai pas entendu parler. C'est étrange tout de même.

— Bien sûr. Toi qui sais tout, tu dois sans doute être au courant du fait que lui et Bastien étaient en couple.

Ma mâchoire traîne par terre, tellement je suis surprise par ses confidences. Jamais je n'aurais cru qu'une dame de cet âge pouvait faire preuve d'une si grande ouverture d'esprit. Et encore moins qu'on l'avait informée de la véritable nature de leur relation.

Hochant la tête, je confirme en rosissant de gêne.

— Effectivement, j'en avais eu vent. Mais je ne pensais pas que vous connaissiez… euh… leur… lien.

— Léopoldine Courtecuisse, mettons les choses au clair tout de suite. Ce n'est pas parce que je suis vieille que je suis réactionnaire. Mon mari l'ignorait, il n'aurait pas compris. Mais moi, j'avais remarqué que Bastien était différent depuis qu'il était petit. Il aimait jouer aux poupées et rester dans la cuisine avec moi, plutôt que de s'amuser avec les enfants du village. Bon, il n'y avait pas que ça, mais pour faire court, son attitude générale me laissait deviner qu'il était de l'autre bord. Vois-tu, les gays, ce n'est pas une invention récente. Il y en a toujours eu dans tous les milieux.

J'adore la façon dont elle dit ce mot. En fait, elle prononce gay, « gaille », comme si cela lui donnait le sentiment de parler anglais et d'être dans le coup.

— C'est sûr, ce n'est pas d'aujourd'hui. Il paraît que Jules César et Louis XIII l'étaient aussi.

— J'avais un oncle qui était homosexuel. Pas le même genre que Bastien, parce qu'il se déguisait en femme quand il était chez lui. Combien de fois, l'avons-nous surpris maquillé avec un peignoir en soie rose sur lui. C'était si drôle de voir les poils sur son torse dépasser de cette tenue féminine.

— Et donc, Bastien ?

J'adorerais discuter avec elle pendant le reste de l'après-midi, mais je dois être de retour au salon dans quarante-cinq minutes et je n'ai pas encore déjeuné, autant aller droit au but.

— Oui, Bastien savait que j'avais compris. Très tôt, il m'a confié sa différence et je l'ai encouragé à être lui-même, sans chercher à se cacher ou à se brider. C'est à moi qu'il a présenté Jean-Michel en premier. Et j'aimais bien ce garçon. Il venait me rendre visite deux fois par semaine et il m'apportait toujours une part de tarte ou de gâteau. Contrairement à moi qui ne suis pas impressionnée par ma bru, Bastien en était malade. Il suffisait qu'Agnès entre dans la pièce pour qu'il soit paralysé. Je t'assure que c'était quelque chose ! Il la craignait autant qu'il l'idolâtrait. Il lui fallait systématiquement l'approbation de sa mère et elle ne l'épargnait pas plus que les autres.

— Vraiment ? Je sais que votre belle-fille est très froide, mais quand même…

— Elle est glaçante, tu veux dire. En tout cas, quand ce pauvre gamin est mort, elle n'a pas bronché. Je crois même qu'au fond d'elle, Agnès était contente.

Horrifiée par les propos d'Edna, je croise mes mains sur mes genoux afin de les empêcher de trembler. Pour autant, je ne mets pas sa parole en doute. Ce n'est pas une menteuse.

— Est-ce qu'elle était au courant de l'homosexualité de Bastien ?

— Ça, ma petite, je n'en ai aucune idée. J'aimerais te dire que non, mais je ne suis sûre de rien. Benoît pourrait te renseigner mieux que moi. Lui et Bastien étaient toujours fourrés ensemble.

D'un air complice, je me penche vers elle pour lui confier :

— Je dois le rencontrer demain. Mais surtout, ne le dites à personne.

Quelques minutes plus tard, je quitte la maison de retraite, pas convaincue d'avoir fait avancer notre enquête grâce à cette conversation. Cela étant, j'ai passé un moment agréable et j'ai hâte de voir Benoît.

Alors que je viens de me garer sur le parking de l'hyper et qu'il me reste à peine un quart d'heure pour me restaurer, mon iPhone sonne. C'est encore Quentin. Qu'est-ce qu'il peut bien me vouloir, cette fois ?

— Oui, Quentin ? Un souci ?

À l'autre bout du fil, j'entends son rire amusé qui précède sa réponse.

— Pas du tout, qu'est-ce qui te fait dire ça ?

— Tu m'as appelée tout à l'heure et, là, tu me téléphones à nouveau. Avoue que c'est assez étrange.

— J'avais envie de savoir comment ça s'était déroulé avec Edna. Elle t'a appris des choses intéressantes ?

— Elle n'a jamais eu de permis de conduire. Bastien lui avait révélé qu'il était gay, mais elle l'avait deviné bien avant. Sa sexualité ne la gênait pas, elle l'a même encouragé à s'assumer. D'après elle, Jean-Michel et Bastien craignaient tous deux la réaction d'Agnès si elle venait à découvrir qu'ils étaient en couple. Voilà tout ce que je peux te dire. Et maintenant, si tu le permets, je vais manger. Ma prochaine cliente sera là dans quelques minutes et je n'ai toujours pas déjeuné.

Sans lui laisser l'occasion de protester, je raccroche. S'il a envie de papoter, ce n'est pas mon problème. Le mien, c'est de me restaurer, parce que je meurs de faim. Sans perdre une minute, j'achète deux chaussons aux pommes et un café. Oui, je sais que ce n'est pas très diététique, mais je n'ai pas le temps de me prendre un sandwich ou un croque-monsieur.

— Bon, je peux te parler cette fois ou est-ce que je dois prendre rendez-vous ? me demande Mag lorsque j'arrive dans le salon. Depuis ce matin, tu te la joues courant d'air !

— Bien sûr. Je suis désolée, mais le devoir m'a appelée. J'étais chez Edna.

— À la maison de retraite ? interroge-t-elle, visiblement étonnée.

Pour une question à la con, celle-là en est vraiment une ! Bravo Magalie !

— Non, dans une maison close ! Mais enfin, Mag, évidemment que j'étais à l'Ehpad.

— Oh, ça va ! Tout le monde ne peut pas être un grand détective comme toi.

Aussitôt, je me ressaisis. Mon associée n'a rien fait de mal aux dernières nouvelles, il n'y a donc aucune raison pour que je me défoule sur elle. Ma réaction est d'une nullité affligeante.

— Je te prie de m'excuser, je ne voulais pas te remballer. Tu sais que je t'adore, mon amie et confidente que j'aime d'amour.

Par chance, je la connais suffisamment pour savoir comment me comporter avec elle, afin de l'attendrir. Avec une mimique désolée, je la serre dans mes bras. Elle peste quelques secondes avant de rire quand je lui fais un poutou sur la joue. Et voilà le travail !

Mon estomac criant famine, je m'écarte afin d'avaler une gorgée de café et un bout de chausson aux pommes.

— De quoi est-ce que tu souhaitais qu'on parle ? je m'enquiers, la bouche pleine.

Magalie lève un index et le pointe en direction de la gazette locale *Wahlbourg avec vous* qui traîne sur le meuble où nous rangeons les serviettes. Je suppose qu'il y a de nouveau un pépin avec notre annonce.

— Quoi ? Ils nous ont encore fait n'importe quoi pour la pub ?

— Ils l'ont carrément chiée, oui ! Mais là n'est pas la question.

— Ben, c'est quoi le problème ? Mag, dépêche-toi, Mme Lebon doit arriver dans trois minutes.

— Le problème, c'est ça !

Mon amie ouvre le fascicule et pose son doigt sur une page qu'elle a cornée. Celle-ci concerne le village de Dimbourg. Pour faire court, chaque ville ou village possède une section dans la revue et publie les informations officielles dans un espace dédié. *Wahlbourg avec vous* regroupe toutes les communes des alentours et, bien sûr, Dimbourg en fait partie.

— Et alors ?

Tout en continuant à grignoter ma viennoiserie, j'attends qu'elle éclaire ma lanterne.

— C'est le compte rendu du dernier conseil municipal de Dimbourg qui s'est déroulé le mardi 13 novembre 2018.

Un bruit à l'accueil m'indique que ma cliente est arrivée. Rapidement, j'essuie les miettes au coin de ma bouche, j'avale une nouvelle gorgée de café avant de la rejoindre. Je ne comprends pas bien où Mag veut en venir, mais elle m'expliquera tout à l'heure. Pour l'instant, une couleur est au programme.

Environ vingt minutes plus tard, tandis que je suis occupée à appliquer la teinture sur les racines de Mme Lebon, je me fige. Brusquement, mon visage se redresse pour chercher mon amie du regard à travers le miroir situé devant le fauteuil. Lorsque nos yeux se croisent, elle hoche la tête avec un sourire entendu, qui semble dire « eh bien, ce n'est pas trop tôt ! ». En un temps record, j'achève ma tâche et me précipite vers la remise où Mag me rejoint après s'être excusée auprès de l'homme à qui elle est en train de couper les cheveux.

Avec fébrilité, j'attrape le magazine pour lire la partie qui me préoccupe. Scotchée, je lui demande :

— Comment est-ce que tu es tombée sur ça ?

— Tu sais que ce n'est pas la première fois que nos encarts publicitaires sont mal centrés. Souvent, ils sont de travers et la semaine dernière nos coordonnées n'apparaissaient même pas. Du coup, je me suis engueulée avec la secrétaire en lui expliquant à ma façon qu'on ne payait pas cent balles pour un boulot qui n'était ni fait ni à faire. Elle s'est vaguement excusée, mais bon, tu connais le truc. Cette fille est du genre : cause toujours, tu m'intéresses. Bref, ce matin, au moment de prendre mon petit-déj', j'étais en train de trier les pubs pour les balancer au recyclage quand j'ai aperçu la revue. Alors, j'ai voulu vérifier. Normal, non ? Évidemment, c'était à nouveau de traviole. À croire qu'elle le fait exprès. Ensuite, j'ai pensé que nous n'étions peut-être pas les seules et que si d'autres entreprises du coin étaient également concernées, nos réclamations auprès de la direction auraient plus de poids. Après tout, ils encaissent notre fric, le minimum syndical serait de publier les encarts correctement. Du coup, j'ai épluché la brochure, page par page. Et c'est là que je suis tombée dessus. J'ai été tellement choquée que j'ai failli m'ébouillanter avec mon café. En réfléchissant, je me suis dit que tu ne l'avais sans doute pas remarqué, sinon tu m'en aurais forcément parlé, pas vrai ?

Incrédule, j'écoute mon amie sans jamais quitter le texte des yeux.

« Le conseil municipal de la ville de Dimbourg s'est réuni le mardi 13 novembre 2018 à 18 h 30 sous la présidence de monsieur Maurice Busch, maire du village. Tous les membres étaient présents, moins un absent excusé, monsieur Gilles Lecerf… »

Sont ensuite mentionnés les différents points abordés, ceux qui ont fait l'objet de votes, les résultats desdits votes, et ainsi de suite. Le compte rendu se termine ainsi : « la séance a été levée à 21 heures ».

Voilà qui remet l'intégralité de cette affaire en question. En effet, Maurice a menti en prétendant que sa femme et lui étaient restés ensemble toute la soirée. Son alibi à lui est solide, tout comme l'est celui de son cousin qui était au bistrot ainsi que l'ont confirmé plusieurs témoins. Mais qu'en est-il de celui d'Agnès ? Et pourquoi avoir caché cet élément pour la couvrir ? Ah, si cette bonne femme était gauchère, cela changerait tout. Hélas, elle est droitière et ne peut donc pas être l'auteur des coups de couteau. Mais si ce n'est pas elle, qui a tué Véronique Busch ? Et comment se fait-il que Quentin et son équipe de bras cassés n'aient pas vérifié plus scrupuleusement l'emploi du temps des beaux-parents de la victime ?

24

Jeudi 22 novembre 2018

Léopoldine

Il est midi passé de cinq minutes quand je quitte enfin le salon pour me rendre à la cafétéria. Depuis hier, je suis dans un état second. Pendant toute la seconde partie de journée, j'ai eu l'impression horrible d'être une nullité sur pattes. Je me prends pour une grande enquêtrice, mais en réalité je suis une amatrice ridicule et pathétique. Comment expliquer autrement le fait que je me sois vautrée à ce point ? C'est Mag qui a repéré l'encart sur le conseil municipal ! Chaque fois que j'y pense, je me sens vexée et en colère contre moi-même. Du coup, j'étais tellement mal que je n'ai pas téléphoné à Quentin pour lui raconter ma dernière découverte en date. J'ai juste décidé de faire un break et de profiter de mes enfants pendant la soirée. Et étonnamment, ils en ont été enchantés. J'ai beau râler tout le temps après eux, je les adore et je sais qu'ils m'aiment tout autant. Simplement, submergés par les obligations du quotidien, nous avons parfois tendance à l'oublier. Alors, après le dîner, nous nous sommes vautrés tous les trois sur le canapé devant une série diffusée sur Netflix avec un énorme seau de pop-corn que j'avais rapporté de l'hyper. Comme quand leur père m'a quittée, j'ai mis mes ennuis de côté pour me consacrer uniquement à eux.

C'était la meilleure des tactiques, car ce matin je me suis sentie beaucoup mieux. M'octroyer une soirée de détente m'a permis de prendre du recul sur une affaire qui est en train de me miner aussi bien physiquement – parce que je n'ai jamais si peu dormi qu'au cours de ces deux dernières semaines – que psychologiquement – soupçonner des gens qu'on apprécie est compliqué à gérer.

Depuis mon réveil, pour m'encourager à rester dans cet état d'esprit, je ne cesse de me répéter que je ne suis pas en charge de cette enquête, que je suis juste là pour aider, et que ma responsabilité ne serait pas mise en cause en cas d'échec. Cela étant, j'irai malgré tout au bout des choses. Ça commence par ce déjeuner avec Benoît dont je rapporterai chaque parole à Quentin. À lui de voir quelle suite il souhaitera y donner.

Heureusement que Benoît Busch ressemble à son frère, sinon je jure que je ne l'aurais pas reconnu. En même temps, c'est normal, puisque je lui ai rarement parlé et c'était à l'époque où je fréquentais Bruno. Dès qu'il m'aperçoit, il me fait un signe. Aussitôt, je le rejoins, non sans avoir commandé un croque-monsieur avec une salade et une eau minérale. Il est temps de reprendre les bonnes résolutions, surtout après mon orgie de pop-corn d'hier.

Parvenue à sa table située à l'écart, je me penche pour lui claquer la bise avant de m'installer en face de lui. Sur son plateau se trouvent un sandwich et un café. Avec un sourire que j'espère avenant, je m'enquiers :

— Alors, pas trop crevé ?

— Oh, si ! Je suis en plein jet-lag et mes parents m'ont déjà pris la tête un million de fois depuis mon arrivée. Bruno est à la maison et c'est tant mieux. Il fait office de tampon, comme ça a toujours été le cas quand je vivais à Dimbourg.

— Vraiment ?

— Maman et moi avons une relation très compliquée. Surtout depuis que Bastien est mort.

J'ai du mal à établir le rapport entre le décès de son frangin et ses liens avec Agnès. Aussi, pour essayer de comprendre, je me dis que le plus simple est de lui demander les motifs de cette animosité. Après tout, nous sommes ici pour ça. Parler en toute franchise…

— Quel est ton problème avec ta mère ? Et surtout, en quoi ton frère est-il concerné ?

Benoît se mord la lèvre et semble hésiter. C'est un bel homme, grand, brun, dont les yeux verts illuminent un visage aux traits harmonieux. Si je n'étais pas sortie avec l'aîné de la famille, je crois que je tenterais volontiers ma chance avec lui, quand bien même il est plus jeune que moi. Si mes souvenirs sont exacts, il a quatre ans de moins que Bruno qui a le même âge que moi. Quatre ans, ce n'est pas grand-chose, si on y réfléchit. En tout cas, pas comme Quentin avec qui j'ai une différence de presque une décennie.

— Elle et moi, on ne s'est jamais entendus. Déjà gamin, je voulais qu'on me foute la paix et qu'on me laisse vivre ma vie, alors qu'elle n'a jamais eu d'autre but que de contrôler son entourage. Peut-être que tu n'es pas au courant, mais Bastien et moi étions très proches. J'ai passé mon enfance et mon adolescence à le protéger de tout et de tout le monde. Il était petit, chétif et fragile. Le jour où j'ai compris qu'il était gay, je lui ai dit que ce n'était un problème pour personne, que la nature avait décidé pour lui et qu'il devait l'assumer. Lui, il était terrorisé par ce que pourrait en penser maman. Du coup, il a toujours cherché à dissimuler son homosexualité. Seuls papa, Bruno, mamie et moi le savions. Et encore, mon père ne l'a appris que parce qu'il a surpris une conversation entre Bastien et Edna. Étonnamment, il l'a accepté sans faire d'histoires, mais en lui recommandant de ne surtout pas en parler à notre mère. Tu la connais, elle peut se montrer terrible quand elle est contrariée. Puis, il y a eu sa rencontre avec Jean-Michel Laugel. Nous étions tous contents pour lui. D'après moi, c'est à partir de ce moment-là que tout a changé. Il en a eu marre de se cacher et voulait crier au monde entier qu'il était amoureux.

Il s'interrompt, perdu dans ses souvenirs. Durant quelques minutes, le temps que la serveuse m'apporte mon plateau, je respecte son besoin de silence. S'il était très proche de son jeune frère, c'est sans doute douloureux pour lui de l'évoquer. Mais au bout d'un moment, avisant l'heure qui tourne, je finis par demander.

— Et que s'est-il passé ?

— Il a commis l'erreur fatale de se confier à maman. J'ai cru qu'elle allait faire un AVC, tellement elle était fumasse. Elle l'a traité de tous les noms, avant de s'en prendre à Laugel. À ses yeux, tout était de la faute de ce mec. C'était n'importe quoi, mais on n'a jamais dit que ma mère était du genre compréhensive et ouverte d'esprit.

— Mais elle a quand même dû se calmer et accepter la situation, non ?

— Tu veux rire ? Ça a été encore pire quand Bastien lui a affirmé qu'il désirait déménager à Strasbourg pour vivre tranquillement sa vie avec son petit ami. Là, je me suis demandé si elle n'allait pas le tuer. Leur dispute est tombée d'autant plus mal, qu'à peu près au même moment, Bruno a commencé à parler de mariage avec Véro. Personnellement, je trouvais qu'elle était beaucoup trop jeune, elle avait dix-huit ans à peine. Mais après tout, si cette union permettait à mon frangin de s'affranchir de l'autorité des vieux, c'était une bonne chose.

— Et toi ? Qu'est-ce que tu devenais dans cette histoire ?

Il pousse un soupir de dépit qui traduit mieux que des mots son impuissance vis-à-vis de sa famille, plutôt spéciale.

— Pour être franc, j'ai eu de la chance, mes parents n'ont jamais vraiment compté sur moi.

À seize ans, j'ai opté pour la boulangerie, parce que mon seul projet était de gagner du fric le plus vite possible et de me barrer. Je souhaitais travailler dans un domaine très éloigné de l'agriculture. Cette chère Agnès avait déjà complètement castré Bruno, enfin, c'est une façon de parler, mais tu vois ce que je veux dire…

— Oui, oui, j'ai compris l'idée générale.

— Tu sais qu'elle a ordonné à Bruno de rompre avec toi ? Bon, d'accord, vous étiez jeunes et vous ne seriez sans doute pas restés ensemble. Ma mère déteste ta famille. Que son gamin fréquente la fille du banquier qui lui prélevait des agios tous les mois était insupportable pour elle.

— Vraiment ?

Vieille peau de vache !

— Mais oui ! Pour en revenir à la saga des Busch, il a toujours plus ou moins été acté que Bastien reprendrait l'exploitation familiale. C'était le seul qui montrait un tant soit peu d'intérêt pour la ferme. Mais s'il partait à Strasbourg, tous les beaux plans des parents tombaient à l'eau. D'autant que Bastien avait trouvé un emploi dans une mutuelle agricole. Il n'avait donc aucune raison de rester à Dimbourg, surtout après l'enfer que notre chère maman venait de lui faire endurer. En l'apprenant, elle a littéralement pété une durite et a juré qu'elle vivante, cela n'arriverait jamais.

Il s'arrête pour mordre et mastiquer un bout de sandwich, me laissant prendre toute la mesure de ce que ses paroles impliquent. Lorsque je comprends enfin ce qu'il sous-entend, je repose le morceau de croque-monsieur que j'étais sur le point de mettre en bouche. C'est pas vrai!

— Après la mort de Laugel, Bastien est devenu dingue. Il était convaincu que notre mère y était mêlée. Cette idée fixe s'est confirmée quand on a récupéré la carcasse du vélo. Un paysan l'avait ramassée à quelques dizaines de mètres de l'endroit où s'était déroulé l'accident et la lui avait rapportée. Je n'ai jamais pigé pourquoi les gendarmes ne l'avaient pas analysée ou un truc de ce genre. En fait, ils ont tout simplement conclu à la thèse de l'accrochage qui a mal tourné avec délit de fuite, sans chercher plus loin. Mais bon, l'ancien lieutenant était une brêle de première, cela n'a rien de nouveau.

— Je ne peux pas contester cette affirmation, puisque j'en ai moi-même fait l'amère expérience. Un soir, alors que mon ex et moi habitions dans un petit appartement du centre de Wahlbourg, j'ai entendu un drôle de bruit. En regardant par la fenêtre, j'ai vu la voiture d'Olivier qui était en train d'être fracturée par trois individus louches. Immédiatement, j'ai appelé la gendarmerie. Eh bien, Cochon a juste répondu: « S'il n'y a pas de sang ou de macchabée, on ne se déplace pas. » Évidemment, j'ai interdit à mon ancien compagnon de descendre, mais je ne me suis pas retenue de dire à ce schnock ce que je pensais de lui et de la bande de bras cassés qui travaillait sous ses ordres. Pendant ce temps, notre bagnole a bien entendu été volée. Mais la meilleure dans cette histoire, c'est que le surlendemain, j'ai eu un courrier contenant une amende pour insulte à un agent dans l'exercice de ses fonctions.

Benoît rit à gorge déployée à la fin de mon récit qui, même s'il me ridiculise, a le mérite de détendre une atmosphère qui était un peu trop plombée à mon goût. Nous terminons tranquillement notre déjeuner en nous marrant des conneries de la Gendarmerie nationale. Je suppose que si Quentin était présent, il aurait les cheveux dressés sur la tête, mais ce n'est pas le cas, donc on peut raconter ce qu'on veut.

Alors que nous en sommes au terme du repas, la conversation reprend une tournure plus grave.

— Tu penses réellement que ton frère avait démasqué le responsable de l'accident ?

— J'en suis convaincu. Il fallait que ce soit une personne très proche de lui pour le pousser à cette extrémité. Il n'était ni suicidaire ni dépressif. Mais il est vrai que la mort de Jean-Michel l'avait dévasté. Au point de choisir d'en finir ? Je n'en sais rien. En revanche, s'il avait découvert qu'un membre de la famille avait œuvré pour l'éliminer, là oui, il aurait pu basculer. Le désespoir et la culpabilité sont de puissants motivateurs.

— Et si je suis ton raisonnement, d'après toi, c'est ta mère ?

— Qui d'autre ? Voilà dix ans que j'y réfléchis, tu peux me croire, ce n'est pas facile de faire de telles suppositions. Et encore moins de t'en parler.

— Tu penses que l'assassin de Jean-Michel pourrait aussi être celui de Véro ?

J'ai beaucoup de mal à adhérer à cette théorie. Je ne sais pas pourquoi, car cette possibilité ne doit pas être occultée, n'est-ce pas ? Probablement est-ce lié à l'idée fort dérangeante d'avoir côtoyé un meurtrier sans même m'en rendre compte. Depuis toujours, je me targue d'avoir un flair infaillible, même si je n'ai rien vu venir pour Olivier et Constance. Mais si l'hypothèse se vérifie et qu'il n'y a qu'un tueur, cela signifie que j'ai été complètement à côté de la plaque.

Longtemps, j'hésite à aborder le dernier point qui me préoccupe. Avant de changer d'avis, je finis par me jeter à l'eau, les joues rosies par la gêne.

— Benoît, il faut que je te parle d'un sujet qui me met horriblement mal à l'aise, mais j'ai besoin d'avoir ton opinion sur la question. Seulement, je veux que tu me jures d'abord que tu n'en souffleras mot à personne.

— Tu as ma parole.

— Quelqu'un a laissé entendre que ton père et Véro avaient une liaison. Qu'en penses-tu ?

Embarrassée, je n'ose pas croiser son regard, persuadée qu'il se mettra en colère avant de me planter aussi sec. Pourtant, il ne bronche pas. Intriguée par son silence, je relève la tête pour le dévisager. Benoît Busch semble y réfléchir sérieusement et une certaine rougeur sur ses pommettes m'indique que cette possibilité est loin d'être fantaisiste à ses yeux.

— Tu es au courant de leurs soucis personnels, à Bruno et à elle ? finit-il par demander sans détour.

— Bruno m'en a effectivement touché un mot. Véro était addict au sexe et lui ne pouvait pas la satisfaire.

— Tu l'as résumé de manière très polie, mais tu as bien cerné le problème. J'irais même plus loin. Véro était nympho et Bruno est impuissant. Ça, c'est la réalité. Concernant mon père, je devrais t'engueuler de prêter attention à de tels ragots, si je n'avais pas moi-même eu une aventure avec elle, il y a quelques années. Et ce que tu as exigé de moi compte aussi pour toi, tu m'as bien entendu ? Jamais tu n'en parleras à qui que ce soit.

À cet instant précis, je suis figée par la stupeur. Mais combien de coucheries vais-je encore découvrir dans cette affaire ?

— Pardon ?

— Jure d'abord.

— Bien sûr, je te le promets.

Mes yeux doivent sortir de leurs orbites et ma mâchoire traîne sans doute quelque part sur le sol poisseux de la cafétéria.

— Écoute, je ne me cherche aucune excuse, mais j'avais vingt-deux ans et j'étais une érection ambulante à cette époque. Que veux-tu, les hormones, quand ça travaille un mec, ça ne lui fiche plus la paix… Bref, notre relation était uniquement sexuelle et a duré à peine quelques semaines.

— Oui, mais quand même… Je ne te juge pas, mais enfin, on parle de la femme de ton frangin.

— Je sais et je me le suis assez reproché.

— Bruno était au courant ?

— Non, et il n'avait aucun moyen de l'apprendre. Après l'enterrement de Bastien, ne voyant aucune solution, j'ai mis les voiles. En réalité, j'étais en train de tomber amoureux de Véronique, alors qu'elle n'avait d'yeux que pour mon frère. S'il l'avait découvert, Bruno en aurait été horrifié et il aurait sans doute cassé avec elle, ce qui l'aurait anéantie, parce qu'elle l'aimait vraiment. C'était d'ailleurs tout le paradoxe de cette femme. J'ai donc préféré me sacrifier. Prétendre que je tenais à m'éloigner de ma mère trop despotique n'était qu'une excuse, même s'il y avait malgré tout un fond de vérité. Mais le motif premier était ma rupture avec Véro qui m'a largué quand elle a compris que j'avais des sentiments pour elle.

— Seigneur !

— Tout ça pour te dire que le lien familial n'aurait pas été un obstacle. Bien sûr, elle s'en serait probablement voulu, comme c'était le cas quand on baisait ensemble, mais son besoin de sexe était trop impérieux pour qu'elle y renonce. Alors, peut-être que cette histoire n'est pas tout à fait invraisemblable. Mon père a beau aimer ma daronne, elle est difficile à vivre. Qu'il ait eu envie de voir ailleurs n'aurait rien d'étonnant.

— Est-il possible, dans ces conditions, qu'Agnès ait deviné par un moyen ou un autre ce qui se passait et qu'elle ait perdu les pédales ?

— J'ignore comment elle aurait pu le découvrir. À l'époque, personne n'a jamais su pour nous deux. Véro était très prudente et assez maline pour ne pas se faire choper. Sans compter que ma mère, même si tu lui foutais le nez dedans, elle ne voudrait pas y croire. Il a fallu que Bastien, qui avait vingt ans, lui dise et lui répète qu'il était homo pour qu'elle finisse enfin par regarder la réalité en face. Et encore…

Effectivement, vu sous cet angle, Agnès n'avait aucune raison de soupçonner son mari et sa bru de coucher ensemble, si tant est que ce soit le cas. Dans la mesure où je ne vais pas demander confirmation à Maurice, leur liaison reste toujours hypothétique. La tête farcie par toutes ces révélations et sentant poindre un début de migraine, j'avale mon café en trois gorgées, tout en consultant ma montre.

— Je dois y aller. Est-ce que tu as un numéro où je peux te joindre ?

Celui que j'ai obtenu par Edna a un indicatif aux États-Unis, je ne risque pas de lui téléphoner là-bas quand il est ici. Et si je le faisais, puisqu'il s'agit d'un smartphone, je paierais le même tarif que si je le contactais à l'étranger. Donc, pas question, alors qu'il se trouve à quelques kilomètres à peine. Néanmoins, je pense que je vais avoir besoin de lui parler à nouveau, car quel que soit le bout par lequel je la prends, cette enquête se concentre systématiquement sur les membres de sa famille. Le fait qu'il soit super mignon, voire canon, n'a aucun rapport. Non, absolument aucun !

— Bruno m'a filé son ancien Nokia et m'a acheté une carte SIM sans abonnement.

J'enregistre ses coordonnées et lui envoie un texto pour qu'il ait les miennes. Il sourit quand il le découvre et me fixe intensément.

— Est-ce que ça te dirait de dîner avec moi un de ces soirs ?

Je rêve ou il me drague ? Et pourquoi est-ce que mes clientes, mon associée, mes parents, mon ex, ma frangine et mes autres connaissances ne sont pas là pour voir ça ? À force d'entendre des remarques désobligeantes sur mon incapacité évidente à séduire un beau gosse, j'avais presque fini par y croire. Mais, à cet instant précis, je me sens jolie – en jean et tunique noire vintage, j'assure plutôt bien – et féminine. Merci Benoît. Même si je devine que ce mec est un serial charmeur, cela n'enlève rien au plaisir que je ressens. Aussi, j'acquiesce, les traits illuminés par mon sourire le plus avenant.

— Avec joie.

— Très bien. On va attendre que cette histoire se tasse, en espérant que ça ne prendra pas trop de temps.

Tandis que je regagne le salon, le visage de Quentin apparaît dans mon esprit et occasionne un petit pincement au cœur involontaire. R-I-D-I-C-U-L-E, la fille ! Complètement ridicule ! Et puis, d'abord, d'où ça sort ? Je n'ai jamais calculé le lieutenant Delval – qui a presque dix ans de moins que moi, ne l'oublions pas –, il n'y a aucune raison pour que je commence aujourd'hui. Sans compter que ce sentiment, qui ressemble fort à de la culpabilité, comme si j'étais en train de le tromper, est totalement malvenu et n'a pas lieu d'être.

25

Léopoldine

Pendant tout le reste de l'après-midi, alors que je coiffe les personnes qui se succèdent, je réfléchis au scénario le plus plausible. Que s'est-il passé dans la soirée du mardi 13 novembre 2018 ? Il me semble que j'ai toutes les cartes en main, mais je ne sais pas comment les distribuer et ça m'agace méchamment. J'essaie de ne le montrer à personne et je pense y parvenir sans trop de mal.

— Mais qu'est-ce que tu avais cet aprèm ? s'exclame Magalie, pendant que nous rangeons, après le départ du dernier client.

Ah ben non, mes talents de comédienne ne se sont pas améliorés, contrairement à ce que j'avais espéré.

— Quoi ? Mais rien, voyons…

— Arrête, pas à moi ! Je te connais comme si je t'avais faite. Alors, balance le dossier tout de suite, on gagnera du temps. C'est encore à cause de cette histoire de meurtre ou parce que Benoît Busch est devenu canon et qu'il avait l'air de te manger du regard ? Tu avoueras que ça te change carrément de Delval, alias mister pignouf.

Comment rester sérieuse lorsque j'entends les propos à la fois loufoques, mais également pleins de bon sens, lancés par ma copine ? Submergée par un fou rire que je ne parviens pas à contrôler, je lui fais face. Quand Mag m'aperçoit, elle pouffe à son tour. Une fois de plus, je me dis que m'associer avec cette femme a été la décision la plus intelligente que j'aie prise de toute ma vie. J'irais même plus loin, ma meilleure amie m'a sauvée de la dépression qui se profilait à ce moment-là. Ce n'est, du reste, pas la première fois que je me fais cette réflexion.

Rapidement, nous terminons notre petite séance de nettoyage avant de nous accorder quelques minutes pour nous attabler à la cafétéria, où seules quelques personnes sont encore en train de consommer.

— Alors, c'est quoi ton problème ? insiste-t-elle. C'est Benoît ou Delval ?

— Non, je... Il faut que tu intègres une bonne fois pour toutes le fait que Quentin Delval ne m'a jamais considérée autrement que comme une assistante, experte en commérages, et profitable à son enquête. Si je ne lui étais d'aucune utilité, je te jure qu'on n'entendrait jamais parler de lui, sauf pour couper ses cheveux chaque mois.

Le visage de mon amie arbore à présent une grimace dégoûtée.

— Mais c'est dégueulasse de se servir des gens comme ça ! Tu vas voir ce que je vais lui dire quand je le croiserai ! Ah, il ne va pas regretter le déplacement !

Je ris et pose ma main sur la sienne pour la remercier de son soutien. Magalie sait comment me donner le sentiment que je compte vraiment pour elle et ça me fait du bien. C'est d'autant plus réconfortant qu'elle est sincère. Je suis un élément important dans sa vie, pour son équilibre, tout comme elle l'est pour moi.

— Tu ne lui diras rien du tout, Mag. Quentin m'utilise, c'est d'accord. Mais dans la mesure où j'agis exactement de la même manière, nous sommes à égalité.

— Comment ça ? Tu ne te sers pas de lui, tu l'aides. Ce n'est pas tout à fait pareil. Il te doit une fière chandelle. Voilà la vérité !

— Bien sûr que non ! Tu crois que je pourrais être au cœur de l'enquête comme je le suis s'il n'était pas là ? S'il ne me le permettait pas ?

Mon amie écarquille les yeux, puis finit par hocher la tête d'un air entendu.

— J'ai pigé, chuchote-t-elle comme si nous partagions un secret d'État. En fait, tu t'éclates à jouer au Capitaine Marleau.

Vaguement contrite, je ris, oscillant entre la gêne d'avoir été démasquée et le soulagement de ne plus avoir à dissimuler le plaisir que je ressens à élucider cette énigme.

— Voilà, tu as tout bon. J'adore me prendre pour une grande détective, recouper les différentes pièces du puzzle et me donner l'impression que je résous un vrai mystère comme la super flic que j'ai toujours rêvé d'être.

— Je comprends, Léo, je te jure que c'est la vérité. Mais depuis le début, j'ai le sentiment que tu considères tout ça comme un jeu, alors qu'une femme est morte et qu'un assassin rôde. As-tu seulement conscience du danger auquel tu t'exposes et auquel tu exposes ta famille ?

Une boule m'obstrue la gorge à mesure qu'elle parle. Mag a raison, je m'en rends compte, mais il me semble qu'elle exagère quand même un peu. On est à Wahlbourg, pas dans les bas-fonds de New York ou de Philadelphie !

— Arrête de faire une montagne pour pas grand-chose. Je ne vois pas ce qui pourrait m'arriver.

— Écoute, si je te dis ça, c'est pour te mettre en garde. Tu poses des questions, tu fouines, et ça commence à se savoir. Or, si les gens jasent, il se pourrait bien que cette histoire parvienne aux oreilles de celui qui a trucidé Véro. À ton avis, comment peut-il te faire taire ? Hein ? Comment va-t-il s'y prendre pour que tu cesses de jouer les fouille-merde ? Je t'en supplie, Léopoldine, sois prudente. Et si tu ne veux pas arrêter de bosser sur cette affaire, trouve très vite l'assassin.

— Mag, c'est ce que j'essaie de faire. Et tu te trompes, jamais je ne me suis sentie en danger. Si tel était le cas, je te jure que j'en parlerais immédiatement à Quentin.

— Mais comme ce mec est une vraie truffe, il ne serait même pas foutu de te protéger. Tu dois te montrer vigilante, je tiens trop à toi pour imaginer te perdre.

Nos mains s'enlacent à nouveau, tandis que je lui souris à travers mes larmes. Savoir qu'elle se préoccupe autant de moi a quelque chose d'émouvant. Parce que pour tout dire, je n'ai pas le sentiment de compter pour qui que ce soit en ce moment. Entre mes enfants qui vivent désormais leur vie, Olivier qui épouse Constance, mes parents qui se fichent bien de ce qui peut m'arriver, et Quentin qui ne voit en moi qu'une assistante efficace, mon ego est sévèrement malmené depuis quelque temps.

— Tu as raison, il faut trouver très vite celui qui est derrière ce meurtre. Et ne t'inquiète pas, je te promets de me montrer prudente.

Songeuse, je sirote mon café, tout en réfléchissant à ma conversation avec Benoît.

— Dis, Mag, comment as-tu découvert que ton mari te trompait ? Bien sûr, on en a parlé plusieurs fois, mais c'était il y a longtemps. Là, j'aurais besoin que tu me racontes l'histoire en détail, ça m'aiderait vraiment pour cette enquête.

Mon amie ouvre de grands yeux étonnés, se demandant probablement comment je peux passer ainsi du coq à l'âne.

— Hein ? Quel rapport entre notre discussion au sujet des risques que tu prends pour mener ces investigations et mon connard d'ex ?

Impossible d'expliquer exactement à quoi je pense. Lui dévoiler que Maurice et Véro couchaient peut-être ensemble est délicat, surtout que je n'ai toujours aucune certitude, mais seulement une multitude d'éléments qui convergent dans la même direction. Or, mettre Mag dans la confidence revient à s'exposer à l'éventualité qu'elle ne puisse pas tenir sa langue et que, par conséquent, la rumeur fasse le tour de la ville en deux temps trois mouvements.

— Il n'y a aucun lien, je me demandais juste comment on pouvait découvrir qu'on était cocu. Dans mon cas, les choses ont été simples, puisque Olivier m'attendait un soir à la maison et m'a annoncé qu'il était amoureux d'une autre femme. Je n'ai pas fait de drame ni d'esclandre, parce que je m'en doutais. Il avait instauré une espèce de distance entre nous, il évitait de se coucher en même temps que moi et passait chaque moment libre avec les gosses ou à l'extérieur. Tu connais la suite… Je l'ai filé et j'ai compris que sa maîtresse était ma frangine. Avec le recul, je me rends compte que c'est à partir de ce moment-là que j'ai pété un câble. Je me sentais doublement trahie. Et toi ?

— Comme tu le sais, nous n'avons jamais pu avoir d'enfant, Marc et moi. J'avais déjà Myla quand on a commencé à se fréquenter.

C'est effectivement la vérité. Sa fille est la conséquence d'une relation sexuelle non protégée avec celui que mon amie considère aujourd'hui encore comme son grand amour. Il est juste regrettable qu'il n'ait pas vu les choses de la même façon. Résultat : le mec s'est engagé à l'armée et est parti sans se douter que sa voisine du dessous était enceinte de lui. Elle l'a attendu pendant deux ans, puis elle a appris par ses parents qu'il avait rencontré une autre femme et qu'il s'était fiancé. C'est peu ou prou à ce moment-là que Marc est entré dans sa vie.

— Oui, je me souviens très bien. Surtout que Myla est ma filleule…

— Bref, il n'a jamais digéré qu'on n'arrive pas à concevoir et, avec le temps, ce problème a viré à l'obsession. S'il ne détestait pas Myla, il ne l'a jamais considérée comme sa fille. Il la tolérait, était gentil avec elle, mais il ne fallait pas lui en demander plus. Malheureusement, Marc était incapable d'admettre que le souci venait de lui. J'ai proposé pendant des années qu'on consulte, mais il a toujours refusé. Notre vie de couple était devenue inexistante, mais je tenais malgré tout encore beaucoup à lui.

— Tout ça, tu me l'as déjà expliqué, pas la peine de me planter le décor, on en a parlé des millions de fois. Je te rappelle que je suis ta BFF. Ce qui m'intéresse aujourd'hui, c'est le moment exact où tu as su sans l'ombre d'une hésitation. Je me souviens que tu avais des soupçons depuis longtemps, mais la seconde où tu as eu des certitudes, voilà ce que j'aimerais que tu me racontes.

— De bonnes âmes bien intentionnées ont rapidement laissé entendre qu'il sautait la terre entière. Un jour, ma mère m'a prise à part pour me prévenir de ces rumeurs qui couraient dans toute la ville. Cet idiot n'était même pas discret. Pour Myla et pour moi, il aurait pu faire un effort, tu ne crois pas ? Mais il n'a jamais cherché à nous épargner. Non, il ne pensait plus qu'à une chose : baiser pour faire l'homme et se prouver qu'il était fertile. Donc, pour répondre à ta question, je ne suis pas vraiment passée par la phase de doute. Mais je me disais qu'il traversait une période compliquée, qu'il avait du mal à accepter sa stérilité et qu'il finirait par revenir à la raison. Sauf qu'un jour, il y en a eu une qui a été moins conne que les autres et qui a capté ses réelles motivations. Peu après, elle lui a annoncé qu'elle était enceinte et il a demandé le divorce dans la foulée. Tu râles tout le temps à propos d'Olivier, mais quand on y réfléchit, ton ex s'est montré délicat, puisqu'il t'a prévenue et n'a pas voulu évoquer Constance tout de suite. Il devait prévoir que ça te blesserait. Moi, j'ai appris que Marc avait décidé de rompre par un courrier d'avocat envoyé en recommandé au salon de coiffure où je bossais à l'époque. Tu imagines ?

Avisant l'heure tardive, nous nous levons et quittons la cafétéria après avoir fait un signe à la serveuse qui est en train de nettoyer les tables.

— Mais tu sais, des façons de découvrir qu'on a des cornes à ne plus pouvoir passer une porte, il y en a des tonnes, poursuit Mag tandis que nous nous dirigeons vers nos voitures.

— Lesquelles ? Ton mec te parle, ou son avocat s'en charge par une lettre. Tu peux le choper en train de culbuter sa nana s'il est assez con pour le faire au domicile conjugal. Il peut aussi y avoir des ragots, mais c'est limite, non ?

— La semaine dernière, une de mes clientes m'a raconté qu'elle avait compris que son mari la trompait, parce qu'elle avait trouvé une boucle d'oreille de femme dans la bagnole. Comme celle-ci n'était pas à elle, l'épouse l'a récupérée et a attendu que monsieur parte faire son petit tour quotidien en forêt. Elle l'a suivi et l'a surpris en pleine action. Le bijou appartenait à sa meilleure copine. Tu sais, on n'est pas les seules à avoir vécu ça. Des cocues, on en croise à tous les coins de rue.

Je ris et embrasse mon amie, avant de monter dans ma 3008 et de démarrer. Durant le court trajet vers mon domicile, l'esprit ailleurs, je me repasse mentalement, une énième fois, le film de ma rencontre avec Benoît – le très canon Benoît – et celui de ma discussion avec Magalie. Dans un état second, je traverse le parking et insère ma clé pour déverrouiller la porte du hall d'entrée de mon immeuble. À l'instant précis où celle-ci s'ouvre, j'ai la sensation très étrange d'être éblouie par un flash, comme si tout se mettait en place dans ma tête. Au pas de course, je grimpe les deux étages et déboule en trombe dans l'appartement. Margaux n'est pas encore là, mais Tom est affalé sur le canapé, l'œil rivé sur la télévision.

Sans perdre une seconde, je file dans ma chambre et me déshabille, histoire de vêtir une tenue décontractée. Mes Ugg fourrées, parce que ça caille le soir en cette fin du mois de novembre, mon jean et mon gros pull devraient faire l'affaire.

Lorsque j'enfile ma doudoune, mon fils daigne enfin s'intéresser à moi.

— Quoi ? Tu pars encore ? Et qu'est-ce que je mange, moi ?

Avec un soupir agacé, je montre le réfrigérateur du pouce.

— Je te laisse improviser. Fais preuve de créativité, tu verras, ça te changera.

— Mais tu vas où ? T'en as pour combien de temps ?

— Je me rends à Dimbourg, je vais acheter du fromage à la ferme des Busch.

— M'man, j'aime pas le fromage ! proteste-t-il.

— Qui a dit que c'était pour toi ? Bon, je file. À tout à l'heure et verrouille derrière moi. Ah et je t'ai noté le numéro de portable du lieutenant Delval sur un Post-it que j'ai collé sur le frigo. Si jamais je suis absente trop longtemps, appelle-le et explique-lui où je me trouve.

Puis, je claque la porte derrière moi et me précipite vers ma voiture.

26

Quentin

Il m'a encore posé un lapin ! Je ne le crois pas ! Cet idiot de Maurice Busch n'est pas venu. C'est la deuxième fois qu'il me plante. Mais enfin, ne comprend-il pas qu'il est en train de se tirer une balle dans le pied ? Tout ce que je veux, moi, c'est lui parler, rien de plus. Or, son silence ne plaide pas en sa faveur. Parce que s'il faut que j'aille le chercher par la peau des fesses, je risque d'être dans de nettement moins bonnes dispositions. Bordel ! Si je le convoque, il rapplique, c'est tout ! Je représente les forces de l'ordre et si ça ne signifie rien à ses yeux, je vais lui rappeler à ma façon qu'on ne badine pas avec la loi.

Je m'apprête à lui passer un coup de fil, ayant récupéré son numéro sur les fiches établies au moment des interrogatoires, quand le téléphone sonne. C'est Aurélie à l'accueil.

— Oui ?

— Lieutenant, Maurice et Benoît Busch sont ici, ils souhaitent vous voir.

Ah ben, voilà! Quand même!

— J'arrive.

Avant de partir à leur rencontre, je reprends mes notes et les compulse rapidement. J'ai besoin de me remémorer exactement le profil du fils. États-Unis, boulanger, célibataire, la trentaine. OK, c'est bon.

Sans perdre de temps, je les rejoins et suis un peu surpris par l'allure de Benoît Busch. Il n'a clairement pas le physique de l'emploi. Alors que je croyais me trouver face à un… à un quoi d'ailleurs? À un paysan recouvert de farine? C'est ridicule! En attendant, c'est un beau mec dont les airs de playboy font rougir Aurélie. Moi qui pensais que cet honneur m'était exclusivement réservé, je me sens presque jaloux de constater que je ne suis pas le seul à lui faire cet effet. Toutefois, je me ressaisis. On ne va pas commencer à jouer à celui qui pisse le plus loin, c'est digne des bacs à sable. Je ne suis pas ici pour ça et eux non plus.

— Lieutenant Delval, bonjour. Merci de bien vouloir me suivre.

Une fois les poignées de mains échangées – je note au passage que Maurice porte à nouveau son alliance, mais ce n'est pas une nouveauté puisque Léo m'en avait déjà touché un mot –, nous nous dirigeons vers la salle d'interrogatoire, équipée d'une caméra et d'un micro. Initialement, j'avais prévu de voir le père dans mon bureau, mais il y a quelque chose dans son regard qui me pousse à modifier mes plans. Et puis je tiens à éclaircir cette histoire de liaison. Je ne mets pas la parole de ma comparse d'enquête en doute, mais j'ai besoin que le vieux me le confirme. Alors seulement, dans mon esprit, on passera du ragot sordide à une triste réalité.

J'ouvre la porte, leur indique où s'installer et file récupérer mes dossiers, puisqu'en bon distrait que je suis, je les ai oubliés en sortant de la pièce. Dès que je me suis isolé, j'essaie d'appeler Léopoldine qui ne répond pas. C'est dommage, parce que j'aurais bien aimé savoir ce qu'elle et le fils Busch se sont raconté lors de leur rencontre, ce midi. Rapidement, je consulte ma montre. Il est déjà 18 h 30. Bon sang de bonsoir ! J'ai bossé tout l'après-midi au bureau à mettre mes notes au propre en attendant que Maurice Busch daigne venir me voir. Cela étant, on ne va pas parler d'une journée perdue ni même gâchée, car je suis enfin au clair dans la paperasse et pas peu fier de moi. Ces tâches, qui ne nécessitent pas qu'on réfléchisse, ont ça d'utile qu'elles permettent de focaliser son esprit sur autre chose. Pour le coup, je me suis refait le film de cette affaire, à partir du moment où je suis arrivé sur les lieux du crime et jusqu'à aujourd'hui.

Le moins qu'on puisse dire, c'est que sans l'aide de Léopoldine Courtecuisse, jamais je n'aurais pu m'en sortir. Et quelque chose me souffle – j'aime à penser qu'il pourrait s'agir de mon instinct de flic, ce qui prouverait que j'en ai un et que je ne suis pas un cas désespéré – que nous sommes à deux doigts de mettre la main sur celui ou celle qui a perpétré ce meurtre. À condition de ne pas faire n'importe quoi. Donc, il faut absolument que je lui parle. Comme mon deuxième essai sur son portable se traduit par un échec, je décide de tenter ma chance au salon, même si celui-ci ferme ses portes à 18 heures. Après quatre sonneries, et alors que je m'attends à ce que la messagerie s'enclenche, une voix haletante finit par me répondre.

— Allô ?

J'identifie immédiatement l'associée de Miss Marple, Magalie, je crois.

— Bonjour, lieutenant Quentin Delval à l'appareil. Est-ce que Léopoldine est à côté de vous ? C'est important et urgent.

— Ah non, désolée. Nous sommes sorties toutes les deux et j'ai dû revenir parce que j'avais oublié mon iPhone. Je m'apprêtais à repartir quand j'ai reconnu le numéro de la gendarmerie. Vous avez essayé de la joindre sur son téléphone portable ?

— Justement oui, mais elle ne décroche pas. C'est étrange, non ?

— Pas forcément. Tout ce que je peux vous dire, c'est qu'elle était préoccupée cet après-midi.

Je fronce les sourcils, intrigué. Benoît Busch lui aurait-il fait la révélation de l'année ?

— Après son déjeuner avec le fils de Maurice ?

— Pas du tout. Encore qu'il l'a draguée et qu'elle a trouvé ça charmant, balance-t-elle avec un amusement évident. Non, non, il s'agit d'autre chose. Et cette fois, c'est moi qui ai soulevé le lièvre. C'est en rapport avec votre affaire.

Elle semble si fière de sa découverte que je souris. Durant quelques secondes, je patiente, espérant qu'elle me dévoilera son scoop sans qu'on y passe la nuit. Pour rappel, j'ai deux témoins qui poireautent en salle d'interrogatoire. Hélas, Magalie ne paraît pas décidée à cracher le morceau si je n'y mets pas les formes.

— Et de quoi est-il question ? Pouvez-vous m'expliquer ?

Elle reste muette un instant, telle une scénariste qui ménagerait le suspens avant d'asséner l'estocade finale. L'ennui avec cette petite mise en scène, c'est que je n'ai pas de temps à perdre alors qu'on m'attend dans la pièce d'à côté.

— Eh bien, figurez-vous que j'ai découvert qu'il y avait un conseil municipal à Dimbourg le soir du meurtre. C'est écrit dans la revue locale *Wahlbourg avec vous*.

— Et alors ?

Enfin, bon sang, où veut-elle en venir ? Je suis pressé !

— Ledit conseil municipal a démarré à 18 h 30 et s'est achevé à 21 heures. Il était présidé par le maire de Dimbourg, monsieur Maurice Busch. Ce qui signifie que…

— … qu'il a un alibi pour l'heure du crime et qu'il ne pouvait pas être à l'hyper de Wahlbourg au même moment, finis-je à sa place.

— Voilà. Mais ce n'est pas tout. Si on sait à quel endroit se trouvait Maurice quand Véro a passé l'arme à gauche, qu'en est-il de sa femme ? Il a prétendu être à ses côtés, mais pourquoi a-t-il menti ? Et surtout, où Agnès était-elle à ce moment-là ?

La bouche ouverte par la surprise, je me laisse tomber sur mon fauteuil. Avec lassitude, je pose une main tremblante sur le front. Nom d'une pipe, quand est-ce que ça s'arrêtera ? Chaque fois que je soupçonne quelqu'un, on me sort un alibi de derrière les fagots. C'était le cas avec Bruno, ça l'est à nouveau avec Maurice. Pourtant, plus je réfléchissais aujourd'hui, plus il me paraissait évident que c'était lui. Si cette histoire d'aventure extraconjugale se vérifie, il avait un mobile en béton pour commettre le meurtre. Et là, patatras, cette belle théorie qui avait le mérite de bien tenir la route s'écroule tel un château de cartes.

— Pourquoi Léo ne m'a-t-elle pas prévenu ? Elle aurait dû m'appeler tout de suite !

— Je ne sais pas, moi ! Vous n'avez qu'à le lui demander. Tout ce que je peux vous dire, c'est qu'elle semblait troublée quand nous nous sommes quittées, ce soir. Mais, vous avez raison, je lui ai montré le compte rendu du conseil municipal hier. Elle avait donc largement le temps de vous avertir.

— Dans ce cas, pourquoi ne l'a-t-elle pas fait ?

— Aucune idée. Peut-être qu'elle voulait d'abord rencontrer Benoît pour discuter avec lui.

— Vous a-t-elle dit de quoi ils ont parlé ?

— Non, elle n'a rien mentionné à ce propos. En revanche, ce dont je suis sûre, c'est qu'il la mangeait des yeux.

— Vous croyez qu'il s'est comporté de cette façon pour qu'elle lui révèle des éléments de l'enquête ?

J'ignore pour quel motif je pose cette question, si ce n'est que j'en suis à un stade où je soupçonne tout le monde de tout, tellement je pédale dans la semoule.

— Mais ça ne va pas, la tête ! Et pourquoi est-ce qu'il agirait ainsi ? Il vient tout juste de débarquer des States et n'a, par conséquent, aucun lien avec ce meurtre. Ne pouvez-vous pas juste imaginer que Léopoldine Courtecuisse est une jolie femme, drôle et intelligente, et qu'elle lui plaît ?

Effectivement, je n'y avais pas pensé. Léo est avant tout mon équipière et son aide m'est si précieuse que je ne la vois pas comme une nana capable de séduire un bellâtre tel que Benoît Busch. Pourtant, j'aurais dû y songer, puisqu'elle a déjà fréquenté le frère aîné. Mais depuis, de l'eau a coulé sous les ponts, on peut considérer qu'il y a prescription.

— Bien sûr, bien sûr. Merci pour tout, Magalie, et à bientôt.

Sans lui laisser la possibilité de riposter, je raccroche. Il est temps pour moi d'élucider ce mystère une bonne fois pour toutes. Donc, à nous trois, Maurice et Benoît Busch !

27

Léopoldine

Au volant de ma 3008, je me dirige vers Dimbourg, tout en étudiant la piste cyclable qui devient soudain très intéressante. D'après ce que j'ai lu dans le rapport que Quentin m'a montré, Agnès a été vue par une voisine à 18 heures, quand celle-ci est passée sur l'exploitation pour lui acheter des fromages. Alors que j'arrive aux abords du village, je me gare devant la boulangerie et envoie un texto à Bruno. Déjà, il faut que tout colle pour que mon hypothèse se vérifie et il me manque encore quelques éléments.

« *Dans ta famille, qui est titulaire d'un permis de chasse ?* »

Puis, je quitte mon véhicule pour entrer dans le petit magasin et y acheter deux baguettes dorées. D'abord, parce que je n'ai pas la moindre idée de l'heure à laquelle je vais rentrer et que Tom va mourir de faim, mais attendra que je prépare le dîner plutôt que de se débrouiller. Donc, ce soir, ce sera œufs sur le plat. Et rien de tel qu'un bon morceau de pain croustillant pour accompagner ce plat simple, mais ô combien délicieux. Ensuite, j'ai besoin qu'on me voie dans le village, de manière à ce que s'il m'arrive des ennuis, on sache que j'étais ici. J'ignore pour quel motif je pense à cela, si ce sont les paroles de Mag qui m'y incitent, mais je me dis que ça ne mange pas de pain – notez le jeu de mots – et c'est une façon comme une autre de m'assurer que je ne disparaîtrai pas sans laisser de traces.

Lorsque je m'installe à nouveau derrière mon volant, je remarque que j'ai eu un SMS de Bruno.

« Toute la famille, sauf Benoît. Pourquoi cette question ? »

Impossible de lui faire part de mes soupçons. Ce mec est adorable, mais encore moins bon acteur que moi, ce qui n'est pas peu dire.

« Où es-tu en ce moment ? »

La vérité, c'est que j'apprécierais beaucoup de le savoir à la ferme, même si je n'y crois pas trop.

« À Saverne, chez un pote qui doit me trouver un boulot dans l'usine où il travaille. Tu comprends bien que je ne peux pas rester au garage après ce qui s'est passé. »

Bien sûr que je comprends. Comment ne pas compatir au malheur qui le frappe ? Il s'accroche au fait que Véro l'aimait sincèrement et il a sans doute raison d'occulter tout ce qui polluait leur couple.

« C'est normal. Prends bien soin de toi et à très bientôt. »

Je laisse mon téléphone portable sur le siège passager, relié au câble permettant de le charger, avant de démarrer, une boule d'angoisse logée au creux de mon estomac. Je ne sais pas exactement ce que je cherche, ni ce que je peux découvrir. Mais j'ai le sentiment d'approcher du but, et ça me dérange d'être seule à cet instant précis. J'aurais préféré que le lieutenant soit avec moi, mais il est bloqué par sa permanence à la gendarmerie. Cela étant, je ne suis pas assez ennuyée ni même anxieuse pour renoncer. Après tout, qu'est-ce qui m'empêche de rentrer chez moi maintenant et de revenir avec Quentin demain ? Rien. Du reste, ce serait sans doute la meilleure solution. Bon, je jette juste un coup d'œil rapide et je file ensuite.

Dans la rue qui mène vers la ferme des Busch, je décide de me garer en retrait pour n'être ni vue ni entendue. Il fait nuit depuis un moment, si bien que les feux de ma voiture pourraient me faire repérer et ce n'est pas ce que je veux. Sans perdre une seconde, je récupère une petite lampe torche dans la boîte à gants, ainsi que mon vieux tournevis rouillé. Tu parles d'une arme pourrie ! Mais enfin, elle a au moins le mérite d'exister.

Après avoir éteint le moteur, je descends tout en enfilant mes moufles et en resserrant mon écharpe autour du cou. Bon sang, mais qu'est-ce qu'il fait froid ce soir ! Je suppose que ça pourrait être pire puisqu'il ne pleut pas, mais je sens que je vais vite me transformer en glaçon géant à ce rythme. Le vent hivernal est déjà en train de s'infiltrer sous le tissu de mon jean et c'est très désagréable.

La rue est déserte, il n'y a pas âme qui vive autour de moi, seulement des maisons dont la lumière filtre à travers les fenêtres et où une épaisse fumée s'échappe des cheminées. Je referme doucement la porte et appuie sur ma clé pour verrouiller la voiture. Puis, parce qu'il faut bien y aller, j'avance en direction de l'exploitation qui se situe au bout de cette impasse. J'ai un vague souvenir des lieux, puisque je m'y suis rendue à plusieurs reprises lorsque je sortais avec Bruno. Toutefois, gardons en mémoire que c'était il y a environ vingt ans et que tout peut avoir été modifié depuis.

Plus je m'approche et plus je suis transie de froid. Mais ce n'est pas suffisant pour me pousser à reculer. Au loin, j'entends un chien aboyer et j'espère sincèrement qu'il ne se trouve pas à la ferme. Je n'ai aucune envie de me faire courser par un dogue. Avant de changer d'avis, je continue mon chemin, entrant maintenant dans la propriété des Busch. De toute façon, je suis officiellement ici pour acheter des bûchettes de chèvre frais, je ne risque donc rien. À mon grand étonnement, l'endroit semble avoir été figé dans le temps. Tout est exactement comme dans mes souvenirs. Sans m'arrêter, je longe l'habitation principale. Si ma mémoire est bonne, l'atelier de fabrication de fromages est à l'arrière entre la grange où sont parquées les biquettes et la maison.

Passé cet endroit, il n'y a plus aucun éclairage. Je sors ma lampe torche et balaye les alentours avec le faisceau lumineux. Un peu plus loin, contre le mur, j'aperçois un vélo.

Tiens, tiens...

Décidant de ne pas réfléchir aux conséquences de mes actes, je le récupère et l'enfourche pour rejoindre la piste cyclable qui se trouve à quelques dizaines de mètres de là, en contrebas. La propriété est en effet située à l'extrémité du village, vers Wahlbourg. Rapidement, je consulte ma montre. Il est 19 heures. Puis, je m'élance en direction de l'hyper, où le chemin réservé aux bicyclettes, aux piétons et aux véhicules agricoles prend fin. Pourvu que je ne croise aucun tracteur, parce que je ne suis pas habituée à ce moyen de locomotion et que le biclou sur lequel je suis assise n'est pourvu d'aucune loupiote pour signaler ma présence dans la nuit. Est-ce volontaire ? Probablement. La voie étroite est plate et goudronnée, surplombant la route principale où circulent les voitures. Sans trop d'efforts, j'arrive en vue de l'arrière du supermarché en moins d'un quart d'heure. Lorsque j'en suis tout près, je réalise que l'extrémité de la piste débouche exactement sur l'endroit où le lampadaire et la caméra ont été mis hors service. Voilà qui me permet d'imaginer ce qui a pu se passer sous un jour nouveau. Depuis le début, nous avons occulté cet aspect de l'affaire. On se demandait comment l'assassin avait pu se débrouiller pour n'être vu par personne. Eh bien, je viens de trouver. Il a fait le trajet à vélo tout simplement. De ce côté, il n'y a pas d'autre accès que la voie cyclable et il fallait que l'agresseur de Véro puisse disparaître assez rapidement, une fois son forfait commis. Sans véhicule, c'était trop risqué pour ne pas dire impossible. À moto, l'engin aurait fait bien trop de bruit et, à pied, cela aurait pris trop de temps pour s'enfuir. Sans doute a-t-il souvent surveillé Véronique de manière à s'assurer qu'elle se garait toujours au même endroit, ou au moins dans ce coin.

En hâte, je cherche mon téléphone dans ma poche, pour m'apercevoir que je l'ai oublié dans la voiture. C'est malin, ça ! Et maintenant ? Qu'est-ce que je fais ? Pas question de filer chez moi à vélo, ce serait du vol. Je n'ai plus qu'à rebrousser chemin, à remettre le biclou en place discrètement et à rentrer à la maison pour appeler Quentin et lui faire part de mes conclusions. Dans mon esprit, tout est désormais très clair.

Quelques minutes plus tard, je parviens à nouveau en vue de Dimbourg. Pour le coup, je ne souffre plus vraiment des températures glaciales, dans la mesure où j'ai pédalé aussi vite que je le pouvais. En revanche, revenir vers la ferme s'avère plus ardu et je manque de chuter à deux reprises, parce que cet endroit est d'une obscurité totale. Il fallait donc connaître parfaitement les lieux pour s'y risquer. Tant bien que mal, je réussis à rejoindre mon point de départ, prête à détaler comme un lapin au moindre bruit suspect. Avec un soupir de soulagement, je remets le vélo à sa place et décrète que j'ai eu assez d'émotions pour la soirée.

Tandis que je passe près du laboratoire où sont fabriqués les fromages, j'entends deux voix : celle d'Agnès et celle d'un homme que je ne reconnais pas. Curieuse, je décide de m'approcher de la fenêtre. Un plafonnier diffuse une lumière crue. À travers le carreau, je m'attends à apercevoir deux personnes. Bizarrement, elle est seule. Pourtant, ce n'est pas ce qui m'interpelle à cet instant précis. Non, c'est autre chose…

28

Quentin

Parvenu dans la salle d'interrogatoire, dont j'ai pris soin d'allumer l'enregistreur et la caméra depuis le couloir, je m'installe en face des deux hommes qui chuchotent entre eux. Dès que je suis à portée de voix, ils cessent leurs messes basses. Le contraire serait étonnant, mais il n'empêche que cela me met aussitôt sur la défensive.

Faussement décontracté – intérieurement, je suis sur le qui-vive –, je m'assieds et décide de ne pas entrer tout de suite dans le vif du sujet. Même si je n'ai pas de temps à perdre et eux probablement non plus, je choisis malgré tout d'adopter la tactique de Léopoldine, c'est-à-dire papoter de tout et de rien, avant de passer aux choses sérieuses. Cela aura le mérite de détendre l'atmosphère ainsi que ces deux types qui paraissent anormalement crispés.

— Benoît, je crois que nous ne nous sommes jamais rencontrés. Le voyage s'est bien déroulé ?

— Oui, merci. Effectivement, je n'ai pas encore eu l'opportunité de faire votre connaissance. En revanche, j'ai beaucoup entendu parler de vous.

— Vraiment ?

J'aimerais bien savoir ce qui a pu se raconter sur moi, même si je ne suis pas sûr que ce soit très flatteur. En tout cas, ça expliquerait pourquoi mes oreilles ont autant sifflé ces derniers temps. N'est-ce pas ce qu'on dit quand quelqu'un vous critique ?

— En fait, nous avons une amie commune. Léopoldine Courtecuisse. Elle et moi avons passé un moment ensemble ce midi.

Il me l'annonce, très fier de lui, comme s'il avait accompli l'exploit de l'année. Ce qu'il ignore, cet abruti, c'est qu'il ne m'apprend rien, j'étais déjà au courant.

Espèce de crétin des Alpes, moi j'ai mangé avec elle presque tous les soirs de la semaine, ai-je envie de lui balancer.

Pourtant, je m'abstiens. Ce serait jouer son jeu et j'espère être au-dessus de ça. Ici, il n'y a pas de combat de testostérone qui tienne, on est sur mon territoire. Alors, il va se calmer vite fait, le bellâtre, sinon je vais lui expliquer mon point de vue sans prendre de gants !

— Tu as vu la petite Courtecuisse, aujourd'hui, toi ? demande son père, visiblement surpris.

— Oui, on a déjeuné ensemble, je viens de le dire. D'ailleurs, je l'ai invitée à dîner prochainement.

Et elle a forcément refusé, je songe avec amusement. Jamais Léo ne se satisferait d'un play-boy de pacotille. Elle mérite beaucoup mieux.

— Et elle a accepté ? poursuit Maurice comme s'ils étaient tous deux installés dans un salon de thé.

— Ça va peut-être te sembler étonnant, mais oui, elle est d'accord. On doit juste convenir d'une date.

— Franchement, tu n'en as pas marre de te contenter des restes de ton frère ? ironise le père avec un sourire moqueur.

— Et toi ? rétorque illico son fils.

Cette question a l'avantage de clouer le bec à Maurice qui rougit et baisse précipitamment la tête. Alors que j'étais sur le point de les rappeler à l'ordre, je me ravise. Si je les laisse encore cinq minutes à leurs petits papotages, ils finiront par balancer tout ce que j'ai besoin de savoir sans même que j'aie à demander quoi que ce soit. Avouez que ce serait marrant. Marrant, oui, mais pas très gratifiant pour moi. Je choisis donc de mettre un terme à leur échange.

— Bon, allons droit au but, si vous le voulez bien. Avez-vous ou avez-vous eu à un moment ou à un autre une liaison avec Véronique Busch ?

Face à moi, les deux têtes se redressent. Leurs regards se cherchent et, à mon grand étonnement, ils répondent en chœur :

— Oui.

— Oui.

Alors là, on peut dire que je suis sur le cul. Nom de Dieu, mais elle s'est envoyé toute la famille, ma parole !

— Quoi ? Tous les deux ?

Leurs pommettes s'échauffent, je sens qu'ils sont mal à l'aise. Et mon instinct me souffle que ce n'est pas vis-à-vis de moi, mais plutôt l'un par rapport à l'autre. Je pressens que cet interrogatoire va être sportif. En tout cas, on commence déjà fort. C'est finalement Benoît qui parle le premier.

— Véro et moi, on a eu une histoire, il y a quelques années de cela. C'était avant la mort de mon frère, déclare-t-il après quelques secondes d'hésitation. Il s'agissait d'une aventure purement sexuelle qui n'a pas duré plus de quelques semaines. D'ailleurs, j'ai quitté la France peu après.

Je note sa réponse et hoche la tête, essayant de ne rien laisser paraître. C'est bien la première fois que j'ai droit à des aveux spontanés. Depuis que je suis ici, j'ai plutôt eu le sentiment qu'ils se faisaient tous un malin plaisir à m'enfumer. Alors, ça me change... J'en viendrais presque à apprécier le mec.

— Et vous, Maurice ? C'est bien plus récent que Benoît, n'est-ce pas ?

Il acquiesce en silence, après s'être frotté le visage de la main gauche où brille son alliance.

— Oui. Comment l'avez-vous appris ? Pourquoi est-ce que j'ai l'impression que vous étiez au courant avant même de me poser la question ?

À mon tour de sourire, sans prononcer un mot.

— Vous savez, lieutenant Delval, je fais de la politique et je suis maire de Dimbourg. On ne me la raconte pas, à moi !

C'est ce qu'il doit considérer comme une manière de remettre les pendules à l'heure. Il me rappelle qu'il est élu et qu'il connaît du beau monde. Mais, au stade où j'en suis, avec les requins et les ordures que j'ai côtoyés quand j'étais à Paris, je ne suis pas intimidé une seule seconde. Son mandat municipal, il peut le tailler en cône et se l'enfoncer bien profondément là où personne ne viendra le chercher. Je suppose que vous avez compris l'idée générale et elle n'est pas très distinguée. N'empêche que c'est exactement ainsi que je vois les choses. Bien sûr, je ne le lui dirai pas en ces termes, mais je le pense si fort qu'avec un peu de chance, il l'entendra.

— Les ragots se répandent vite à Wahlbourg, monsieur Busch. Ce genre d'histoire ne reste pas longtemps secrète, à moins que les protagonistes soient dotés d'une excellente mémoire et fassent preuve de la plus grande discrétion. Cela n'a, de toute évidence, pas été votre cas. Quand on a une aventure adultère, il faut être prodigieusement intelligent pour espérer s'en tirer sans y laisser de plumes. De manière générale, on se souvient toujours de la vérité, mais c'est plus compliqué avec les mensonges. Et la plupart des hommes ou des femmes qui sont confondus dans une telle situation le sont justement parce qu'ils se sont contredits ou ont pris des risques inconsidérés.

— Quoi ? Tu n'aurais pas été assez con pour la faire venir à la maison, papa ? s'exclame son fils avec contrariété.

— Mais ça ne va pas la tête ! Jamais je n'aurais fait ça à ta mère !

— Pas si bête, tu avais trop peur d'elle ! C'est quand même la *lose* de trembler devant sa bonne femme, comme tu le fais depuis des années.

— Tu en as de bonnes, toi qui vis à l'autre bout du monde ! Si tu l'avais sur le dos comme moi tous les jours, je suis sûr que tu ne tiendrais pas ce langage.

— Si j'avais eu la frousse de maman, je ne serais jamais parti. Elle vous terrorise tous, parce qu'elle peut le faire. Et elle le peut, parce que vous l'y autorisez.

Là, je dois reconnaître que mister bellâtre marque un point. Les gens n'ont sur vous que le pouvoir que vous voulez bien leur accorder. J'en ai fait l'amère expérience dernièrement. Noëlle m'a fait des avances, parce qu'elle avait compris que j'étais tout disposé à y céder.

D'un battement de paupière, je chasse ce souvenir pour me concentrer à nouveau sur l'entretien, puisqu'à ce stade on ne peut pas réellement considérer qu'il s'agit d'un interrogatoire.

— Maurice, à votre avis, votre femme est-elle au courant de cette liaison ?

Il se ratatine sur sa chaise et se mure dans le silence. Bon sang, il faut qu'il parle !

— Pour une fois, depuis le début de cette histoire, soyez honnête avec moi. Vous le devez à vos enfants et à Véronique.

J'essaie de me montrer persuasif, mais j'ai bien conscience que c'est loin d'être gagné. La terreur que lui inspire Agnès est-elle si grande ? Au point de la protéger envers et contre tout ? En désespoir de cause, j'adresse un regard dépité en direction de Benoît, avec l'espoir que ce dernier se rangera de mon côté. Il me semble que nous ne serons pas assez de deux pour convaincre M. Busch de cracher le morceau. Le fils hoche la tête et pose sa main sur le bras de son père. Désormais, on a dépassé le stade de la compétition de testostérone. L'affaire est grave et c'est sans doute le seul membre de la famille à être doté d'assez de bon sens pour l'avoir intégré.

— Papa…

Maurice inspire profondément. Les tressautements de sa poitrine prouvent mieux que des mots à quel point il flippe. À nouveau, je demande :

— Maurice ? Répondez à ma question, s'il vous plaît.

Lorsqu'il relâche son souffle, sans jamais quitter Benoît du regard, je comprends que la partie est gagnée, qu'il va avouer.

— Oui, Agnès le sait.

— Comment l'a-t-elle découvert ?

Nouveau silence. Agacé, je croise les bras sur mon torse. On ne va tout de même pas y passer la nuit ! Puis, alors que je m'apprête à le rappeler à l'ordre, j'ai une sorte de flash. Sans raison précise, le coup de fil nocturne de Léopoldine me revient en mémoire. Mais bien sûr ! Sans compter que j'ai moi-même évoqué cette hypothèse l'autre soir.

— Est-ce en lien avec l'alliance que vous portez aujourd'hui, mais que vous n'aviez pas au doigt quand vous êtes venu dans les locaux de la gendarmerie, le surlendemain du meurtre ? D'après ce que j'ai entendu dire, vous ne l'aviez jamais quittée auparavant.

Vaincu, il observe la bague en argent si clinquante à son annulaire et acquiesce.

— Je ne sais pas comment tout a commencé avec Véronique. J'ai toujours trouvé que c'était un joli brin de fille, mais jusqu'à récemment je n'avais jamais imaginé qu'il pourrait se passer quelque chose entre nous. Après tout, c'était ma bru et elle était si jeune. Mais il y a eu cette fois, celle où j'ai été chez eux pour réparer une fuite d'eau dans leur salle de bains. Avant d'avoir compris ce qui m'arrivait, on était dans le lit en train de… Bref, vous voyez ce que je veux dire.

— Oui, oui, papa, on voit très bien. Continue et pas de détails scabreux, s'il te plaît.

— Après ce jour-là, j'ai essayé de résister, de me persuader que ce n'était pas correct, qu'elle était la femme de mon fils et que rien n'était possible entre nous. Mais c'était plus fort que moi. Véronique était comme une drogue, je ne parvenais plus à me passer d'elle. Dans ses bras, je me sentais vivant, jeune, insouciant. Je n'avais pas ressenti cela depuis mon adolescence.

Sans me laisser attendrir par son regard larmoyant ni par les trémolos dans sa voix, je m'enquiers :

— Et quand est-ce que la belle histoire a commencé à capoter ? Vous deviez quand même avoir compris que vous n'étiez pas le seul, n'est-ce pas ?

Les paroles de cet homme résonnent étrangement à mes oreilles, comme l'écho de ma propre expérience avec Noëlle.

— Oui, j'étais au courant. Elle ne s'en cachait d'ailleurs même pas. Mais avec moi, c'était différent…

D'un ton lugubre, je fais remarquer :

— C'est ce qu'on pense tous.

— … elle n'en tirait aucun profit, poursuit-il sans tenir compte de mon interruption. Mais elle avait mauvaise conscience vis-à-vis de Bruno. Nous savions tous les deux que s'il l'apprenait, il en serait anéanti. Alors, on a décidé de rompre, mais je n'ai pas réussi à rester loin d'elle. De nouveau, je me sentais vide et malheureux.

— Vous n'avez pas répondu à ma question, monsieur Busch. À quel moment votre femme a-t-elle découvert que vous la trompiez ?

— Je suppose qu'elle avait déjà des doutes. Mais sans preuve, je pouvais nier et Agnès avait confiance en moi. Chaque fois que je me rendais chez elle, Véro exigeait que j'ôte mon alliance. Je trouvais cette idée ridicule, parce que cela n'enlevait rien au fait que nous étions tous deux infidèles. Mais elle y tenait et comme je ne pouvais rien lui refuser, je la retirais de mon doigt et je la remettais en partant. Sauf que, début novembre, Bruno a appelé lorsque j'étais là-bas pour dire à Véro qu'il se sentait mal et qu'il était sur le point de rentrer. Il avait la crève et lui demandait de contacter le médecin pour prendre rendez-vous. Comme vous pouvez l'imaginer, on a paniqué et je me suis barré à toute vitesse, avant qu'il rapplique et qu'il me surprenne dans une position compromettante. Bruno n'est pas l'idiot que l'on croit, il aurait tout de suite compris. Plus tard, j'ai remarqué que j'avais oublié l'alliance. Je ne pouvais même pas y retourner, parce qu'il était en arrêt maladie. Au téléphone, Véro m'a calmé en m'expliquant qu'elle l'avait balancée sous le lit quand elle l'avait trouvée sur la table de chevet. Seulement, nous n'avions pas pensé qu'Agnès passerait pour faire le ménage le jour suivant. Ma femme est un peu maniaque et elle était convaincue que sa bru ne savait pas tenir une maison. Sans compter que j'avais menti en prétendant que je l'avais ôtée à la mairie sous prétexte qu'elle m'irritait et qu'elle était toujours dans mon bureau.

— Ça, c'est pour la version officielle. En réalité, sous couvert de nettoyer, elle pouvait fureter chez eux et mettre son nez dans leurs affaires, intervient Benoît avec une grimace dégoûtée.

Si ce que déclare le fils est vrai, ils devaient tous vivre un enfer avec cette femme. Pour m'en assurer, je questionne :

— Est-ce que c'est la vérité, Maurice ?

Il acquiesce d'un hochement de tête.

— Oui. Elle ne peut pas s'empêcher de vouloir contrôler sa famille.

— Sa famille ? Mais qui cela comprend-il ? Gilles ? Edna ?

— Non, c'était avant tout Bruno et moi. Benoît est trop loin et il n'aurait de toute façon pas laissé faire. Ma mère tolère son ingérence, parce qu'elle lui rend bien service et qu'une vieille dame n'a pas grand-chose à cacher. Quant à Gilles, il est tellement stupide qu'elle peut le manipuler à volonté.

— Et donc ?

— Agnès a trouvé la bague. Là, elle a su sans l'ombre d'un doute.

— C'était quand ?

— Environ une semaine avant la mort de Véronique, révèle-t-il d'un ton lugubre.

— Mais l'alliance, vous la portez à nouveau depuis quelques jours. Ce qui signifie que votre femme vous l'a rendue. Est-ce que vous vous êtes disputés ? Est-ce qu'elle a menacé de vous quitter ?

Il soupire une fois encore et s'assied plus confortablement.

— Si seulement ! Les choses seraient beaucoup plus faciles pour tout le monde, surtout pour moi. Mais Agnès ne divorcera jamais. Le surlendemain du meurtre, à notre retour de la gendarmerie, elle a posé l'anneau devant moi et a simplement déclaré : « Maintenant, tout rentrera dans l'ordre et si tu as le malheur de recommencer, c'est toi que je dégommerai. » Croyez-moi, lieutenant Delval, ce n'étaient pas des paroles en l'air.

Le silence dans la pièce est si lourd qu'on entendrait une mouche voler. Sans le formuler textuellement, Maurice vient d'expliquer que sa femme pourrait potentiellement avoir commis un crime.

— Monsieur Busch, pensez-vous que votre épouse a pu tuer sa bru pour se venger ? Réfléchissez bien à ce que vous allez répondre.

Il blêmit et se tasse à nouveau sur son siège. Je suppose qu'il lui est plus difficile de l'accuser ouvertement.

— Je… je… je…

— Papa, arrête ! Tu sais très bien qu'elle en est capable, intervient Benoît qui paraît à bout de patience. Tout comme elle s'est débarrassée de Jean-Michel. Cesse de te raconter des histoires, je n'en peux plus de cette hypocrisie et de ces mensonges.

Toi, tu fais l'autruche, tu refuses de te l'avouer et de regarder les choses en face. Maman est malade.

Voilà qui devient particulièrement intéressant. Chaque fois que nous avons essayé de creuser avec Léopoldine, nous tombions sur cet accident vieux de dix ans. Il faut que j'en aie le cœur net, même si le doute n'est désormais plus permis.

— Effectivement, cette affaire semble plus ou moins liée au meurtre de Véronique. Mais êtes-vous bien sûr de ce que vous affirmez ? Enfin, c'est grave d'accuser quelqu'un quand on n'a pas de preuves. Et à l'époque, les gendarmes n'avaient pas retrouvé le chauffard qui avait tué Laugel.

Maurice me dévisage et, dans ses yeux, je lis de la certitude, celle d'un homme qui sait de quoi il parle.

— Si, des preuves, il y en avait, finit-il par avouer. Le soir de la mort de Jean-Michel, elle est allée chez Gilles en Allemagne et celui-ci a prétendu qu'elle se trouvait avec lui au moment où Laugel avait été renversé. Seulement, nous avions tous compris que c'était faux. Il aurait fallu qu'elle se mette en route en début d'après-midi pour y être quand l'accident a eu lieu. Or, Edna avait révélé à Bastien qu'elle était partie peu avant 16 heures. Nous avons également découvert que son abruti de cousin avait réparé son pare-chocs. Quelques heures après les obsèques de Jean-Michel, Gilles était complètement bourré et il l'a raconté à Bastien. Je pense que mon fils avait déjà des soupçons, mais là, il a eu la certitude qu'Agnès avait tué l'homme qu'il aimait. De toute façon, ça ne pouvait pas être moi, puisque j'étais à la coopérative agricole pendant toute une partie de la journée.

— Comment pouvez-vous être si sûr de vous? Dans le rapport de mon prédécesseur, il est indiqué que Bastien a écrit une lettre d'adieu pour expliquer les motifs de son suicide, mais à aucun moment il n'a mis sa mère en cause. J'en ai la copie.

— Justement, si, il y avait deux pages. C'est moi qui ai trouvé mon gamin et son message dans la grange. Les feuilles étaient à ses pieds. J'ai appelé les gendarmes et les pompiers, puis j'ai ramassé la missive, je l'ai lue et j'ai caché le second volet dans ma poche. Je n'ai laissé que la première page, celle où il racontait qu'il lui était impossible de vivre sans Laugel. Par chance, elle ne se terminait pas en plein milieu d'une phrase.

— Mais pourquoi avez-vous fait ça? C'est grave! Vous risquez la prison pour avoir commis un tel acte!

— Parce que j'estimais que cette histoire devait rester dans la famille. Elle ne regardait que nous.

— Que contenait ce document?

— Bastien indiquait qu'il avait découvert la culpabilité de sa mère et que cette simple idée lui faisait horreur. Plutôt que de la dénoncer, il préférait rejoindre celui qu'il aimait.

— L'avez-vous montré à votre femme?

— Vous êtes fou! Jamais de la vie! J'ai brûlé la feuille, le lendemain, et je n'en ai jamais soufflé mot à personne jusqu'à récemment.

— Comment ça?

— Vous n'imaginez pas à quel point ce drame pèse sur ma conscience, à quel point ça a été éprouvant pour moi d'avoir vu mon fils pendu au bout d'une corde. Un jour, alors que j'étais avec Véro, j'ai eu besoin de me libérer et je lui ai tout raconté.

— Des confidences sur l'oreiller en somme… À votre avis, Véronique a-t-elle menacé votre épouse d'une manière ou d'une autre ?

— Je l'ignore. Mais on peut le supposer, parce que je suis sûr qu'Agnès lui a parlé quand elle a découvert l'alliance. Je connais bien ma femme et je sais qu'elle n'aurait jamais pu laisser passer une chose pareille.

— Papa, souviens-toi de ce que maman a dit lorsque nous étions devant la tombe de Jean-Michel. Moi, je n'ai pas oublié. « Maintenant, tout rentrera dans l'ordre. » Ça ne te rappelle rien ?

Je reste un instant perdu dans mes pensées, essayant tant bien que mal de remettre toutes les pièces du puzzle à leur place. N'empêche qu'il y a un point dans cette affaire qui n'est pas clair. Et pas qu'un seul en réalité, mais il faut bien commencer quelque part.

— Je ne comprends pas pourquoi vous avez fourni un alibi à Agnès. Il est dorénavant établi que vous n'étiez pas avec elle le soir du meurtre de votre bru, puisque vous présidiez le conseil municipal.

Maurice sursaute, comme un gamin pris en faute. Mais qu'est-ce qu'il croyait ? Qu'on ne le découvrirait jamais ? Cela dit, je dois rendre à César ce qui lui appartient, et sans le sens de l'observation de Magalie, je serais probablement passé à côté.

— Oh, vous êtes au courant… souffle-t-il, gêné.

— Monsieur Busch, l'intégralité de Wahlbourg et tous les habitants des villages alentour sont au courant, puisqu'il y a un résumé dans la revue *Wahlbourg avec vous* qui précise le nom des participants, ainsi que l'heure de début et de clôture de la réunion. Comment pouviez-vous supposer que nous ne finirions pas par tomber dessus ?

— Je n'y avais pas pensé. C'est vrai qu'on informe les administrés de ce qui se déroule à la mairie. Ma secrétaire a juste été plus rapide que d'habitude. La plupart du temps, le compte rendu est publié des semaines plus tard. Une bonne idée qu'elle a eue d'être aussi zélée, celle-là !

— Ne vous en prenez pas à votre employée d'avoir fait son travail et n'essayez pas de détourner la conversation, ce serait insulter mon intelligence. Je vous ai posé une question et vous n'avez pas répondu.

À ses côtés, Benoît est anormalement silencieux et semble plus tendu qu'un string sur le postérieur d'une Brésilienne. Je suppose qu'il découvre les dessous de cette histoire en même temps que moi.

— Je me sentais coupable d'avoir trompé ma femme. C'était ma façon de me racheter en quelque sorte.

— Croyez-vous que Véro est morte parce qu'elle couchait avec vous ou parce qu'elle avait appris des choses qu'elle aurait dû ignorer et qui pouvaient envoyer Agnès en prison sans passer par la case départ ?

— Franchement, je n'en ai pas la moindre idée. Peut-être les deux. Dans la mesure où je ne sais pas si Véro a répété mes confidences, je ne peux pas vous le dire.

— Mais enfin, Maurice, vous vous rendez quand même compte que par deux fois vous avez protégé une criminelle !

— Il n'avait pas d'autre choix, intervient Benoît. Il est terrorisé par sa femme depuis des années. Et malgré cela, il l'aime vraiment. Savez-vous ce qu'est l'emprise, lieutenant ?

Je secoue la tête avec dépit. Cet homme est visiblement accablé et je pense que ça n'ira pas en s'arrangeant avec ce qui l'attend.

— Monsieur Busch, si vous aviez parlé avant, au moment du suicide de votre fils et de l'accident de son compagnon, Véronique serait probablement toujours en vie. J'espère que vous en avez conscience.

À ces mots, Maurice s'effondre en pleurs. J'ai de la peine pour lui, mais mon père affirme souvent que comme on fait son lit, on se couche. Et dans le cas présent, il a raison. Maurice a commis une grossière erreur, celle de ne pas s'être assez méfié de son épouse. L'expérience m'a appris qu'il ne faut jamais, je dis bien jamais, sous-estimer une femme, surtout quand elle n'a plus rien à perdre.

Malgré ses aveux, il reste un ultime point qui me pose problème. Le meurtrier de Véronique Busch est gaucher, c'est un fait établi. Mais Agnès ne l'est pas. C'est d'ailleurs pour cette raison que ni Léopoldine ni moi ne l'avons soupçonnée jusqu'à présent.

— Une dernière question, Maurice. Nous avons noté qu'Agnès est droitière. Or, c'est un gaucher qui a poignardé votre bru. Alors ? L'est-elle réellement ?

Maurice jette un regard affolé en direction de Benoît qui est désormais livide. Que se passe-t-il encore ? Quand est-ce que ce bazar s'arrêtera ? Parce que j'en ai ras le képi de ces révélations qui s'enchaînent et qui partent dans tous les sens. Quand il me fait à nouveau face, c'est un homme au bord du malaise vagal qui s'apprête à me répondre. Ses traits sont figés, des gouttes de transpiration perlent sur son front et ses joues ont pris une teinte aubergine.

— Ce que je vais vous raconter va vous sembler complètement fou, mais je vous jure que je ne mens pas. Benoît peut le confirmer, il l'a déjà vu de ses propres yeux. Je pense qu'ensuite vous comprendrez pourquoi nous avons tous peur d'elle.

Et il se met à parler et à parler encore. À mesure qu'il progresse dans son récit, je sens l'épouvante me gagner et un frisson parcourt mon échine lorsque la vérité se dévoile enfin, inconcevable et digne d'un thriller de Stephen King.

29

Pendant ce temps, à Dimbourg

Léopoldine

Pas possible ! Mais elle est complètement sifflée, ma parole ! Ébahie, je l'observe à travers le carreau, en train de causer en s'adressant de toute évidence à elle-même. Pourtant, je n'ai pas la berlue, je suis sûre d'avoir entendu une autre voix tout à l'heure. Qui donc lui parlait ? Le nez collé à la vitre, je ne parviens pas à la quitter des yeux tandis qu'elle s'agite, visiblement énervée. Qu'est-ce qui lui prend ? C'est à ce moment précis que l'impensable se produit. Elle se fige brusquement, seule sa tête bouge. Puis, sans que je réalise vraiment ce qui arrive, elle se redresse et adopte une posture très différente, bien plus masculine. L'ustensile avec lequel elle coupe de la ciboulette passe de la main droite à la gauche et, comme si de rien n'était, elle continue à travailler. Je découvre alors qu'elle est ambidextre. Quand elle recommence à parler, sa voix a changé. C'est celle d'un homme.

Dans un premier temps, je me demande s'il ne s'agit pas d'un canular et je cherche du regard une enceinte, un téléphone ou n'importe quelle radio qui pourrait expliquer ce que je crois être un play-back. Mais, hormis les fromages, je ne vois rien nulle part. Pétrifiée, je la dévisage tandis qu'elle se racle la gorge et crache par terre, comme le plus mal élevé des mecs. À l'instant où elle ouvre la bouche et s'esclaffe avec un rire dément, je comprends qu'il n'y a personne d'autre et qu'aucune bande sonore n'est à l'origine de ce timbre grave et viril. Mais comment est-ce seulement imaginable ?

J'ignore combien de temps je reste plantée là, à essayer de digérer ce que je viens de découvrir. Mais à un moment, elle se raidit et pivote en direction de la fenêtre. De crainte d'être démasquée, je fais un bond en arrière et décide qu'il est l'heure pour moi de regagner ma voiture, afin de récupérer mon téléphone et de prévenir Quentin. Transie de froid, j'effectue quelques enjambées, le bas de mon visage protégé par l'énorme écharpe bleu marine enroulée autour de mon cou. Le plus discrètement possible, je longe le laboratoire à fromages et contourne le bâtiment pour sortir de la propriété. Ma 3008 est à quelques dizaines de mètres dans la rue, j'y serai toujours plus à l'abri qu'ici. Pressentant un danger imminent, j'accélère le pas. Mais je suis soudain stoppée par une lampe torche braquée sur ma figure.

Éblouie, je m'arrête pour essayer de comprendre ce qui se passe. Avec un peu de chance, il s'agira de Bruno ou de Benoît. Hélas, ce n'est pas le cas… Il faut croire que ma bonne étoile est restée au chaud à la maison, parce que c'est une Agnès particulièrement menaçante qui se dresse devant moi.

— Léopoldine Courtecuisse ! Voyez-vous ça… Qu'est-ce que tu fais chez moi ?

Tétanisée par la trouille, je parviens tout juste à murmurer l'excuse que j'avais préparée.

— Je suis venue acheter des fromages.

Ma voix est tremblotante et la sienne est à nouveau normale. C'est trop louche tout ça, et je commence vraiment à paniquer lorsqu'elle s'approche de moi, le faisceau toujours pointé dans ma direction. Quand je pense que j'ai été assez conne pour oublier mon téléphone dans la bagnole. Tu parles d'une détective chevronnée ! Une foutue amatrice, voilà ce que je suis ! J'ai beau avoir envie de me raconter des histoires dont je serais l'héroïne, c'est la triste réalité.

— À cette heure ? demande-t-elle avec incrédulité.

Quelle conduite adopter, maintenant ? Dois-je m'enfuir au risque qu'elle me cavale après et me rattrape avant que j'aie pu regagner ma voiture ? Il me semble qu'il est plus intelligent de continuer à jouer les idiotes. Si j'ai du bol, peut-être qu'elle me considérera comme une nana superficielle et un peu bête, et qu'elle ne se méfiera pas. Après tout, ne dit-on pas que plus c'est gros et plus ça passe ?

— Comme tu veux, finit-elle par murmurer. Suis-moi.

Oh non, merde ! Je n'ai qu'une envie : me barrer à toute vitesse. Malheureusement, je vais devoir entrer dans cette maison sans savoir si j'en ressortirai en un seul morceau. Bon, j'exagère sans doute, mais il n'en reste pas moins qu'elle m'a fichu une trouille bleue dont je ne suis pas près de me remettre. En désespoir de cause, j'essaie de biaiser.

— Non, mais si c'est trop tard pour vous, je comprends. Je peux repasser demain si vous préférez. Je n'avais pas conscience de l'heure et je tiens absolument à faire une quiche au chèvre pour les enfants.

Lui rappeler que je suis maman, tout comme elle, va peut-être l'attendrir. Même si j'ai des doutes, ça ne mange pas de pain et se tente quand même.

— Tu es là, pas vrai ? D'où tu as déjà vu qu'on refuse une vente ? Entre et ne fais pas tant de manières ! C'est l'affaire de cinq minutes.

Quelque chose me dit que si je n'obtempère pas, Agnès va me courser avec le couteau qu'elle serre toujours dans sa main. La droite. Après avoir lancé un regard affolé autour de moi et constaté que cet endroit est désespérément désert, je finis par avancer et passer devant elle pour pénétrer dans la maison dont elle verrouille la porte. Semblant à nouveau sereine, elle me dépasse avec un petit signe.

— Suis-moi, c'est par ici.

Nous longeons un couloir qui permet de rejoindre le laboratoire. En apercevant un autre accès qui donne sur l'extérieur et que les clients doivent probablement emprunter, je suis un peu plus rassérénée.

Si les choses virent au vinaigre, je pourrais essayer de m'enfuir par là. Ma main se glisse dans la poche de ma doudoune et tâte le tournevis qui y est toujours dissimulé. Ça n'a l'air de rien et ne fait pas le poids face à l'énorme lame de son couteau, mais je vous jure que je suis malgré tout rassurée de le sentir sous ma paume.

À l'instant où je franchis le seuil de la pièce dans laquelle elle fabrique ses fromages, Agnès se retourne avec une rapidité tout à fait surprenante pour une femme de son âge, m'attrape par la queue de cheval – nous avons à peu de chose près la même taille – et me plaque la figure sur le plan de travail en Inox qui se trouve à côté de moi.

— Et maintenant, tu vas me dire ce que tu fiches ici et ce que tu veux. Si c'est mon Bruno que tu cherches à attirer dans tes filets, je préfère te prévenir que ça ne marchera pas. Je ne te laisserai pas le séduire à nouveau, espèce de mygale !

Effrayée comme rarement au cours de ma vie, je m'oblige à rester aussi immobile que possible et ce n'est pas simple. Le couteau est à tout juste deux centimètres de mon nez. Et malgré moi, j'ai sorti les mains de mes poches pour amortir l'impact, histoire de protéger mon visage du choc, si bien que le tournevis est pour le moment hors de portée.

— Arrêtez, Agnès ! Qu'est-ce qui vous prend ? Je suis ici pour acheter du fromage, rien d'autre.

— Mais bien sûr ! Et tu me crois assez bête pour gober une connerie pareille ? crache-t-elle avec rage. En vingt ans, tu n'es jamais venue à la ferme. Sans compter que ton salon de coiffure est dans la galerie marchande de l'hyper qui vend mes bûchettes au rayon fromagerie. C'est sans doute aussi pour ça que tu as volé mon vélo tout à l'heure ? Qu'est-ce que tu cherches, espèce de petite fouille-merde ? Je t'avais dit de ne pas te mêler de mes affaires ! Je t'avais prévenue et, toi, tu n'as pas voulu m'écouter. Et maintenant, regarde ce que tu m'obliges à faire !

Soudain, elle me tire en arrière et me pousse avec brutalité contre le mur. Ma tête heurte violemment la surface dure, ce qui provoque aussitôt une douleur lancinante à l'arrière de mon crâne. C'est alors que je repense aux paroles de mon amie qui me mettait en garde contre le danger auquel je m'exposais et dont je semblais inconsciente. Eh bien, à cet instant précis, j'en prends la pleine mesure. Mais évidemment, il est trop tard.

Maladroitement, je frotte mon cuir chevelu endolori et me redresse pour faire face à mon adversaire. Il faut que je gagne du temps, en espérant que quelqu'un se préoccupera de mon absence et viendra me chercher ou, et c'est plus plausible, que Bruno rentre et qu'il calme sa folle de mère.

— Agnès, qu'est-ce qui vous arrive ? C'est moi ! Léopoldine Courtecuisse ! J'étais en classe avec Bruno, je coiffe Edna et Maurice. Comment pouvez-vous croire que je veux vous nuire ?

J'essaie de me montrer aussi candide que possible, mais ce n'est pas facile, parce que je suis terrorisée par cette femme au regard inquiétant qui me menace de son couteau.

— Pourquoi est-ce que tu as emprunté ce vélo? s'enquiert-elle sans tenir compte de ma question.

— Pour me dégourdir les jambes?

Furieuse, elle s'approche d'un pas et lève le bras. Merde, mauvaise réponse.

— Tu vas me prendre encore longtemps pour une abrutie? Je vais te dire, moi, ce que tu as fait. Tu as pédalé jusqu'à l'hyper pour constater *de visu* que la piste cyclable se terminait à l'endroit où le meurtre a eu lieu et t'assurer par la même occasion que j'avais matériellement le temps de faire l'aller-retour.

Dépitée d'avoir été si aisément démasquée, je parviens tout juste à murmurer:

— Et pourquoi est-ce que j'aurais fait une chose pareille?

— Parce que tu penses peut-être que j'ai tué Véro…

Oh bon sang de bonsoir! Pourquoi est-ce que je suis venue ici au lieu de rester au chaud chez moi et d'envoyer Quentin à ma place? Dans la famille «les crétins pas malins», je demande la mère! Maintenant, bonjour pour me sortir de la panade dans laquelle je me suis mise toute seule.

— Et c'est vous?

Ma voix est aussi faible que le gazouillis d'une souris. Mais quitte à me faire trucider, autant avoir le fin mot de l'histoire. Et puis, je suis convaincue que la pousser à parler me permettra de gagner du temps. La question qui se pose dorénavant, c'est: du temps pour quoi?

30

Quentin

Toujours sous le choc de ce qui vient de m'être raconté par les deux hommes assis en face de moi, je mets un long moment à revenir à la réalité. Si ce que j'ai appris est vrai, et il n'y a aucune raison d'en douter, alors c'est encore plus énorme que tout ce que Léopoldine et moi avions imaginé. Je songe à elle un instant, et plus précisément à sa tête quand je lui ferai le récit de toute l'histoire.

— Votre portable sonne, fait remarquer Benoît avec un petit geste en direction de mon smartphone.

Les sourcils froncés, je le récupère. C'est un numéro de mobile que je ne connais pas.

— Delval.

— Lieutenant ? Quentin ?

Aussitôt, je reconnais la voix du fils de Léo. Qu'est-ce qui lui arrive à celui-là ?

— Tom ? Il y a un problème ?

— Euh, ben oui. Maman a dit de vous téléphoner si elle tardait trop à rentrer et ça fait presque deux heures qu'elle est partie.

— Partie où ?

En moi, un mauvais pressentiment est en train de germer. C'est quoi ce bordel ? Est-ce qu'elle a fait une connerie, à trop se prendre pour Wonder Woman ?

— Maman m'a expliqué qu'elle allait acheter du fromage à Dimbourg et que vous saviez ce que ça voulait dire. Mais elle est où ? Et puis, il faut autant de temps pour chercher du calendos ? Surtout que je n'aime pas ça ! En tout cas, je m'inquiète. J'ai essayé de l'appeler au moins dix fois, mais elle ne répond pas.

Qu'est-ce que je disais ? C'était sûr qu'elle allait se mettre dans les embrouilles jusqu'au cou. Si elle s'est rendue chez les Busch et qu'elle n'est pas de retour, cela signifie fort probablement que son chemin a croisé celui d'Agnès. Et là, misère de malheur, c'est la mouise intégrale.

— Ne te tracasse pas, j'y vais tout de suite. Tu vas voir, je te ramènerai ta petite mère très vite. À plus tard.

À peine ai-je raccroché que je me tourne vers Maurice et Benoît qui patientent toujours jusqu'à ce que je veuille bien les libérer.

— Léopoldine est partie à la ferme. Et bizarrement, elle n'est pas revenue. C'était son fils au téléphone.

Tout en me levant et en enfilant une parka sur mon polo de la gendarmerie, je leur fais signe de me suivre. Puis, j'affiche les coordonnées de cette bécasse de Léo – il n'y a pas d'autre terme qui me vient à l'esprit pour qualifier une inconsciente pareille – afin d'essayer de la joindre. Comme je m'y attendais, elle ne répond pas. Au bout de cinq sonneries, je suis basculé sur la messagerie. Bon, là, il y a vraiment un os et de taille.

Avec précipitation, nous quittons la salle d'interrogatoire. Lorsque je passe devant le bureau de mes collègues, je m'arrête pour ordonner :

— Étienne, Paul, Christophe, prenez le Duster et suivez-moi à la ferme Busch.

— À Dimbourg ? demande cette tanche de Christophe, l'air ahuri.

Celui-là, je ne l'avais pas encore rencontré avant cette semaine, il était en vacances à mon arrivée. Mais bon sang de bonsoir, dans le genre benêt de service, c'est un champion de classe internationale.

Pendant ce temps, Étienne, qui a compris que la situation était critique, est en train de récupérer son flingue et d'enfiler sa veste.

— Mais oui, à Dimbourg, pas à Tataouine-les-Bains ! Tu en connais une autre, toi ?

Il rougit et imite ses deux collègues qui sont déjà à la porte.

— On vous accompagne, décrète Maurice d'un ton résolu.

— Tant mieux. On ne sera pas trop nombreux pour essayer de raisonner Agnès.

Benoît se dirige sans traîner vers la sortie, le téléphone vissé à l'oreille. Il raccroche au moment où je le rejoins et sa mine préoccupée ne me dit rien qui vaille.

— Je viens d'avoir mon frère, il est sur le chemin du retour, mais il y a des embouteillages à cause des travaux sur la route de Saverne. Il m'a indiqué que Léo lui avait envoyé des textos bizarres, notamment pour demander qui avait un permis de chasse dans ma famille et à quel endroit Bruno se trouvait. Il n'a pas trop capté pourquoi elle lui posait ces questions, mais il ne s'est pas inquiété outre mesure jusqu'à ce que je lui explique qu'elle était seule à la ferme avec notre mère. Du coup, il va se grouiller pour arriver le plus vite possible.

— D'accord. Aurélie, tu gardes la boutique, on est à Dimbourg.

— OK, mais qu'est-ce que je fais s'il y a un problème ?

Contrarié, je soupire bruyamment pour bien lui faire comprendre que ses atermoiements m'ennuient.

— Eh bien, tu improvises ! Qu'est-ce que tu veux que je te dise ? J'ai une urgence et pas le temps de t'apprendre à faire ton job ! Fais preuve d'imagination et de créativité, tu verras, c'est sympa aussi.

Puis, sans lui jeter le moindre regard, je quitte la gendarmerie au pas de course, escorté par Maurice, Benoît, Étienne, Paul et Christophe.

31

Léopoldine

— Et c'est vous ?

J'ignore à quelle réponse je m'attends. La seule chose qui m'importe, c'est de gagner quelques minutes supplémentaires qui pourraient s'avérer précieuses. Si ça se trouve, Agnès me fera des aveux juste avant de me tuer. C'est souvent de cette façon que ça se passe dans les films policiers, pas vrai ? Je préfère ne pas réfléchir au fait que si je suis morte, sa confession ne servira plus à personne, et surtout pas à moi.

— Non, Léopoldine Courtecuisse, ce n'est pas moi, déclare-t-elle avec assez de conviction dans la voix pour me faire douter.

J'étais pourtant sûre et certaine qu'elle était coupable du meurtre de Véronique, qu'elle avait découvert l'alliance et compris que son mari la cocufiait, puis avait décidé de se venger. Ma théorie tenait parfaitement la route. Alors, à quel moment me suis-je fourvoyée ? Je ne peux pas m'être gourée à ce point.

— C'est Armand, ajoute-t-elle le plus sereinement du monde.

Quoi? Qui est cet Armand? Et que fait-il dans mon enquête? Ce nouveau venu, sorti de je ne sais où, fiche tout mon raisonnement en l'air. Oubliant ma peur, je lui pose la question qui me vient spontanément aux lèvres.

— Qui est Armand?

— Tu ne connais pas Armand?

Si elle ne me menaçait pas avec son énorme couteau de cuisine, je pourrais presque me figurer que notre conversation est courtoise, comme celle de deux vieilles copines qui se croisent au marché devant l'étal de fruits et légumes. Hélas, la lame acérée qui brille à la lumière du plafonnier ne me permet pas d'ignorer la position délicate dans laquelle je me trouve.

— Mais c'est mon frère jumeau.

Son frère jumeau? Mais d'où est-ce qu'il sort, celui-là? Jamais je n'ai entendu qui que ce soit de la famille Busch mentionner ce prénom.

— Je ne savais pas que vous aviez un frère jumeau. Comment se fait-il que je ne le connaisse pas, alors que j'ai été la petite amie de votre fils?

— Ah, mais tu vas le rencontrer et pas plus tard que maintenant.

Ce qui se déroule devant moi, à cet instant précis, relève clairement du phénomène surnaturel. Sans déconner, je n'aurais jamais imaginé assister à un tel spectacle un jour. Elle se raidit, clignote des paupières, se crispe et modifie sa posture en quelques secondes à peine. Un rictus cruel naît sur son visage et lorsque ses yeux se rouvrent, je comprends qu'elle n'est plus là, que j'ai affaire à quelqu'un d'autre. L'arme change de main en une seconde.

— Alors, petite garce, tu voulais me voir?

Cette voix me flanque la chair de poule. Vous visualisez la scène? Une femme avec le timbre de Joey Starr? Eh bien, c'est exactement ainsi qu'elle parle. Et si je n'étais pas rassurée par Agnès, Armand, lui, me fiche méchamment les chocottes. C'est quoi ce délire? Terrorisée, je me mets à trembler. La mère de Bruno n'est pas commode, mais l'autre, là, l'apparition qui semble tout droit issue d'un film gore, est éminemment cauchemardesque. À deux doigts de me faire pipi dessus, tellement je suis en panique, je place mes mains dans les poches de ma doudoune. Pour une fois, la peur est salutaire, parce qu'elle me force à réfléchir à toute vitesse pour trouver un moyen de m'en tirer. Je n'ai aucune envie de casser ma pipe dans l'immédiat, je vais donc devoir faire preuve d'imagination.

Sous ma paume, le contact du tournevis me rassure. Si je m'en sers maintenant, je n'aurai aucune chance. En revanche, dès qu'Agnès/Armand aura baissé la garde, il faudra que j'en profite pour tenter d'échapper à une mort certaine, même si m'en sortir relève de plus en plus du domaine de l'impossible.

D'une toute petite voix, je demande:

— Vous êtes Armand?

— Et alors? Et toi, tu es la fouille-merde qui fourre son nez partout dans mes affaires.

Affolée, je proteste faiblement. Je suis obligée de prendre sur moi pour ne pas pleurer et ne pas perdre de vue qu'une seule chose compte : gagner du temps en espérant que quelqu'un aura la bonne idée de se préoccuper de mon absence prolongée.

— Pas du tout. Je voulais juste aider Bruno. Comment accepter qu'il soit accusé alors qu'il est innocent ?

Soudain, avec lucidité, je comprends de quelle manière je dois procéder pour m'en tirer vivante. L'urgence absolue est d'essayer de faire revenir Agnès par tous les moyens.

— Ce n'était pas à toi de faire ça. Tu m'entends ? C'est mon travail. MON TRAVAIL ! hurle-t-il brusquement avec sa voix d'outre-tombe.

Je pousse un cri de frayeur en découvrant ce faciès déformé par la rage. Mais quelqu'un viendra-t-il à mon secours ? Merde, ça presse, là !

— Je… je… je suis désolée. Je n'avais pas l'intention de vous contrarier.

À présent, je tremble et je pleure, incapable de contrôler mes nerfs qui sont en train de lâcher.

— Depuis toujours, mon rôle est d'empêcher quiconque d'emmerder mon Agnès. Tu as compris ? Déjà, nos parents étaient méchants avec elle, j'ai dû me débarrasser d'eux. Ensuite, il y a eu cette petite pédale de Jean-Michel qui cherchait à nous voler Bastien. Et enfin, cette garce de Véronique qui voulait détruire l'équilibre de notre famille après avoir détourné Bruno de sa mère. Qui ferait ça ? Hein ? Qui ?

Le monstre – à ce stade je ne sais plus si c'est un homme ou une femme – brandit à nouveau la lame acérée dans ma direction. Oh, nom de Zeus, je suis obligée de répondre, sinon il va me tomber dessus à bras raccourcis.

— Je n'en ai aucune idée. Pas moi en tout cas.

— Ça ne lui suffisait pas de coucher avec tous les péquenots de la ville, de se prostituer en donnant l'impression que Bruno était un maquereau, il a fallu en plus qu'elle jette son dévolu sur ce gros naze de Maurice et qu'elle menace mon Agnès.

— La menacer de quoi ?

— De raconter partout ce que j'ai fait pour ma sœur, comment je l'aide depuis toujours.

Waouh ! C'est trop louche pour moi, mais je continue malgré tout à établir un semblant de dialogue.

— De quelle façon vous y êtes-vous pris pour ne mettre aucune empreinte ni aucune trace ADN ? C'était très fort de votre part.

Armand se rengorge, visiblement fier de lui. La tension de la main qui tient le couteau diminue et je me détends imperceptiblement. Tout est bon pour me rassurer, voilà à quoi j'en suis réduite.

— T'es un peu bête, toi, hein ? Tu as bien regardé ce labo ? C'est nickel chrome. Il y a des combinaisons, des surchaussures, des masques et des gants. C'était tellement facile.

Je hoche la tête avec l'air de celle qui approuve.

— Bien vu.

— Et alors ? Je suis efficace, tu sais. Ça fait cinquante ans que j'ai buté mes vieux et je suis toujours libre. Dix ans que j'ai dégagé Laugel et personne n'est venu me chercher. Crois-moi, ce n'est pas à cause de Véro, ni même de toi que je plongerai. Je suis trop malin pour ça.

— Moi ? En quoi suis-je mêlée à vos affaires de famille ?

— Tu n'imagines tout de même pas que je vais te laisser en vie ? Enfin, sois raisonnable. Tu en sais beaucoup trop pour que je prenne le moindre risque. Tu dois mourir et, même si j'ai bien deviné tes manigances, je…

— Mes manigances ? Quelles manigances ?

— Tu me pousses à parler pour que j'oublie de te tuer. Tu fayotes en pensant que je t'épargnerai, même si tu as compris que c'est impossible.

Merdum, j'ai été démasquée ! En même temps, la tactique était tellement grossière que c'était couru d'avance. Il n'y a que dans *Esprits criminels* que ça fonctionne.

En dépit du plus élémentaire bon sens, une lueur d'espoir jaillit en moi. Et si je faisais revenir Agnès, est-ce que ce serait plus facile ? Je n'ai rien à perdre. Enfin, si, je risque de perdre la vie, ce n'est pas rien. Et pourtant, j'ai désormais passé le cap de la panique. Sérieusement, je ne ressens rien. Plus aucune peur. Mais bordel, qu'est-ce qui ne tourne pas rond chez moi ? Je débloque ou quoi ? Alors, je tente le tout pour le tout.

— Agnès ?

Le faciès d'Armand se fige. J'appelle plus fort.

— AGNÈS !

— Arrête ! Putain, tu vas la fermer ? Agnès n'est plus là !

Lorsqu'il s'avance, je sais déjà que l'affaire est pliée, mais je ne lui montre pas la moindre crainte. Oh non, je ne leur ferai pas ce plaisir, ni à ce grand malade ni à sa dégénérée de frangine qui cohabitent tous les deux dans un même corps.

Le bras gauche se lève, la lame du couteau brille au-dessus de ma tête. Pas une seconde, je ne la quitte des yeux. Au moment où il s'apprête à l'abaisser, la porte s'ouvre dans un vacarme épouvantable.

— ARRÊTE ! hurle Maurice en se précipitant sur la silhouette menaçante.

— Fous-moi la paix ! rétorque Armand de sa voix grave et sinistre.

Mon regard se rive vers l'endroit d'où vient M. Busch et croise celui de Quentin. Il a l'air inquiet et pousse un soupir – que je suppose être de soulagement – lorsqu'il s'aperçoit que je suis sur mes deux jambes. Ma vue se brouille, des larmes roulent sur mes joues, si bien que je ne distingue pas les hommes qui entrent derrière lui.

En revanche, j'entends des cris, je perçois des mouvements brusques. Mes yeux se ferment et je glisse le long du mur jusqu'à être assise sur le carrelage glacial, à bout.

— Agnès ! Je veux ma femme. Armand, laisse-moi retrouver ma femme ! Agnès, je t'aime.

Pour l'instant, il semblerait qu'Armand n'ait toujours pas dégagé, mais Maurice s'obstine à répéter encore et encore cette foutue phrase. Bon sang de bonsoir, quelle bande de fêlés ! Puis sans aucun signe annonciateur, tout s'arrête. L'arme tombe au sol et c'est la voix d'Agnès qui résonne dans le laboratoire. Mes paupières s'ouvrent à nouveau et je suis submergée par l'angoisse. Elle est à genoux à moins de trois mètres de moi.

— Pardon, pardon. Maurice, pardon ! J'en peux plus, c'est trop dur ! J'en peux plus…

Étienne et Christophe essaient de la forcer à se relever. Mais au moment de lui passer les menottes, elle s'échappe, se précipite sur le couteau qui traîne par terre, et s'en saisit. Ils tentent de l'attraper pour la tirer en arrière, mais elle les repousse avec une force étonnante et s'empale sur la lame dans la seconde qui suit.

Le temps qu'ils la retournent, elle est déjà inconsciente. Maurice est en train de pleurer et de se lamenter, Bruno et Benoît sont figés à l'entrée de la pièce, et Quentin appelle les secours depuis son téléphone portable. Quant à moi, eh bien moi, je suis là, affalée contre le mur, le cœur battant plus vite que si j'avais couru un cent mètres en moins de dix secondes. C'est fini, le cauchemar est terminé. Alors que je lâche un long soupir de soulagement, un cri de rage me fait sursauter et hurler de frayeur.

— Bande de salauds ! s'écrie-t-elle soudain avec la voix d'Armand.

Les yeux d'Agnès se sont rouverts, malgré sa blessure à l'abdomen. Elle tente de se redresser et saisit l'arme pour l'extraire de son ventre avant de la pointer sur Étienne et Christophe qui font un bond en arrière, surpris et apeurés par ce nouvel éclat. Comme elle est trop faible pour se relever et se tenir debout, ils sont désormais hors de portée. Dans un élan qui semble désespéré, Agnès se tourne vers moi et rampe jusqu'à atteindre mes jambes. Elle en agrippe une pour me tirer à elle. Je pousse un gémissement de terreur pure et j'entends Quentin jurer. J'essaie tant bien que mal de me dégager, mais elle est dotée d'une force assez stupéfiante pour une femme de corpulence normale, amoindrie qui plus est.

— Bordel, mais c'est quoi ça?

Il se précipite vers nous et bloque son poignet pour l'obliger à abandonner le couteau qui retombe à mes pieds dans un bruit mat. Il y a du sang partout! Puis, mon ami l'attrape par le pull pour la retenir en arrière et la forcer à me lâcher. La scène est affreuse, digne d'un film d'horreur. Sauf que ce n'est pas un film, mais la réalité. Et que je nage en plein dedans.

Sous mes yeux écarquillés, la main droite d'Agnès saisit à nouveau l'arme, la gauche étant toujours immobilisée par Quentin. Aussitôt, je crie pour l'avertir du danger.

— Attention!

En une fraction de seconde, elle abat le couteau sur le lieutenant qui parvient aisément à l'éviter. Si elle est costaude, il n'en reste pas moins qu'elle est affaiblie et je suppose que c'est ce qui la rend moins précise. Terrifiée, je me recroqueville autant que je le peux contre le mur. Mais contre toute attente, Agnès ne s'attaque pas à moi. Elle fait glisser la lame le long de sa gorge avant que Quentin ait eu le temps de réagir.

— Merde, aidez-moi! aboie-t-il.

L'arme vient une fois encore de tomber à terre et il l'écarte résolument du pied. Face à lui, Agnès est à nouveau inconsciente et pour de bon, si j'en juge par la mare de sang qui se répand autour d'elle à toute vitesse.

Maurice pousse un gémissement qui ressemble au cri d'une bête blessée. Le pauvre ! Quand il a couché avec Véro pour la première fois, je présume qu'il était loin d'imaginer que cette histoire s'achèverait aussi tragiquement.

Ensuite, tout devient flou pour moi. Les secours arrivent, même s'il est trop tard, malgré les premiers soins prodigués par mon gendarme préféré. La dépouille d'Agnès est évacuée, Maurice quitte la pièce, soutenu par ses fils, Christophe et Étienne s'entretiennent avec Quentin. Un pompier m'aide à me relever et place une couverture de survie sur mes épaules.

À peine ai-je posé un pied à l'extérieur, que ce cher Delval déboule devant moi et commence à m'enguirlander comme si j'étais une gamine fugueuse. Il semble hors de lui.

— Non, mais ça ne va pas la tête d'être venue ici toute seule ? Tu te rends compte que non seulement tu t'es mise en danger, mais qu'en plus tu nous as fait prendre de gros risques ? Si elle avait eu sa carabine, cette histoire aurait pu virer au carnage ! Tu es complètement inconsciente, ma parole ! Tu ne pouvais pas nous laisser faire notre boulot, espèce de peste ?

Cette engueulade, somme toute justifiée, déclenche un craquage en bonne et due forme. Sans aucun signe avant-coureur, je m'effondre, sanglotant comme une madeleine. Nerveusement, je suis à bout. Cette soirée restera dans les annales comme le pire cauchemar de toute ma vie. Même le jour où Olivier m'a annoncé qu'il voulait divorcer n'a pas été aussi éprouvant. C'est dire…

Lorsqu'il s'en rend compte, Quentin m'attrape par les poignets pour me tirer vers lui et me serrer dans ses bras. C'est la première fois que nous sommes physiquement si proches et, malgré mon état assez minable, je trouve cette étreinte à la fois agréable et réconfortante. Exactement ce dont j'ai besoin.

— Bordel, Léopoldine Courtecuisse, tu m'as fichu une de ces trouilles ! J'ai cru mourir de peur quand j'ai compris que cette femme était sur le point de te poignarder. Ne me refais plus jamais ça, tu m'entends ? Plus jamais !

D'une toute petite voix, je chuchote :

— Promis. Moi aussi, j'ai flippé et pas qu'un peu. Comme dirait Tom, j'ai flippé ma race.

Il rit et m'entraîne à l'écart, vers une voiture banalisée dont il ouvre la portière arrière. Puis il m'invite à m'installer sur la banquette, le temps qu'il en finisse avec les formalités. Plus immobile qu'une statue, j'observe sans vraiment les voir le ballet de gyrophares, les inconnus en uniforme ou en combinaison blanche – les « Cotons-Tiges » de la scientifique comme les surnomme Quentin – et les curieux venus se rincer l'œil en nombre. Ces derniers sont maintenus à distance par un cordon de sécurité. Un peu plus loin, les hommes Busch sont interrogés par les forces de l'ordre.

Quand une silhouette se dresse devant moi, je pousse un cri de surprise et de peur mêlées, et je fais un bond sur le siège. Mon cœur entame une course folle qui m'oblige à poser la main sur ma poitrine pour essayer de me calmer, même si c'est difficile.

— Je suis désolé, Léo, déclare Benoît.

Il a l'air mal à l'aise et je présume que c'est lié à ce qui s'est passé ce soir. Maladroitement, je lui souris pour tenter de le rassurer.

— Tu n'as pas à t'excuser, Benoît. Rien de tout ceci n'est de ta faute.

— Si, parce que j'aurais dû te prévenir, te demander de te méfier de ma mère.

— Tu étais au courant pour Armand ? je m'enquiers avec curiosité.

Il acquiesce d'un hochement de tête.

— Oui. Ça fait des années que maman souffrait de ce dédoublement de personnalité. Mais je croyais que le pire était derrière elle, que tout s'était calmé avec le temps.

— Comment se fait-il qu'elle n'ait jamais été soignée pour cette pathologie ?

— Je l'ignore. Tout ce que je peux te dire, c'est que ces phases étaient très rares lorsque nous étions mômes, genre une ou deux fois par an. C'est au moment où elle a su pour l'homosexualité de Bastien que les choses se sont détériorées. Ensuite, je suis parti, parce que je ne supportais plus de la voir se transformer en une espèce de monstre sanguinaire à tout bout de champ. Alors, quand j'ai appris pour la mort de Véro, j'ai tout de suite pensé à elle et à son double maléfique. Mais bien entendu, je n'étais sûr de rien.

Songeuse, je répète ses derniers mots.

— Un double maléfique. Voilà qui est très poétique…

— Je m'en veux beaucoup. Bruno et papa aussi. On se dit que si on l'avait obligée à se soigner, même contre son gré, si on avait regardé la réalité en face et admis que notre mère souffrait d'une maladie mentale, rien de tout ceci ne serait arrivé. Bastien, Jean-Michel et Véro seraient toujours en vie. C'est terrible quand on y réfléchit.

Avec un sourire compatissant, je hoche la tête. Sincèrement, je n'aimerais pas être à leur place. Vivre avec un tel poids sur la conscience doit être difficile. Les épaules basses et le pas lourd, Benoît tourne les talons et repart en direction de l'endroit où sont assis son frère et son père.

L'instant d'après, Quentin et Christophe sont près de moi.

— C'est dingue, cette aventure! s'exclame ce dernier, qui paraît excité comme une puce au Salon de la moquette.

— Oh, un peu de tenue! le recadre Delval avec sévérité. Je te signale qu'une femme est morte et qu'une famille est en deuil. Il n'y a vraiment pas de quoi se réjouir.

Le pauvre type rougit et se dandine d'un pied sur l'autre, comme un gamin. Ridicule, le mec! Un peu plus loin, Paul passe les menottes autour des poignets de Maurice qui est emmené sous le regard triste de ses fils. Malheureusement pour lui, il n'a pas dénoncé une criminelle. Pire, il l'a protégée. Et pour cela, il risque gros.

— Tu vas prendre ma voiture, poursuit le lieutenant, je ramène Léopoldine à son domicile. Elle n'est visiblement pas en état de conduire.

Bien vu, Sherlock! Il y a du progrès, je songe avec ironie en le suivant jusqu'à ma 3008.

Enfin, le suivre est un bien grand mot, puisque mes jambes tremblantes m'empêchent d'avancer et qu'il me soutient par la taille pour me permettre de marcher sans risquer de me casser la figure. Lorsqu'il ouvre la portière côté passager et avise mon iPhone abandonné sur le siège, Quentin pivote vers moi et grogne:

— Ah bravo! J'aurais pu t'appeler encore longtemps! Quelle inconscience! T'es vraiment pas bien dans ta tête, toi!

À nouveau, mes larmes menacent de se déverser en torrents. C'est dingue ce que je suis à fleur de peau ce soir! En même temps, après ce que je viens de vivre, cela n'a sans doute rien de surprenant. Sans prononcer une parole, je récupère mon téléphone et m'installe, tandis que Quentin contourne le véhicule et s'assied derrière le volant. Il démarre – vive les clés sans contact –, actionne le chauffage à fond et fait demi-tour dans la rue, non sans avoir attendu que ses collègues défilent devant nous dans les voitures bleu marine de la gendarmerie.

— Ça va?

La température dans l'habitacle commence à devenir agréable, mais je suis en train de grelotter.

— Je suppose que je dois dire oui. J'ai eu la peur de ma vie et j'ai un peu de mal à m'en remettre. Ça ira sans doute mieux après une nuit de sommeil.

— Ne pense surtout pas ça. Je te conseille d'appeler ton amie pour qu'elle annule tes rendez-vous des deux prochains jours. C'est le minimum qu'il te faudra pour prendre du recul et surmonter le traumatisme de cette soirée.

Aussitôt, je réplique, vaguement agacée.

— Impossible ! Je dirige un commerce, je ne peux pas poser des congés comme bon me semble. Quoi qu'il arrive, demain, je couperai les cheveux de mes clientes. Il n'y a pas à discuter sur ce point.

Quentin fronce les sourcils, mais ne proteste pas. De toute façon, aucun argument ne me fera changer d'avis. Ce que j'ai vécu cette nuit a été violent et très éprouvant, je suis la première à le reconnaître. Néanmoins, ma vie ne s'arrête pas pour autant. Bien sûr, si je pouvais revenir en arrière, je changerais tout de cette soirée, à commencer par mon propre comportement. Je me suis montrée d'une imprudence consternante. À aucun moment, je n'ai réfléchi plus loin que le bout de mon nez. Résultat : je me suis mise toute seule en danger, par bêtise et par excès de vanité. Mais j'ai bien retenu la leçon et on ne m'y reprendra pas de sitôt. Cela étant, mon autocritique cesse là, car je n'oublie pas que j'ai résolu cette énigme pourtant complexe. Alors, oui, ce n'était pas exactement ce que j'imaginais – qui aurait pu prévoir Armand, le dingue ? –, mais j'ai quand même réussi à démasquer la coupable.

Quelques minutes plus tard, nous arrivons au bas de mon immeuble. Galant, mon ami demande la télécommande de mon garage dont il ouvre la porte.

Puis, il y range la voiture et m'accompagne jusqu'à l'entrée du bâtiment. Avec un petit sourire reconnaissant, je propose :

— Tu veux boire un café ?

— OK, mais juste quelques minutes.

Nous montons, toujours sans parler, et pénétrons dans l'appartement silencieux, même si Tom a laissé deux lampes allumées. Celles-ci diffusent une lumière tamisée qui rend la pièce encore plus douillette et c'est exactement ce qu'il me faut. Une douce chaleur est en train de réchauffer mon corps frigorifié et, oh mon Dieu, que ça fait du bien ! Vive le chauffage au sol !

Deux tasses à la main, je rejoins Quentin qui s'est assis sur le canapé après avoir retiré ses rangers. Sans la moindre gêne, il pose ses longues jambes sur la table basse. Avec n'importe qui d'autre, ça me dérangerait, mais je ne dis rien. Comme moi, il a besoin de se mettre à l'aise après les émotions de cette soirée cauchemardesque. L'horloge indique qu'il est à peine minuit. J'en suis étonnée, j'imaginais qu'il était déjà 2 ou 3 heures du matin.

— Comment en es-tu arrivée à te rendre à la ferme ? finit-il par demander.

J'avale une gorgée délicieusement brûlante de mon thé, avant de lui répondre. Puis, je lui résume mes trouvailles des deux derniers jours : l'encart dans la revue qui fichait l'alibi d'Agnès en l'air, ma discussion avec Benoît au sujet de l'infidélité de Maurice et de sa propre aventure passée avec Véro, le lien que j'ai établi entre l'alliance manquante et le fait qu'Agnès avait probablement compris avec qui son mari entretenait une relation extraconjugale, le permis de chasse et cette impulsion qui m'a menée jusqu'à l'exploitation des Busch.

— J'ai commencé à avoir des doutes quand Benoît a évoqué Jean-Michel. Je savais par Bruno que Bastien était proche de sa mère. Il fallait que l'assassin soit quelqu'un de particulièrement cher pour le pousser à une telle extrémité, lorsqu'il l'a découvert. Je pensais à Maurice jusqu'à hier, mais il y avait plusieurs points qui ne concordaient pas. D'office, on avait éliminé Agnès parce qu'elle était droitière. C'était le seul élément qui nous empêchait de nous focaliser sur elle. C'est là que, dans ma voiture, la possibilité qu'elle soit une gauchère contrariée m'est venue.

— Une gauchère contrariée ?

— Oui, autrefois quand un élève était gaucher, on l'obligeait à écrire de la main droite. De nombreuses personnes qui ont été dans ce cas tiennent leur stylo avec la main droite, mais effectuent tous les gestes du quotidien avec la main gauche. Je n'imaginais pas qu'elle était carrément ambidextre.

Quentin sourit et acquiesce d'un hochement de tête.

— Finalement, nous avons résolu cette enquête par deux moyens différents. Pour ma part, j'ai essayé de t'appeler ce soir au salon et Magalie a répondu. C'est elle qui m'a parlé de votre découverte dans *Wahlbourg avec vous*. Ensuite, dans la foulée, j'ai interrogé Maurice et Benoît. Au bout du compte, il a fini par tout me raconter. Armand, les crises de plus en plus fréquentes d'Agnès, son passé. Je suppose qu'il a vécu ces confidences comme une libération, parce que le secret était devenu trop lourd à porter pour lui. Et franchement, je me demande comment il a fait pour ne pas craquer avant. La vérité, c'est qu'il se sent coupable de la mort de son fils depuis des années. Malgré tout, il aimait son épouse, aussi dingue soit-elle.

— Mais qu'a subi Agnès de si dramatique au cours de sa jeunesse pour avoir perdu à ce point la raison ?

— D'après ce que j'ai cru comprendre, elle vient d'une famille à problèmes. Il paraît que sa mère souffrait déjà de troubles psychiatriques. Le père était une brute épaisse qui passait son temps à picoler, et à cogner femme et enfants. Et selon toute vraisemblance, il ne s'arrêtait pas là. Maurice m'a expliqué qu'il avait tué son propre frère ainsi qu'un cousin pour des histoires de partage de terres. C'était une bête sauvage qui abusait de sa fille alors qu'elle était gamine.

Épouvantée, je lâche un cri de révolte. Mais c'est monstrueux !

— Armand était bien le jumeau d'Agnès. Un jour, il a essayé de s'interposer et le paternel l'a tellement tabassé qu'il en est mort. Il avait tout juste neuf ans.

— Ah bon ? Alors il a réellement existé ?

— Oui.

— Et personne ne s'est inquiété de la disparition de cet enfant ?

— Non, parce qu'ils ont déménagé et quitté le Jura juste après. Ils se sont installés à Dimbourg où le vieux a racheté une modeste ferme. Il paraît qu'ils ont voyagé avec le cadavre du garçonnet dans une malle. Tu te rends compte ? Je ne veux même pas imaginer la puanteur de ce petit corps en décomposition. Bref, c'est à ce moment-là qu'Agnès a elle aussi commencé à travailler du chapeau. Un an plus tard, alors qu'elle avait une dizaine d'années, elle a empoisonné son père avec de la mort-aux-rats. La mère était complice, et sans doute encore plus givrée que la fille. C'est à cette époque que le dédoublement de personnalité s'est vraiment opéré. Elle devait se sentir coupable de la mort de son frère dont elle était très proche, semble-t-il. Ensuite, quand la vieille a été trop malade, elle s'en est débarrassée également. Puis, elle a rencontré Maurice. Je présume que la stabilité de cette nouvelle vie a dû calmer ses démons et ça expliquerait pourquoi elle était autant dans le contrôle de cette famille qu'elle voulait parfaite, pourquoi elle était si protectrice jusqu'à étouffer mari et fils. Elle s'est accrochée désespérément à ce qu'elle avait construit avec Maurice pour ne pas basculer à nouveau, parce qu'elle savait ce qui arriverait si son monde s'écroulait.

— Waouh ! C'est tellement glauque comme histoire. À la lumière de ce que tu viens de me raconter, j'ai presque pitié d'elle.

— Je suppose qu'elle a des circonstances atténuantes, mais il n'en reste pas moins qu'elle était très calculatrice et d'un sang-froid à toute épreuve. Sinon, jamais elle n'aurait réussi à tuer Véronique comme elle l'a fait.

— D'après ce qu'elle m'a dit, enfin son double maléfique, Véro avait menacé de la dénoncer aux gendarmes pour le meurtre de Jean-Michel. Ce que je ne comprends pas, c'est pour quelle raison elle a défié sa belle-mère de la sorte. Ne pensait-elle pas que celle-ci pouvait se montrer dangereuse ? À sa place, je me serais méfiée.

— Mais Léo, tu n'es pas Véronique Busch. Contrairement à elle, tu es dotée d'un cerveau dont tu sais te servir. Cette fille n'avait pas de jugeote, c'était plutôt le genre pas très fute-fute. Et puis, si on recoupe les différents témoignages, il semblerait qu'Agnès ait ordonné à sa bru de divorcer, peu après avoir trouvé l'alliance de Maurice dans la chambre du couple. C'est pour ça que Véro l'a menacée, parce qu'elle n'aurait jamais accepté de mettre un terme à son mariage. Ces deux-là s'aimaient, mais leur relation était aussi fusionnelle que destructrice. Bref, tous les éléments étaient rassemblés pour que cette histoire se termine en tragédie. C'est seulement dommage pour ceux qui ne sont plus là, comme Bastien et Jean-Michel, ou même Véronique. Aucun d'eux ne méritait de mourir.

— Et Agnès ? Elle est réellement décédée ?

— Absolument. Et j'ai envie de te dire que ce n'est pas plus mal. Quel espoir avait-elle de s'en tirer ? Aucun. Elle aurait passé le reste de sa vie internée dans un centre psychiatrique de haute sécurité. Je suppose que c'est une perspective qu'elle n'aurait jamais pu supporter. En finir, c'était cesser d'endurer ce qui était pour elle un calvaire. Parce que Maurice a été très clair à ce sujet : Agnès souffrait vraiment d'être malade. Elle avait conscience de sa pathologie, mais refusait de se faire soigner, pour ne justement pas être placée dans une institution dont elle doutait de pouvoir sortir un jour. La hantise du placard dans lequel elle était enfermée des heures entières avec son frère, sans boire ni manger, était encore profondément ancrée en elle.

— C'est très triste finalement.

— Oui, mais il faut revenir au présent, maintenant. Et là, tout de suite, madame Courtecuisse, l'enquête est bouclée et résolue par la gendarmerie de Wahlbourg.

Avec une mimique ironique, je lui file une pichenette dans le bras.

— Donc pas de débarquement des cow-boys ?

— Tu as tout compris. Les bouseux n'ont pas eu besoin des super-héros du SRPJ pour en venir à bout.

— Félicitations, lieutenant Delval, beau travail.

Il sourit, vide sa tasse et se love dans le canapé. Les yeux fermés, il semble se détendre enfin.

— Dis, Léo, ça te dérange si je dors sur ton sofa, ce soir ? Jamais je n'arriverai à rentrer à pied. Je suis lessivé.

— Bien sûr, je vais te chercher un coussin et un plaid.

— Merci, tu es adorable.

— Tu as faim ?

— Non, je voudrais juste me reposer.

Avec bien de la peine, je gagne le couloir pour récupérer le linge dans une armoire murale. Lorsque je retourne dans le séjour, il a retiré son pantalon et est déjà allongé de tout son long, assoupi, en polo, caleçon et chaussettes. Je place l'oreiller sous sa tête que je soulève délicatement, puis je le couvre.

Quentin soupire et murmure d'une voix ensommeillée.

— Merci, Léo, tu es une mère pour moi.

Comment ? Une mère ? Et puis quoi encore ? Si c'est comme ça qu'il me considère, c'est bien la dernière fois qu'il dort chez moi !

Agacée, et désormais pleinement réveillée, je file à la cuisine où je mange une banane en quatrième vitesse. Ensuite, j'éteins les lampes du salon et me dirige vers le couloir qui mène à ma chambre, non sans en avoir allumé le plafonnier. J'ai le vague pressentiment que cette nuit, je ne parviendrai pas à m'assoupir sans lumière.

Alors que je passe devant les portes des enfants, celle de Tom s'ouvre et laisse place à mon gamin qui baye aux corneilles, mais se jette dans mes bras et me serre contre son grand corps d'adolescent quand il m'aperçoit.

— Ah, tu es là ! J'étais super inquiet. J'ai même téléphoné à Quentin, il ne te l'a pas dit ?

Je souris et lui rends son étreinte. Finalement, il est trop chouette mon petit garçon. Pour rien au monde, je n'en voudrais un autre. Je ne lui expliquerai pas que son appel m'a probablement sauvé la vie, même si j'en suis convaincue. Il pourrait se faire du souci inutilement et je tiens avant tout à le protéger.

Au moment où je me couche dans mon lit, je songe que si Agnès avait été ainsi préservée par ses parents, le drame qui s'est déroulé ce soir devant mes yeux n'aurait sans doute pas eu lieu. Et quelque part, tout au fond de moi, je ne peux m'empêcher d'être triste pour la fillette maltraitée qu'elle a été.

32

Vendredi 23 novembre 2018

Quentin

— Entrez !

Avec une satisfaction somme toute légitime, je pousse la porte du bureau de mon supérieur, le commandant Gerber. Aujourd'hui, je suis de retour dans les locaux de la gendarmerie départementale, convoqué dès ce matin. Mais cette fois, ce ne sera pas pour me faire remonter les bretelles.

— Ah, Delval ! Entrez, mon vieux ! Comment allez-vous ?

Ah oui, effectivement, le ton est beaucoup plus amical.

— Installez-vous, je vous attendais. Eh bien, toutes mes félicitations ! Vous avez rondement mené cette enquête, avec discrétion et intelligence. Bravo, c'est du très bon boulot. Je suis impressionné.

— Vraiment ?

— Dans ces petites villes où les secrets de familles sont légion et où les habitants sont plus muets que des carpes, ce n'est jamais facile de démêler les sacs de nœuds. Surtout quand on n'est pas du cru.

Mais qu'est-ce qu'il raconte, ce bouffon ? Comme s'il avait déjà été à la tête d'une gendarmerie de village ! Je suis sûr que non. Tu vas voir si je lui montre mon cru, ce qu'il va en penser ! Pas certain qu'il apprécie. Même si la langue me démange de lui balancer deux ou trois vérités, notamment au sujet de la façon dont il m'a reçu la dernière fois, je reste silencieux. Pas la peine que je me le mette à dos, alors que je viens tout juste d'entrer dans ses bonnes grâces. Je ne suis pas du genre fayot du chef, mais ma carrière dépend de lui, gardons cet élément primordial à l'esprit.

— Mais vous avez surmonté toutes les embûches et trouvé le coupable. Encore bravo. Je n'en reviens toujours pas de votre efficacité !

J'ignore comment je dois prendre cette phrase, parce que ça ressemble à tout, sauf à un compliment. Sans compter que le gros du boulot a quand même été effectué par Léopoldine, même s'il est désormais acté que je serai le seul à en retirer les bénéfices.

— Commandant Gerber, merci de ne pas en rajouter. On arrête là.

Même si j'ai parlé d'un ton calme, je pense qu'il se rend compte de sa bourde, car il rougit et baisse la tête.

— Le juge a également été très impressionné par votre travail exemplaire et est d'accord pour appuyer votre mutation à l'endroit où vous le souhaiterez afin de vous récompenser. Donc, si vous voulez retourner à Paris ou même à Bordeaux, votre ville d'origine, c'est le moment ou jamais de me le faire savoir. Les choses peuvent bouger rapidement, pour peu qu'on bénéficie de soutiens bien placés.

Il y a une semaine de cela, s'il m'avait fait une telle offre, j'aurais sauté sur l'occasion sans réfléchir et j'aurais demandé mon transfert en Gironde, de préférence dans le bassin d'Arcachon, pour pouvoir profiter de mon temps libre sur le voilier de mon père. Mais aujourd'hui et après ce qui vient de se passer, je ne suis plus aussi prompt à accepter cette proposition.

D'abord, Wahlbourg est une jolie petite bourgade où il fait bon vivre. Ensuite, j'apprécie mon équipe ainsi que les locaux qui sont quasiment neufs. Je suis sûr que bon nombre de mes collègues sont nettement moins chanceux que moi. Et pour finir, j'ai adoré ma collaboration avec Léopoldine Courtecuisse qui m'a montré comment aborder une énigme avec efficacité, même si ça me fait mal de l'admettre. Je n'ai qu'une hâte, c'est recommencer à bosser avec elle. C'était drôle, intense, constructif, et particulièrement stimulant. Or, depuis ma sortie de l'école d'officiers, je n'ai jamais éprouvé ces sensations. C'est simple, pour la première fois depuis que je suis gendarme, j'ai trouvé mon métier fort intéressant. Mieux, je l'ai aimé. Et ça, ça n'a pas de prix. Je sais que j'ai encore beaucoup à apprendre pour devenir un enquêteur chevronné, mais j'ai envie de me perfectionner. Il me semble que le jeu en vaut largement la chandelle. À l'avenir, j'aurai d'autres occasions de voir ailleurs si l'herbe y est plus verte. Mais pour le moment, je me sens bien dans ma petite ville alsacienne.

— Non merci, mon commandant. Je préfère rester où je suis.

— Vous êtes sûr ? insiste-t-il surpris. Votre nomination était quand même une sanction disciplinaire pour laquelle personne ne vous a demandé votre avis. Il est peut-être temps de réparer cette injustice. Réfléchissez, lieutenant.

— Je suis tout à fait sûr.

— Très bien, comme il vous plaira. Je ne vous retiens donc pas. Le juge vous appellera dans la journée pour débriefer avec vous sur l'affaire. Et si vous changez d'idée, téléphonez-moi.

Je n'aime pas l'air moqueur qu'il affiche, comme s'il était persuadé que je finirai par le contacter pour le supplier d'intervenir afin que mon formulaire de mutation soit au-dessus de la pile. Mais c'est là qu'il se trompe. En tout cas, je ne partirai pas dans l'immédiat, car j'ai la certitude que j'ai encore beaucoup à apporter à Wahlbourg et que Wahlbourg me le rendra bien.

— Dans ce cas, je sollicite la permission de me retirer. J'ai une tonne de papiers à remplir et quelques personnes à interroger pour boucler définitivement cette affaire.

— Faites, faites. Je ne tiens pas à vous retenir quand le devoir vous appelle.

Après les salutations d'usage, je quitte le bureau comme si j'avais le feu aux fesses. J'en suis presque à me demander si je ne préférais pas quand j'étais dans son collimateur. Son attitude, maintenant qu'il m'a à la bonne, est trop bizarre. Mais au fond, je m'en fiche complètement. Pour la première fois depuis qu'il y a eu ce scandale à Paris, je peux marcher la tête haute et le sourire aux lèvres. Cette enquête résolue ne m'a pas seulement permis d'obtenir l'estime de mes supérieurs, elle m'a aussi rendu ma foi en ce métier et ma dignité perdue dans le lit d'une femme qui ne m'aimait pas. Et c'est en grande partie à ma copine Léopoldine Courtecuisse que je le dois. Jamais je ne la remercierai assez pour tout ce qu'elle m'a apporté, sans même le savoir.

33

Léopoldine

— Non, madame Rich, je refuse de vous teindre en blond platine avec des pointes noires. C'est affreux.

— Mais enfin, je suis cliente ! C'est moi qui décide, non ?

— Sauf si votre choix va à l'encontre de ma conscience professionnelle. Je sais que c'est la première fois que vous venez au salon, mais je vous promets qu'accéder à votre demande serait criminel de ma part.

— Alors ça, c'est fort ! Vous faites ce que je vous dis, un point c'est tout !

— Désolée, mais je ne suis pas d'accord. Ma crédibilité est en jeu. Et ça m'étonnerait que vous trouviez un coiffeur assez fou pour accepter.

— Dans ce cas, je n'ai plus rien à faire ici, s'écrie la vieille taupe qui est en train de me taper sur les nerfs. On croit rêver !

Vaguement agacée, j'observe la femme, tandis qu'elle arrache la blouse et la serviette, puis se lève pour s'en aller comme une furie.

— Au revoir, madame !

— Je ne vous ferai aucune pub, vous pouvez en être sûre !

— Tant mieux ! s'exclame Magalie depuis le bac à shampoing.

Bon sang, je sens que la journée va être longue. Il est à peine 11 heures et je suis déjà au bout du rouleau, d'autant que je n'étais pas très fraîche en arrivant. Lorsque je suis sortie de ma chambre, j'ai découvert que Quentin était parti. Sans un mot, je tiens à le préciser. Et c'est sans doute ce qui me reste en travers. Un petit merci griffonné sur un Post-it m'aurait fait plaisir. Décidément, dans le genre ingrat, ce type est un champion de classe internationale.

Magalie me rejoint et secoue la tête de découragement. Depuis ce matin, nous enchaînons les clientes désagréables. Il ne manquerait plus que ma mère rapplique pour que la coupe soit pleine. Par chance, elle n'a pas mis les pieds au salon après notre dernière dispute téléphonique.

Depuis que je lui ai raconté ce qui s'est passé hier soir, mon amie est anormalement silencieuse. À la pause déjeuner, elle semble se détendre enfin.

— Je n'en reviens toujours pas, quel choc ! murmure-t-elle, alors que nous venons de nous installer à une table de la cafétéria avec notre habituel combo gagnant : sandwich-pâtisserie.

— Pareil pour moi, tu sais... J'ai eu la trouille de ma vie. C'est un miracle que j'aie réussi à dormir. En rentrant, j'étais sûre qu'une nuit blanche m'attendait.

— Pauvre Maurice... J'espère que Quentin t'a offert des croissants ce matin. Après tout ce que tu as fait pour lui, tu mérites au moins ça, c'est le minimum. Sans toi, jamais il n'y serait arrivé.

Pitié, Mag, n'en rajoute pas, ai-je envie de m'écrier. Mais je prends sur moi, si bien que je parviens à rester d'un calme olympien.

— Ne le sous-estime pas, c'est un garçon intelligent.

— Oui, mais quand même, je pense que...

Mon associée s'arrête brusquement de parler et, deux secondes plus tard, un énorme bouquet de roses rouges et blanches se trouve sous mon nez. Quentin se penche vers moi et me claque une bise sur la joue.

— Ta copine a raison. Merci pour tout. Attendez-moi, les filles, avant de commencer à manger. Je récupère un truc à grignoter, arrosé d'un double expresso, et je vous rejoins.

Nous observons toutes les deux les fleurs qui prennent une place folle avant d'éclater de rire en même temps.

— Eh bien, eh bien ! Il ne s'est pas foutu de toi ! Il y en a pour une fortune.

Lorsque Quentin nous retrouve, il s'installe sur la chaise située entre mon amie et moi. Puis, tandis que nous évoquons l'affaire qui doit être actuellement sur toutes les lèvres de tous les habitants de Wahlbourg et Dimbourg réunis, il dévore son panini et son éclair à la vanille. Magalie lui pose de nombreuses questions, tentant de découvrir ce que je n'ai pas voulu dire, mais il reste assez vague. Dans l'ensemble, nous partageons un agréable repas, à rire et à papoter avec insouciance.

Au moment de lever le camp, puisqu'il est déjà l'heure pour nous de reprendre le boulot, je récupère les roses sous les regards curieux de ceux qui sont assis autour de nous. Mais je m'en fiche, je suis trop contente. Quentin nous fait la bise en promettant de revenir de temps à autre pour déjeuner avec nous comme aujourd'hui et me souffle à l'oreille, juste avant de partir :

— Quant à nous, on essaiera de se faire un resto à l'occasion. C'est moi qui invite.

Comme une collégienne, je rougis et souris bêtement, avant de me ressaisir.

— Pas de souci, mais n'oublie pas que tu me dois un service.

— Ah ben oui ! Alors, c'est quoi ?

— Je t'en parlerai bientôt.

Tandis qu'il nous tourne le dos et quitte la galerie marchande, Mag me donne un coup de coude.

— Mais cette histoire a l'air sur de bons rails. Tadadada ! Tadadada !

Voilà que cette bécasse se met à fredonner la marche nuptiale. N'importe quoi ! Enfin, pas tout à fait finalement. Au moment où nous entrons dans le salon, je ne peux m'empêcher de la faire bisquer, histoire de m'amuser un peu à ses dépens.

— Bravo, comment as-tu deviné ?

— Deviné quoi ? demande-t-elle, surprise.

Et pour cause !

— Que je me rendrai au mariage de ma sœur, accompagnée de Quentin.

Semblant soudain comprendre de quoi il retourne, mon amie s'esclaffe.

— Alors, c'était ça le fameux service ?

— Exactement.

— Bien vu. Là, je dis bravo, championne ! s'exclame-t-elle.

Nous éclatons de rire en chœur et faisons un *high five*. Bien entendu, il ne se passera jamais rien avec Quentin, mais je m'en fiche. Ma vie, entre mes enfants et un job que j'apprécie, me convient parfaitement. J'irais même plus loin : je l'aime telle qu'elle est et il a fallu cette enquête pour que j'en prenne pleinement conscience.

Épilogue

Lundi 26 novembre 2018

Léopoldine

Il est déjà tard, lorsque je déverrouille la porte de mon appartement. En ce lundi soir, je retrouve mon nid douillet bien vide sans la présence de mes enfants qui ne m'ont pas lâchée de tout le week-end. Même Margaux, qui dormait vendredi chez Myla, a joué les mères poules quand Tom lui a tout raconté. Du coup, j'ai profité d'eux, délaissant les tâches ménagères pour les emmener au cinéma et au restaurant. Et vous savez quoi ? J'ai passé un super dimanche ! Pour une fois, je n'ai vérifié aucun devoir, c'est désormais à Olivier de prendre le relais.

Après une douche rapide, je réchauffe une part de gratin de coquillettes préparé hier en fin de journée. Munie de mon assiette et d'un verre d'eau, je m'affale sur le canapé à la recherche d'un programme télé qui pourrait me convenir. Très vite, je m'en désintéresse, parce que j'ai déjà vu la seule série policière diffusée ce soir.

Finalement, j'allume le nouvel ordinateur portable que j'ai acheté samedi en quittant le salon. Sur un coup de tête, j'ai récupéré les gamins à la maison et je me suis rendue à 18 heures, en plein centre de Strasbourg, dans une boutique bondée, en compagnie de Tom à qui j'ai offert un téléphone correct, et de Margaux qui a eu un bel iPad. Pour ma part, j'ai choisi ce magnifique MacBook qui vaut une petite fortune. Hier matin, mon fils m'a installé le logiciel de traitement de texte, acquis en ligne. Je sais que ce n'est pas raisonnable, mais on va simplement considérer que je me suis fait mon cadeau de Noël avec un peu d'avance.

D'ailleurs, avec Mag, nous avons décidé que nous passerions les fêtes de fin d'année au soleil, puisque nous avons les enfants et que nous ne voulons, ni l'une ni l'autre, nous retrouver assises à table pour nous coltiner les reproches et les critiques de nos parents. C'est sûr que ça fera un trou dans mon livret épargne, parce que la Martinique au Club Med, ce n'est pas donné en cette période de l'année. Mais je m'en fiche, on n'a qu'une vie après tout! Et puis, ça fera la nique à tous les mauvais esprits qui jouent les hypocrites lors des repas familiaux et qui, après quelques verres dans le nez, vous balancent ce qu'ils pensent réellement de vous, souvent de manière fort peu diplomate. Chaque année, j'y ai droit et j'en ai assez de ces soirées qui finissent invariablement de la même façon: mal. Donc, pas question de réitérer l'expérience.

Quand on a frôlé la mort d'aussi près, on relativise et on remet les choses dans leur contexte. Il est dorénavant inenvisageable de me prendre la tête pour des problèmes ou des gens qui n'en valent pas la peine.

Tranquillement installée sur mon canapé, mon beau Mac sur les genoux, je récupère mes cahiers de notes pour me rappeler en détail la chronologie des deux dernières semaines. Puis, sans même que j'y réfléchisse, mes doigts commencent à voler sur le clavier. Au début, c'est avec hésitation, mais à mesure que je tape, tout devient plus facile, plus fluide.

Un soir, pas si lointain, Quentin m'a suggéré d'écrire un roman policier. C'est exactement ce que je vais m'employer à faire. Bien entendu, je n'ai pas la prétention de pondre le prochain chef-d'œuvre littéraire de l'année. Je ne crois pas en être capable, du reste. Mais ça m'amuse de tout reprendre à zéro, comme si cette aventure folle n'était pas complètement terminée.

Et puis, avec un peu de chance, le lieutenant Delval aura peut-être encore besoin de moi pour une nouvelle enquête. Qui sait…

À suivre
Bigoudis & petites enquêtes
Panique aux pompes funèbres
Enquête n° 2

Après avoir brillamment résolu l'enquête sur le meurtre de Véronique Busch, Léopoldine s'ennuie. Un matin, un couple vient lui demander de l'aide. Leur fille a disparu et ils se sont fait refouler de la gendarmerie par Aurélie. Ces gens ne sont pas n'importe qui, puisqu'il s'agit d'Oscar et Claudia Gauner, alias le croque-mort et son épouse. Et leur fille disparue n'est autre que Manon, la petite amie de Tom (le fils de Léopoldine). Elle contacte aussitôt Quentin qui prend l'affaire en main.

Tout laisse présager une fugue, mais on n'est jamais sûr de rien. Et quand Oscar meurt dans des circonstances étranges, Léopoldine et Quentin se retrouvent à devoir parallèlement élucider deux affaires.

À PARAÎTRE EN OCTOBRE 2022

Premier chapitre
de *Panique aux pompes funèbres*

Mercredi 23 janvier 2019

Léopoldine

Je m'ennuie… mais qu'est-ce que je m'ennuie ! Et je suis polie, car c'est un autre mot qui me vient spontanément à l'esprit. L'affaire Véronique Busch est désormais loin derrière moi et plus personne ne m'en parle jamais. Ça me manque, je m'étais habituée à cette notoriété aussi soudaine qu'agréable. Même Quentin n'est passé qu'une fois pour faire raccourcir ses cheveux et, quand je lui ai proposé de déjeuner avec moi, ce jour-là, il a prétexté trop de travail pour décliner mon invitation.

Trop de travail ! À la gendarmerie de Wahlbourg ?

Personne ne peut y croire et certainement pas moi. Mais enfin, je ne pouvais pas le forcer, n'est-ce pas ? Cependant, ça m'a fait tout drôle et j'ai eu un pincement au cœur en le regardant partir sans se retourner.

Au salon, c'est le calme plat et nous nous retrouvons régulièrement avec des trous d'une, voire de deux heures dans notre planning, ce qui n'était pas arrivé depuis fort longtemps. Si janvier n'est pas un mois d'affluence, il y a quand même un minimum de permanentes et autres coupes-brushing. Mais voilà, en ce moment, j'ai l'impression que tout le monde est fauché. Et ce n'est pas une simple illusion, car plusieurs clientes que j'ai croisées en faisant les courses ont déclaré qu'elles viendraient en février, lorsque ça irait mieux. Traduisez : quand elles auront de nouveau de l'argent à dépenser.

Hier, pour la première fois, au cours d'une conversation à la cafétéria, Mag et moi sommes tombées d'accord sur le fait que nous n'aurions peut-être pas dû fermer entre Noël et Nouvel An, car c'est une période où nous faisons un très bon chiffre d'affaires qui compense en général les semaines moins rentables de début d'année. Seulement, cette fois, c'est *peanuts*, puisque nous avons préféré nous dorer la pilule en Martinique. Alors, pour notre défense, nous n'avons jamais pris de vacances entre Noël et Nouvel An depuis que le salon est ouvert, ni même avant d'ailleurs. Nous les méritions donc amplement. Mais aujourd'hui, force est de constater que nous tirons la langue d'un point de vue financier. Rien d'inquiétant, mais il ne faudrait pas que ça dure.

Postée à l'accueil, je suis en train de compléter les dates sur le planning de 2019, histoire de passer le temps pendant que mon associée applique une couleur sur les cheveux de sa cliente, quand un couple se présente devant moi. Je les reconnais sur-le-champ. Il s'agit de M. et Mme Gauner, alias le croque-mort et sa conjointe, alias les parents de Manon, la petite amie de Tom, mon ado de fils. Qu'est-ce qu'ils veulent, ces deux-là ?

D'aucuns penseront sans doute que je suis médisante, mais c'est faux. Oscar Gauner traîne derrière lui une réputation épouvantable et a déjà eu maille à partir avec la justice à plusieurs reprises. Quant à son épouse, Claudia, elle est d'une arrogance qui défie l'entendement. Alors, oui, c'est une très belle femme, bien plus jeune que son mari, qui porte toujours des tenues de créateurs, et doit claquer des fortunes en soins esthétiques et capillaires. Mais est-il nécessaire qu'elle toise tous ceux qu'elle rencontre, leur donnant l'impression fort désagréable d'être d'insignifiants microbes ?

Ce qui est étrange, c'est que ni l'un ni l'autre n'est client du salon. Et là, ils débarquent ensemble, sans que j'en comprenne la raison. En tout cas, ce dont je suis sûre, c'est que ce n'est pas pour se faire couper les cheveux. Aussitôt, je songe à mon gamin et à ses mains baladeuses qui lui ont déjà valu des ennuis au collège. Pourvu qu'il n'ait pas décidé de passer à la vitesse supérieure ! Sans déconner, à son âge, moi je jouais encore aux poupées Barbie, ou plus exactement, je massacrais leurs belles crinières blondes. Ne peut-il pas se contenter de ses jeux vidéo ? Nul doute qu'ils se sont déplacés pour me parler de lui. Je ne vois aucune autre raison justifiant cette visite.

— Bonjour. Que puis-je pour vous ?

Mag étant occupée, je suis bien obligée de les recevoir, même si je préférerais me planquer en attendant qu'ils repartent. Sérieusement, ces deux-là me hérissent le poil, tellement ils sont antipathiques. Pourtant, il ne faut surtout pas le montrer et rester impassible, car perdre son sang-froid n'est pas bon pour les affaires. Je les accueille donc avec une sérénité factice.

— Vous désirez prendre un rendez-vous ?

Mon sourire se veut avenant, mais il est néanmoins crispé.

— Nous souhaiterions vous parler, Mme Courtecuisse, déclare Oscar tout de go.

Pourquoi ne me tutoie-t-il pas, comme il l'a déjà fait les rares fois où il s'est adressé à moi ? Eh bien, le ton est donné, que les hostilités commencent ! Parce que business ou pas, je ne laisserai personne dire du mal de mon gamin.

— À quel sujet ?

Jouer les imbéciles me permet de gagner du temps. J'ignore pour quelle raison, mais mon instinct me souffle d'être prudente.

— J'ai entendu dire que vous avez enquêté sur l'assassinat de Véronique Busch et que votre aide a été très précieuse pour les gendarmes, répond-il avec une certaine circonspection.

Mon premier réflexe serait d'abonder dans ce sens et de frimer pour leur en mettre plein la vue. Mais je me ressaisis. Ces gens ne sont pas des clients lambda. La dernière fois que nous avons été en contact, c'était pour organiser l'enterrement de ma grand-mère maternelle, il y a trois ans de cela. Et encore, ce jour-là, Jocelyne, ma délicieuse maman, n'a pas arrêté de râler, si bien que je n'ai pas pu en placer une.

— Vous savez, monsieur Gauner, les Wahlbourgeois parlent beaucoup, souvent à tort et à travers. Ne croyez pas tout ce qui se raconte.

— Mais tu as enquêté avec le gendarme, oui ou merde ?

À ces mots, prononcés avec une certaine brutalité voire une brutalité certaine, je ne peux retenir un tressaillement. À quelques mètres de là, Mag s'est immobilisée, son pinceau en l'air, et la cliente dont elle s'occupe observe la scène avec une grimace inquiète.

— Oscar, enfin, calme-toi ! murmure sa femme en posant une paume rassurante sur son bras. Ce n'est pas en l'agressant que tu réussiras à la convaincre de venir à notre rescousse.

Aussitôt, je me fige. Ce sale bonhomme veut que je lui donne un coup de main ? Et pour quoi, grands dieux ? Enterrer les morts ? Les déterrer peut-être ?

— Tu as raison, Cloclo. Désolé, madame Courtecuisse, je me suis emporté. Ce n'était pas méchant, ne le prenez pas personnellement.

Pas personnellement ? Mon œil, oui ! Ses excuses puent l'hypocrisie à plein nez et je n'ai aucune intention d'aider ce type si déplaisant qu'il me donne envie de détaler chaque fois qu'il s'adresse à moi.

— Il fait chaud ici !

L'exclamation de *Cloclo* – quel surnom ridicule, et j'en connais un rayon en la matière – a le mérite de détourner l'attention d'Oscar, qui pivote vers elle, tandis qu'elle ouvre son manteau et dénoue son foulard. À l'instant où mes yeux se posent sur son joli chemisier en soie crème, tout mon corps se tend, soudain en alerte maximale. Fascinée, je ne peux détacher mon regard du bijou épinglé sur le tissu satiné. Il s'agit d'une broche et pas n'importe laquelle. C'est un camée bleu, monté sur une armature en argent finement ouvragée, et entouré de saphirs. Il y en a onze exactement. Si je suis si précise, c'est qu'on m'a déjà parlé de cette broche. Et une chose est sûre, il n'existe aucune réplique, cette pièce est unique.

— Mais enfin, Cloclo, rhabille-toi, de toute façon, nous ne restons pas ! s'exclame son mari à qui mon changement d'attitude n'a pas échappé. Cette femme ne peut rien pour nous.

Les lèvres pincées, j'observe Mme Gauner, dont les joues se sont empourprées, se rajuster à la hâte. Soit elle a très chaud, soit elle est gênée. Mais gênée de quoi, si ce n'est de porter un bijou qui ne lui appartient pas ?

— Je crois que nous avons commis une erreur en nous adressant à vous, reprend Oscar après s'être à nouveau tourné vers moi.

Mentalement, je me secoue pour revenir à l'instant présent. J'ignore toujours ce que cet homme me veut et j'avoue que je préférerais qu'il reparte d'où il vient, car je n'ai aucune envie d'être mêlée à ses affaires, dont tout le monde sait, ici à Wahlbourg, qu'elles sont douteuses. Hélas, dans ce petit coin d'Alsace, il n'y a aucune autre entreprise de pompes funèbres à des kilomètres à la ronde, donc faire appel à lui lorsqu'un décès survient est presque un passage obligé.

Malgré la méfiance que ces gens m'inspirent, ma curiosité légendaire l'emporte et je ne peux m'empêcher de demander :

— Monsieur Gauner, pourquoi êtes-vous là au juste ?

— Je... Eh bien... Notre fille, Manon, a disparu.

Les yeux écarquillés par la surprise, j'observe mes visiteurs tour à tour. Qu'est-ce que c'est que cette histoire ?

— Dans ce cas, il me semble que la gendarmerie serait plus indiquée.

— Mais nous nous y sommes rendus, hier soir vers 22 heures. Et on nous a renvoyés sans ménagement. Des SDF auraient été mieux accueillis que nous !

— Pardon ?

Je n'imagine pas un instant qu'on ait pu traiter ces parents inquiets comme des parias. Même s'il n'y a pas que des flèches à la brigade de Wahlbourg, personne n'oserait se comporter ainsi. Quentin y veille. Enfin, je crois...

— C'est comme il vous a raconté, confirme Claudia en hochant la tête avec véhémence. La jeune femme qui nous a reçus a ricané en nous disant que notre gamine était sans doute en train de passer du bon temps chez son petit copain. Comme si Manon était une fille facile ! Elle n'a jamais fréquenté de garçon de sa vie, alors envisager ce genre de chose est d'une bêtise monumentale !

Oh oh !

Je vois qu'il y a des parents qui ne connaissent pas bien leur enfant. Et ça, j'en suis sûre puisque Manon est la dulcinée de mon ado. Et à mon avis, ils n'ont pas seulement joué au Monopoly ensemble.

— Je suis très étonnée par ce que vous me racontez.

— C'est pourtant la vérité, rétorque Oscar d'une voix tremblante d'indignation. Notre fille n'est pas rentrée de la nuit et n'a pas mis les pieds au collège ce matin, pas plus qu'hier d'ailleurs. Elle ne répond pas au téléphone et nous sommes désemparés, parce que personne ne veut nous écouter. Alors, on s'est dit que vous, vous pourriez peut-être nous aider.

Avec difficulté, je déglutis. La situation est grave. On peut ne pas apprécier ces gens, mais il n'en reste pas moins qu'une gamine de quatorze ans est dans la nature et Dieu sait ce qui pourrait lui arriver.

— Très bien, je vais appeler le lieutenant Delval. J'ai les coordonnées de son portable.

Saisissant mon smartphone, je le déverrouille au moment où mon regard se pose, une fois de plus, sur la broche de Claudia, visible entre les deux pans du manteau qu'elle n'a pas pris la peine de refermer. Faisant semblant de chercher dans le répertoire, je photographie discrètement ce bijou, avant de composer le numéro de mon ami.

Ça y est, je suis repartie pour de nouvelles aventures et l'opération « retrouvons Manon » peut débuter !

À SUIVRE…

Remerciements

Rédiger des remerciements est toujours un exercice délicat. Il s'agit de faire court et de n'oublier personne. Or, une romancière est par définition bavarde, surtout avec un stylo en main. Alors, *let's go*…

Tout d'abord, merci à Virginie, mon éditrice, si positive et à l'écoute. Notre complicité va au-delà de tout ce que je pouvais en attendre et j'espère que nous travaillerons encore très longtemps et très souvent ensemble.

Ensuite, merci aux Éditions de l'Archipel d'avoir cru en Léopoldine et de lui avoir donné sa chance. Moi, je mesure la mienne.

Merci à tous les collaborateurs de cette belle maison d'édition pour leur accueil charmant.

Merci à l'équipe de Librinova et, plus particulièrement, à Andrea, mon agent, qui a toujours cru au potentiel de cette histoire quand moi-même je n'y croyais plus.

Merci aux chroniqueuses et blogueuses qui ont parlé de Léopoldine quand j'ai publié ce *cosy-crime* fin 2019.

Merci aux nombreux lecteurs et lectrices qui ont fait de cette comédie policière un joli succès d'autoédition.

Merci à Nathy, Lou et Sonia pour leurs avis éclairés. Vous êtes des bêta-lectrices géniales et des amies formidables. Sans vous, ce roman ne serait pas ce qu'il est.

En enfin, *last but not least*, merci à mon mari pour son soutien de chaque instant, et à mes enfants pour leur patience et leur indulgence. Vous êtes top et je vous kiffe, comme dirait Tom !

Cet ouvrage a été composé
par Atlant'Communication
au Bernard (Vendée)

Impression réalisée par

NORMANDIE ROTO IMPRESSION S.A.S.
à Lonrai (Orne)

en mars 2022
pour le compte des éditions Archipoche

Imprimé en France
N° d'édition : 1
Dépôt légal : avril 2022
N° d'impression : 2201264